樓市與愛情

A story about the housing market and true love

第一季・行情

劉璐 著

零距離接觸 房地產 各環節 眾生相
每1分鐘　都有人在故事裡看到自己
愛情來去　緣分無對錯
樓市漲跌　市場難預測

財經錢線

作者簡介

劉璐，西南財經大學經濟學院副教授、博士生導師、美國猶他州立大學經濟學博士。擅長使用空間計量經濟學、時間序列、面板數據等實證方法研究包括房地產、環保和能源等在內的寬泛的城市和區域經濟學問題。同時，也使用一般均衡、動態最優化等方法從事相關問題的理論研究。在《管理科學學報》和 Agricultural and Resource Economics Review, Economics Letters, Emerging Markets Finance and Trade, Canadian Journal of Agricultural Economics 等國內外知名學術期刊發表論文多篇。

知名財經評論人，銳理房地產研究院和8848城市經濟研究院西南分院高級顧問，鳳凰房地產觀察新媒體特約觀察家智庫專家。「銳理地產網」、「深藍財經網」、《成都樓市》、《公司·地產商》和每日經濟新聞旗下《每經智庫》以及《投資客》、《川商》、成都全搜索、投房網等的專欄作家，成都市電視臺、四川省電臺和成都市電臺等的特約財經點評嘉賓，成都搜房「2012年度成都最具影響力博客」，搜房博客訪問量超過200萬，2013地產人價值榜專家學者榜全國前15名。

獨創「大數據下城市土地評估的LRT法」，從地塊位置、規劃條件以及成交時間等多個維度用先進的統計方法來估算土地的成交價。著有《地價的邏輯：大數據時代的城市土地估價》一書。

搜房博客：http://blog.fang.com/liulucd
新浪微博：@學者劉璐
微信公眾訂閱號：liulu_cd
Email：liulu_cd@foxmail.com

故事梗概

　　本書的故事發生在西京市（虛構地名），這是一座位於中國西部的特大城市。全書以一個位於西京市郊區的大型樓盤的售樓部為主要舞臺，通過在售樓部來來往往的若干小人物的故事和命運，既突出地刻畫了中國近10年來房地產市場的跌宕起伏，也濃縮地展現了中國經濟從爆發式的快速增長到步入中速、轉型的經濟發展新常態的宏大時代背景。

　　故事裡的幾個男女主人公主要圍繞房地產公司的裡裡外外展開故事。聞道是樓盤的營銷策劃總監，負責在售樓部組織樓盤的銷售和策劃的工作；糖糖是一位美麗的空姐，和聞道在萬米高空邂逅；依依是一個剛畢業參加工作的女生，也是聞道的助理；陸珞竹是當地知名大學的經濟學教授，對房地產和很多財經問題都有著深入的研究，也是炒股的高手。主線故事圍繞這四個人物的命運和愛恨糾葛展開，還有很多小故事穿插其中，精彩內容一觸即發。

　　這本小說以一種戲說的形式講述了很多和人們的生活密切相關的熱點財經問題，也試圖讓讀者對社會和人性有一些更深入的思考。本書力求見證中國樓市最跌宕起伏的10年：房奴、售樓小姐、開發商、「土豪」、空姐、大學教授⋯⋯有人在樓市中賺了卻在愛情裡走丟了；有人不斷奮鬥有了更大的房子卻沒了家；一個男人最大的遺憾是他想要給女人一切時，一無所有；在他有能力給女人一切時，卻很難找到只是單純想和他永遠在一起的人。平淡與濃烈、財富與愛情，哪一樣才是我們最想要的呢？

在薄情的樓市裡，深情地愛

有個故事，說在同一個單位、同樣拿五千塊錢工資的兩個人，前幾年一個人買了房，一個人覺得房價要跌，再持幣觀望一下。現在有房跟沒房的那兩個人完全是兩個階層。當年買了房的那個人身家都幾百萬元了，而沒買房的那個人感覺沒什麼太大變化，也沒有存多少錢下來。

還有個故事，也是說的兩個人，好幾年前他們手裡都有差不多20萬元資金。然後，一個人買了一套100平方米的房，繼續騎自行車上下班。另外一個人拿這20萬元買了一輛高配的桑塔納，然後交了一個女朋友。那時國內的汽車市場剛起步，小汽車品種少，而且都很貴，一輛高配桑塔納都要賣20萬元的樣子，在那時可是身分的象徵啊！再後來，就沒有後來了。

對於大多數的中國人來說，住房和愛情都是剛需，老百姓們總需要一座房子，就像總需要一個心靈的伴侶牽手一生。其實和愛情一樣，買房也會讓人付出沉重的代價，但卻無人能夠拒絕，購房者總是心甘情願，前赴後繼，樂此不疲。所以樓市裡從來不缺故事，而愛情裡也總少不了房子（租房也算）。

有人買了房安居樂業，有人為了買房愁白了頭髮。有人在股市裡賺了許多錢，娶了漂亮的女人當老婆，賣掉股票買了很多套房，從此過上了「包租公」的日子；也有人情場失意、股市巨虧、賣房補倉，從此走上了不歸路。

當你遇見一個人，是否在對的時間、這個人是對還是錯，決定了這是一個 $2*2=4$ 的概率問題。於是你在幸福、悲傷、嘆息、無奈這四種結果之間，各有四分之一的概率「中籤」。如果再考慮能不能買房、買不買房，那這個問題就變成了 $2*2*2*2=16$。面對十六分之一的概率問題，你會有什麼結果？抱歉，理科男寫小說就是這麼讓人糾結。拋開這冷酷

的概率不談，重要的是你的態度。你可以愛得像恆星，也可以愛得像流星。你可以愛得斤斤計較，也可以愛得毫無保留。你可以選擇惡語相加，也可以說一生情話。有人覺得愛情就是在對方風光的時候一起吃喝玩樂、購物旅遊，也有人覺得愛情卻是當對方落難的時候不離不棄、付出一切來長情地陪伴。

愛情有很多種，有小清新的，有唯美的。本書最主要的愛情故事其實是遺憾的。

生活有點忙，堅持有點難。我把寫這本書看成是我人生旅途中的一小段長徵。有想法容易，但付諸行動並完成卻需要耐心和毅力。我一直信奉認真做事，踏實做人。生活不是只有工作，但也不是只有愛來愛去。社會或許不能回報你一個你想要的結果。但求一個真誠，對別人，也對自己。

這本書，雖然是虛構的，但是書中的故事有可能就發生在你的身邊；書中的人物有可能就是你身邊的人，甚至就是你自己。

這本書，講了房地產，講了股票，講了人生，講了社會，講了人性，也講了愛情。

這本書，有嚴肅，有調侃，有搞笑，也有悲劇；有無奈，有期盼，有思念，也有痛苦。激情平淡，緣起緣滅。

這本書，也許反應了一些問題，但總的來說，這是一部充滿正能量的書。

僅以此書獻給為了愛情、理想、安居樂業而奮鬥的你、我、他（她）；願我們都可以在薄情的樓市中深情地愛，最終收穫一份經過時間洗刷而讓愛情愈顯沉醉的情懷和一個溫暖的家。

第一季·行情

第一章　　泳裝派對/1

第二章　　慈善義賣/6

第三章　　初到售樓部/12

第四章　　永生之城/16

第五章　　萬米高空的邂逅/20

第六章　　銷售說辭/24

第七章　　守望，也是一種幸福/29

第八章　　客戶蓄水/34

第九章　　旋轉餐廳的晚餐/39

第十章　　陸教授/44

第十一章　極簡生活主義/49

第十二章　我被你們策劃了/54

第十三章　墓地鬧鬼/59

第十四章　孝文化論壇/64

第十五章　三位專家的演講/68

第十六章　評獎風波/73

第十七章　凌晨接機/78

第十八章　男女之間的窗戶紙/84

第十九章　　一批次開盤/89

第二十章　　房價為什麼高？/94

第二十一章　　光棍節/99

第二十二章　　「白富美」為什麼會成剩女？/103

第二十三章　　依依的室友/109

第二十四章　　都是月光族/114

第二十五章　　憧憬/119

第二十六章　　有人悲來有人喜/124

第二十七章　　美女的煩惱/129

第二十八章　　擇一城終老，遇一人白首/133

第二十九章　　邊買房邊相親/138

第三十章　　大學生就業難/142

第三十一章　　心動就像過山車/147

第三十二章　　公交車驚魂/153

第三十三章　　單身是會上癮的/156

第三十四章　　安防系統/161

第三十五章　　應酬/165

第三十六章　耳光/169

第三十七章　「土豪」的世界你不懂/174

第三十八章　一夜勁銷5個億/179

第三十九章　開超跑的客戶/184

第四十章　　有種瘋狂叫買房/190

第四十一章　糖糖的心事/194

第四十二章　全民放債/201

第四十三章　租房還是買房？/207

第四十四章　漸行漸遠/213

第四十五章　招商的「規則」/218

第四十六章　售樓女神/224

第四十七章　麻袋裝的年終獎/231

第四十八章　房地產公司的年會/237

第四十九章　英國買房/243

第五十章　　重逢/250

後記/257

第一章

泳裝派對

公司分管營銷的副總裁小牛總給營銷策劃副總監聞道安排了一個任務——辦一個「土豪」派對來作為公司開發的別墅組團的開盤活動。小牛總布置的這個任務可把聞道難倒了。「怎麼辦這個『土豪』派對嘛？沒經驗啊！」聞道心想。而且關鍵是舉辦派對的目的不只是吃吃喝喝就完了，還要促成「土豪」們下單。小牛總的意思簡單而直接，就是讓售樓小姐們穿著比基尼站在樓盤會所的恒溫游泳池接待「土豪」客戶，促成他們下單。這個想法被聞道直接否定了。他的理由一是售樓小姐們不專業，二是售樓小姐需要體現出工作的專業性，因此需要著正裝給客戶介紹項目。當然，他主要是想保護售樓小姐們。第二天，聞道把活動公司的楊總邀請到公司來開個碰頭會，商量一下這個「土豪」派對怎麼辦。

這次公司新推出的組團是法式莊園獨棟別墅，占據整個項目地塊最核心的位置，其中一部分是環繞人工湖而建。面積區間從 400 多平方米到 1000 多平方米不等，清水房的單價每平方米在兩萬元左右。一般來說，這樣的項目銷售是需要較長時間的。畢竟每一套房的總價都是 1000 萬元到 2000 萬元的價格，不像普通住宅產品這麼容易走量。但是小牛總說公司的董事長大牛總暗示了，「這次衝一把，過年發大筆的年終獎。」這不拼命不行啊！活動公司的楊總說：「要成功舉辦這個『土豪』派對，必須先正確認識『土豪』的品位。不要把『土豪』都想像成福布斯排行榜上的那些富豪，『土豪』和富豪還是有很大的不同。我到處做活動，認識

很多『土豪』朋友，其實他們是有很多有意思的標記的。」「你說說看有哪些標記呢？」聞道很感興趣。上次公司的銷售經理王豔分析了不少，但聞道還想多瞭解一點。以前聞道做營銷策劃時關注的重點群體是剛需和中產，現在賣別墅必得多關注這些「高端」客群。

楊總喝了一口水，說道：「『土豪』的第一個標記，就是一高興了就豪擲千金。」「就是『任性』嘛？」聞道忍不住接嘴道。「是的，就是這個意思！」楊總接著說：「相比於『福布斯富豪』的低調而言，喜歡標榜自己、吹噓炫耀是『土豪』最明顯的特徵。我認識的一個『土豪』的夫人，每週都必須要去香港血拼。要是哪天她出席活動時沒有拿一款最新款的包包，別人甚至會懷疑她老公的公司是不是出問題了。頭腦發熱、毫無計劃是『土豪』們花錢的重要特徵。只要他們高興了，錢真的不是問題。」聞道認真地在筆記本上做著記錄。高興？怎麼樣才能讓他們高興？聞道的腦海中不禁浮現出了那天晚上接待輻州（虛構地名）炒房團的情景。楊總繼續說道：「從穿著上來看，『土豪』們穿戴不求好看只求貴，追求國際一線大牌的限量版。」聞道微笑了一下，表示理解。「從他們開的車來說，豪車當然是必需的，但你要注意一個細節。」楊總說道，「『土豪』買的豪車一般還是大眾一點的，比如常見的寶馬 7 系、奔馳 S 系和奧迪 A8 這些，當然主要是 S600 和 760 這一級別的。『土豪』一般也不會加入超跑俱樂部，因為他們不喜歡這些太花哨的車。」楊總接著又補充了一下，說：「但是『土豪』的下一代們在車上的品位和他們的父輩相反，更喜歡小眾一點的豪華品牌，比如保時捷、瑪莎拉迪這些。」

「除了這些物質上的標記以外，還有沒有什麼文化一點的標記呢？」聞道問。其實現在的『土豪』早已脫離了以前的暴發戶形象，據他所知，『土豪』在文化上是有一些特殊的追求的。「有啊！」楊總興奮了起來，他說：「這主要有三點。首先，他們的子女是必須讀貴族學校、國際學校之類的，哪怕幼兒園也要上至少十幾萬元一年的那種學校。其次，喜歡和名人合影。真的，我看過很多『土豪』的辦公室，牆上必掛的是他們和領導或明星的合影。還有，就是很多『土豪』都喜歡在自己的辦公室裡放一套高爾夫球杆，至於會不會打球那是另外一回事兒了。最後，他們喜歡參加一些慈善和公益活動，通過拍賣字畫等方式捐款，獲得一定的

公眾關注度和認可度。」

線索太多了，聞道覺得頭腦有點混亂。游泳池、比基尼、「土豪」、貴族學校、慈善、奢侈品、名人……有了！聞道問楊總說：「我們會所那個室內的恒溫游泳池你是看過的嘛，那你能不能在游泳池裡的水面上搭一個臺子？」「承重多少？你不會是想讓我擺一輛車上去吧？」楊總嚇到了。「不用擺車，能站幾個人就可以了。我們搞一個限量版奢侈品的義賣，賣的錢拿去做慈善捐贈。」聞道又想了一想：「如果你還能在上面豎一根鋼管，我們還可以搞一個鋼管舞秀。」「哇！」楊總掙大了眼睛，豎起大拇指說：「聞總你可太絕了！這個想法酷爆了！」聞道有點得意的微笑著說：「怎麼樣，場地沒問題嘛？」楊總高興地說：「沒問題，肯定沒問題，就是這個的成本可能有一點高，這預算……」聞道擺擺手說：「錢不是問題啦，只要把這個活動搞好就行。對了，你那有模特資源嘛？」楊總說：「要啥有啥！你要哪種類型的模特？」「那必須是身材火爆的啊，你懂的。」聞道說。他總是不自覺的想到前陣接待的那個輻州炒房團的張總，可能「土豪」最喜歡的就是這種類型的吧。這事基本上就這樣敲定了。

楊總的執行力是很強的，這一點聞道是放心的。他聯繫了 Prada 的全球限量版手包作為義賣產品，又找了西京的夜場鋼管舞皇後來現場表演，至於模特更是找了 30 來個。通過各種宣傳渠道，他們一共徵集到百來個「土豪」報名參加。模特不夠啊，於是聞道又讓楊總緊急多找了 20 來個，也不知道他找的是不是真正的模特，不過這也不是重點，噱頭而已嘛。很快，恒溫游泳池的中間便搭好了一個走秀的 T 臺，還豎起了一根鋼管。激動人心的時刻就要到來了！

這個周六的夜晚，注定是一個狂歡的時刻。永生之城 Prada 全球限量版手包慈善義賣會暨別墅組團開盤盛典隆重舉行。雖然晚會定在晚上 8 點才正式開始，但下午 5 點售樓部已經是人頭攢動了。售樓部外的停車場簡直成了豪車展，聞道讓保安簡單數了一下：瑪莎拉蒂有 3 輛，保時捷有 7 輛，賓利有 2 輛，勞斯萊斯有 1 輛，捷豹有 2 輛，法拉利有 2 輛，蘭博基尼有 1 輛，路虎有 10 輛，其他全部是奔馳、寶馬、奧迪這些稍微「大眾」一點的豪車。值得一提的是這個路虎，聞道曾在網上看過，據說這是「土豪」標配的 SUV，而且據一些相關調查顯示，路虎的車主普遍

第一章 泳裝派對

文化程度偏低。也不知道這是不是真的，反正今天來的路虎還真不少。幸好聞道提前做好了準備，讓工作人員把自己的車全部停到另外一側的空地上去了。此外，他還讓停車場的保安做好汽車引流工作，把品牌稍差的車也引導到另外一邊去停，這樣讓售樓部門口的這個停車場看起來更「純粹」一些。保安怎麼認識車呢？這當然是必要的上崗培訓啦，保安們必須要認識主要汽車品牌。

　　公司的10個置業顧問像小蜜蜂一樣在人群中穿梭，給來訪的客人們熱情地介紹著項目。售樓部準備了簡單的冷餐，但聞道注意到售樓小姐們都忙得沒有時間吃飯。雖然忙碌，但聞道相信她們此刻的心裡一定是高興的。因為這次賣的可是別墅啊，賣一套的提成當於她們賣普通住宅的好幾套了！聞道那是看在眼裡，喜在心頭，看來今年的年終獎不薄啊！聞道這次也把美女蜜蜜，也就是上次和糖糖一起來售樓部的那個閨蜜，請來了售樓部參加今晚的活動。聞道覺得蜜蜜可能會是購買400平方米那種小別墅產品的潛在客戶，便打電話問了一下。沒想到蜜蜜的父母還真有此打算，他們前陣還到處看房呢。那這正好合適！糖糖今晚在外地，所以不能來參加活動。雖然很想見糖糖，但其實聞道心裡也不太想她來參加這種活動，要是被哪個「土豪」看上了可怎麼辦？

　　這時，對講機裡傳來嘈雜聲，說是停車場入口有一個來參加活動的客戶和保安隊長張漢鋒爭吵起來了。聞道急忙趕到停車場入口，一看心裡差點笑出來。原來這個大哥開的是大眾旗下的旗艦車型——輝騰。張漢鋒只認識車標是大眾的，就讓他停在旁邊的那個空地去，這下大哥可火了，於是兩人就爭吵了起來。人家輝騰可是和奔馳S、寶馬7系、奧迪A8一個級別的啊，雖然一般來說會稍微便宜一點點。聞道一看車身上有一個「W12」的標記，這可是十二缸的頂配車型啊，市場指導價得兩百多萬元。當然，這車一般優惠幅度是比較大的。如果這車光看外觀的話，確實外形和大眾旗下的經典型號的中級車「帕薩特」相似度挺高的，難怪俗稱「十二缸帕薩特」呢。現在很多車廠在設計時都講究「套娃」設計，美其名曰「家族式」設計。這是為了節省設計成本呢還是其他什麼原因，聞道還真不知道。買輝騰的人一般就是圖一個低調的奢華，拿現在的流行語言來說就是「低奢」，不懂車的人一般不是很能分辨出來，這

也難怪張漢鋒不認識了。聞道忙給張漢鋒使了一個眼色，把大哥的輝騰放進了停車場。剛舒了一口氣，沒想到大哥停車的時候動作有點毛躁，在停車場裡指揮停車的保安喊了一聲「小心點嘛！別把人家的寶馬碰到了！」那是一輛寶馬3系，車價一般就30來萬元。看來這個保安兄弟還是仍然把輝騰認成了帕薩特。這下大哥火大了，把頭伸出來吼到：「我的車相當於他的七輛！」聞道只得親自過去給大哥開了車門，並把他迎進售樓部內。

第一章 泳裝派對

第二章

慈善義賣

　　活動要晚上8點才正式開始,但是7點的時候活動的主場地——售樓部的恒溫游泳池就傳來了一陣驚呼和騷動。原來走秀還沒有正式開始,就已經有女模特脫了大衣跳進泳池遊了起來。聞道連忙把活動公司的楊總找來詢問:「這是你安排的環節嗎?」楊總擦著汗說:「不是⋯⋯這是她們的自發熱身嘛,這樣她們一會兒走秀時可能更有狀態⋯⋯」好吧,聞道也有點想擦汗的感覺了。只見游泳池裡一群美女,香豔無比。圍觀的「土豪」們一開始只是吹吹口哨,後來有人開始蹲在游泳池邊向水中的模特們灑水。岸邊的人們一陣哄笑,更多的人則躍躍欲試。嚴肅,一定要嚴肅!聞道真的覺得背上都是汗。確實,這裡空調溫度開得太高了,熱!

　　晚上8點,大家期待已久的永生之城Prada全球限量版手包慈善義賣會暨別墅組團開盤盛典隆重開始了。自發熱身的模特們當然從泳池裡起來了,但是這時楊總安排的專門表演的模特又下水了。只見兩個穿著「美人魚」樣式皮裙的模特在工作人員的幫助下滑進了水裡。「美人魚」下半身穿的是皮裙,上半身穿的是比基尼。在夢幻的藍色燈光的照映下,她們一邊劃水一邊在水裡做著各種動作。兩個聚光燈的燈柱跟著「美人魚」的身影在移動。這太唯美了!觀眾們發出一陣陣的驚呼。聞道有點得意地看著現場觀眾的反應,這可是他和楊總連夜想出來的創意。突然,只見一條「美人魚」從水中游泳的姿態站了起來,接著用手比劃了一些非常迷人的舞姿。觀眾們從屏住呼吸到發出一陣熱烈的歡呼聲,掌聲、

口哨聲此起彼伏。緊接著，另一條「美人魚」如法炮製。人群瞬間被點燃了，尖叫聲此起彼伏，大家紛紛要求兩條「美人魚」把手拿開。手機照相的閃光燈閃成了一片。

突然，燈光一暗，大家什麼都看不到了。有觀眾驚呼：「我的『美人魚』呢？」原來剛才這個只能算是開場的熱身秀。重點來了！燈光又亮起來了，兩個光柱打在了T臺上。「女士們、先生們，尊敬的各位領導和來賓，大家晚上好！」主持人登場了。只見她穿著一襲白色的緊身長裙，標準的女神打扮。這還是上次「孝文化論壇」的那個電視臺女主持人。主持人簡短的開場白以後，大牛總登臺，致歡迎辭。大牛總自己本身就是一個「土豪」，既然他對今晚的活動滿意，那其他人估計也會滿意。

就像所有的經濟行業一樣，房地產行業中各個公司的老板也是風格各異，各具性格的。在西京市的地產圈，聞道就知道很多非常有特點的大老板，既有大牛總這樣「土豪」型的，也有儒雅型的。比如西京另一家知名房地產公司的總裁劉總，他在西京業內就是非常有口碑的。這家房地產公司的營銷總監李總聞道認識，畢竟就這麼一個小圈子，雖然不是很熟，但大家還是都認識，時不時一起參加媒體舉辦的活動什麼的。聞道雖然沒有見過李總他們公司的劉總，但關於劉總的新聞聞道是看得很多的。劉總是西京當地的知名企業家，也是行業協會中德高望重的前輩。據說他還是油畫高手，畫得一手好畫。劉總沒有任何負面緋聞，倒是他和他夫人經常出現在西京媒體的一些採訪當中，夫妻倆表現得很恩愛。據說他們還有一個女兒在澳大利亞讀書，不過被他們「保護」得很好，從未出現在公眾的視線中。

大牛總致辭後聞道上臺，介紹了永生之城的項目概況以及這次開盤的別墅組團的情況。其實從職位級別來說，本應該是分管營銷的副總裁小牛總上臺致辭更合適。但是小牛總非常謙虛，覺得聞道的形象氣質更適合來做發言。發言就發言嘛，反正也不是第一次了，聞道覺得無所謂的。在宣傳推廣語中，聞道用「人生巔峰」來概括項目別墅組團的調性。不過聞道也知道，對這些「土豪」來說，什麼世面沒見過？他們中的很多人現在就已經住的是各種類型的高端住宅了，其中也不乏獨棟別墅。所以聞道也沒有指望光靠他的這個介紹環節就能促成大把的成交。這只

第二章　慈善義賣

是一個基本步驟而已，總要讓別人先瞭解你的產品的基本信息，然後才能說銷售的問題嘛。

聞道簡單地介紹完項目以後，就迎來了今天的重頭戲——慈善義賣！這次楊總找了專業的拍賣公司來負責這個拍賣，標的是 Prada 最新款的全球限量版手包，不同花色的只有 10 個，起拍價兩萬元到 5 萬元不等，當然成交價是上不封頂的。今晚賣包的銷售收入將全部捐給西京當地的幾家敬老院，全程由媒體監督。當然這個包的起拍價其實是要給供應商付錢，人家又不是傻的。但是聞道和他們談好了，公司和供應商各承擔 50% 的費用，這樣供應商也賺個名頭。聞道心裡估計供應商的實際成本肯定只有起拍價的一半不到，這些包包的價格虛高得很。這次拍賣分兩組進行，每組五個包。照理說拍賣這些包包是應該有女人參加的，畢竟這些都是女包。但是今天來參加活動的「土豪」出人意料的默契——他們都沒有帶女伴來！看來他們確實是抱著特定目的來的。楊總在宣傳上搞了神祕營銷，沒有通過正規的廣告等宣傳途徑，而主要是通過高檔會所的會員口碑等方式傳播。這讓聞道有一些擔心，難道買房都是男主人說了算，那女主人呢？所以今天這個活動的目的是要盡可能地讓這些「土豪」們現場下單、交定金，然後估計他們還會帶著各自的老婆之類的再來看一次。反正他們今晚來參加了這個活動以後，帶著包包和房子訂單回去，估計他們的老婆們也不會說什麼。

第一個拍賣的手包單價最低——兩萬元。一個穿著比基尼的模特把手包拿著在 T 臺上走了一個來回，但主持人叫了兩次以後還沒人加價。這不會流拍吧？聞道有點擔心起來。叫第三次的時候傳來一個女聲，聞道定睛一看，原來是蜜蜜！結果蜜蜜以起價把這個包收入了囊中。現場又傳來議論聲和口哨聲。主持人有點憤慨地說：「看看你們這些大老爺們兒！我要是你們其中的一個男人，我就加 10 萬元搶著把這個包包買了然後轉送給這位美女！」現場一陣哄笑，不過氣氛活躍了很多。第二個包起價 3 萬元，圍觀人群的參與熱度明顯積極了很多，多輪加價以後最終以 5 萬元成交。拍賣的熱度越來越高，每一個包都由一個泳裝模特拿著在游泳池的 T 臺上走一個來回，當然背景牆的屏幕上也會有投影儀放出的大畫面。與此同時，那兩條「美人魚」也依舊在水中嬉戲遊玩。她倆今天

的任務還比較艱鉅：除了開場的熱身秀以外，她們還需要擔當整場晚會的「活動」背景，所以需要一直待在水裡。泳裝女模拿著手包走秀，再配上各種顏色不斷變化的背景燈光，這可能是聞道見過的最夢幻的一場拍賣會吧？第一組的最後一個包，單價4萬元，竟然拍到了近10萬元！主持人感謝大家的慈善熱情，讓大家稍做休息，馬上有模特表演時尚泳裝秀。令聞道感到奇怪的是大牛總為什麼沒有出手，一般這種情況之下他可是必然要顯擺一下的。

　　在動感的音樂和夢幻的燈光中，泳裝秀開始了。這些「土豪」們什麼樣的場面沒見過？不要說泳裝秀了。為了秀出新意，聞道和楊總商量的辦法是「濕身誘惑」。只見模特們排成一隊，先從游泳池一端的扶手處緩緩走下泳池，然後在水中或走或遊的移動一段距離，接著再走上T臺。其實她們遊不游泳不重要，關鍵是要把身上打濕！模特們開始走秀以後，游泳池邊閃光燈一片。你還別說，這濕不濕身的走秀區別可大不一樣啊！只見模特們隨著動感的旋律在T臺上很有節奏地走著貓步，在夢幻燈光的映襯下那自然是極美的。聞道仔細看著這些模特們，怎麼覺得她們一個一個的長的都差不多呢？全是錐子臉、大眼睛、挺鼻子這種類型的，身材都是沒得說的，前凸後翹加長腿。大家拍照都是用的手機，這時只見一個穿著黑色西裝和花襯衣的人拿出一個碩大的單反相機，站在游泳池邊認真地拍著。聞道一看，這不就是那個開輝騰的大哥嗎？敢情他還是一個攝影愛好者啊！

　　模特們的濕身泳裝秀表演完以後，緊接著便是第二輪拍賣了。這次包包的起價要比上一批稍微高一些，都是3萬元到4萬元左右，而觀眾們的參與熱情顯然也更高了。激烈的競拍以後，包包的成交價都在10萬元以上。最後一個包，也是今天的壓軸標的：一個起價5萬元的包！據說英國皇室王妃也用這款包。幾番競價以後，叫價已經飆漲到了16萬元。主持人說完「16萬元第二次」後，突然傳來一聲渾厚的聲音，說道：「25萬！」這氣勢，非大牛總莫屬了！主持人三次叫價以後，大牛總將這個今天的壓軸標的收入囊中。看來大牛總對這個電視臺的主持人還真不錯啊！聞道想。

　　慈善義賣結束以後，就是今晚最嗨的時刻了！燈光暗了下來，人們

都屏住了呼吸。這時，主持人隆重請上了有著西京夜場鋼管舞皇後之稱的瑤瑤。瑤瑤一出場就掀起了一股熱浪，人們紛紛尖叫了起來。看來他們中的很多人應該已經見識過這位鋼管舞皇後的魅力了的。只見瑤瑤穿著一身黑色緊身皮衣，手拿一根黑色皮鞭登場，那造型有點像貓女。據說，貓女這個電影角色滿足了很多男人對於一個女人的所有想像。相信在場的男人們有不少都是這樣認為的。

　　在夢幻的燈光和激昂的音樂聲中，瑤瑤時而甩頭、時而扭腰、時而分叉、時而又倒立，在一根小小的鋼管上做著各種不可思議的動作。人群中發出一聲又一聲的歡呼和尖叫，而當她時不時「啪啪」地揮動手中的皮鞭的時候，現場的人群的熱度更是臨近了沸點。敢情他們都想湊上前去被皮鞭狠狠地抽麼？聞道想。林依依也站在聞道旁邊，不時地幫著聞道到處安排人手應對臨時發生的各種狀況。依依是聞道的營銷策劃助理。聞道問依依感覺如何？依依說沒看太懂。聞道微笑著對她說：「沒看懂就對了。」不過不能否認，這鋼管舞可真是技術活，這些動作難度是很大的，沒有長期刻苦的訓練是很難達到要求的。這和一般夜場裡那種隨便扭一下的舞完全是兩個概念。

　　鋼管舞表演結束以後，瑤瑤喘著粗氣在人們的歡呼和尖叫聲中走下臺，聞道在後臺和她握手錶示感謝。雖然「夜場鋼管舞皇後」這個稱號容易讓人遐想，但就瑤瑤所表演的鋼管舞本身來說，聞道對她是很敬重的，因為她確實是用她的生命在跳舞，她的很多表演動作可是一不小心就會受傷的。這時，游泳池內燈光全亮。聞道隨著主持人的引導緩緩走上舞臺。今夜最關鍵的時刻來臨了！能不能讓「土豪」們任性一把、衝動下單，可就看下面的環節了！聞道對著游泳池四周的人們說道：「各位尊貴的來賓，各位朋友！今晚大家吃好喝好看好也玩好了，為了給大家助興，我們公司今天也特地拿出了最大的誠意！剛才我已經對我們項目新開盤的別墅產品做了大概的介紹。凡是在今晚交定金的客戶，除了可以享受我們公司的團購價九點五折的優惠以外，更是能獲贈免費愛琴海豪華遊雙人套餐！但條件除了下單成交以外，還必須在今晚就確定去愛琴海的兩個人的名字。所有優惠只在今晚！」對於這些「土豪」來說，光給一點優惠是不足以打動他們的，頂多讓他們心動，但不一定成交。而

促成他們下單的這最後一擊，自然就是這個「只限今晚」的愛琴海豪華旅遊套餐了。當然「土豪」是不差這個出國旅遊的錢的，但是關鍵就是這個「今晚完成組隊」就可以讓人聯想了。現場這麼多美麗的泳裝模特，買個房順便組個隊，這不一舉兩得麼？

　　接下來便是自由活動時間。公司在游泳池周圍布置了好幾張餐桌，放了很多各式美酒和糕點。模特們有的下水嬉戲，有的在岸上喝酒聊天。身著職業套裝的售樓小姐們拿著樓盤資料守候在游泳池周圍，很快她們每個人的身邊都圍了好幾個客戶在諮詢。就是要這種對比的效果！這樣，售樓小姐們既能和專職模特區分開來，又能很好地體現公司的專業面貌。旁邊還布置了簽約區，工作人員嚴陣以待，財務人員早早就準備好了POS機，就等「土豪」們來刷卡了！看到這個場景，聞道感到很欣慰，看來今天的活動應該是會取得成功的。游泳池內，那兩條「美人魚」還在不停地遊動著擺出各種姿勢供人們拍照。雖然這時她們不再是重點了，但作為「背景」，她們真的很敬業。這時，聞道看到那個開輝騰的大哥走到游泳池邊蹲下來和「美人魚」們聊天，而兩條「美人魚」也乖巧地遊了過來扶在岸邊。那畫面，怎麼這麼像是大哥在給「美人魚」餵食呢？神話中的「美人魚」可是凶猛的肉食動物哦。

　　聞道只好裝著沒看見，向在一邊忙碌著的依依走去。「今晚累壞了嗎？」聞道問。「我還好。聞哥你今天辛苦了，我看你一直在不停地忙。」依依看著聞道說。她今晚的確累得不行。一時間，她竟然覺得身邊的一切都有一點恍惚起來，就連正站在她對面的聞道也似乎變得模糊起來了。

　　這一切是在做夢嗎？

第二章　慈善義賣

― 011 ―

第三章

初到售樓部

半年前……

「叮……」

這是第幾次鬧鈴響了？依依努力回憶著自己昨晚在手機上設置了幾個鬧鐘。掙扎了一會兒，依依還是決定把手機拿來看看。「8 點了！慘了！」依依一骨碌從床上彈起來，今天是她第一天上班報到的日子，可千萬不能遲到了。幸好自己昨晚提前把頭髮洗了，東西也收拾得差不多了。當學生的時候懶散慣了，依依知道自己早上要在 9 點前起床是困難的。迅速穿好衣服，洗漱，用最快的速度畫了一個簡單得體的淡妝，8 點 15 分的時候依依已經出現在樓下了。今天坐公交是肯定來不及了，上班的地方賊遠，只有打車。今天怕要給多啊，依依心想。不過比起第一天上班就遲到來說，給點打車錢她還是願意的。正好來了一輛出租車，還算運氣好啊，這個點打車可困難了。依依攔下出租車衝了上去，「師傅，去永生之城！」

依依今年 25 歲，在沿海一所大學讀的會計專業的碩士。她為什麼會來西京這個中國西部的內陸城市呢？幾年前依依來西京旅遊，覺得很喜歡這裡的自然風光和人文氛圍，也很喜歡吃這裡的偏辛辣的飲食，對這座「來了就不想離開的城市」戀戀不捨。當然，最主要的原因是她男朋友是西京附近一個城市的美術專業在讀研究生，所以自己來這裡也算是為了愛情吧？現在大學生找工作不容易，這一年全國 700 萬的應屆畢業

生，又刷新了去年600多萬畢業生的歷史記錄。自己學的是會計，但偏偏又對報表什麼的不感興趣。那為什麼讀了本科還繼續讀研究生呢？這不是在一棵樹上吊死嗎？其實當時自己也沒想那麼多，只想多點時間考證。對，考證，這是現在大學裡最流行的事情。就業形勢嚴峻，找工作「壓力山大」（網絡俚語，意為壓力很大），多一個證書，找工作時可能就會擠掉很多人。依依覺得自己還是太隨大流了，別人考，自己就考，就像當時選這個專業一樣，很多事情自己也考慮得不是太清楚。

依依的男朋友比她還小一歲，美院的學生本科就要讀5年時間，這家伙還要等兩年才能畢業。當時他來依依所在的城市旅遊，兩人就這樣在海邊認識了。這樣，依依找工作的時候就只有盡量往他所在的地方靠。依依上班的這家公司來頭可不小，開發了西京市最大的樓盤，在全國多個地方都有項目。依依從海選到最後的面試，可是經過了層層挑選，感覺招聘的人不把人折騰死不罷休啊。雖然她學的是會計，但這次應聘的職位是營銷策劃助理。先擠進來再說吧，崗位以後可以慢慢調嘛，而且她感覺這個「策劃助理」還是一個非常有趣和有挑戰性的工作。

9點差3分的時候，出租車終於停在了項目部大門外。依依一看計費表，80元，心裡那個痛啊！沒想到出租車師傅卻說，「美女你在這裡上班啊？都是高收入哦！」依依拿出一張百元大鈔說，「找我20元。」師傅有點不情願地找了錢，依依下車朝著永生之城的售樓部飛奔而去。依依租的房子在市區，因為那裡離高鐵車站近，去男朋友所在的城市方便，1個多小時就到了。依依想的是，有時自己過去，有時他也可以過來。但是上班的地點卻在市郊，的確有點遠。早上的西京堵得一塌糊涂，出租車師傅又開得非常狂野，左衝右突的，在車流中頻繁變道，可把依依顛得七葷八素。只要不遲到就行！這個叫「永生之城」的樓盤，來頭可不小。據說它有6000畝之大，在北京的首都機場都投放了廣告，在西京市本地更是一個人們耳熟能詳的樓盤，各種戶外和公交站牌等廣告鋪天蓋地。市民隨手翻一張當地的報紙，也能經常看到這個樓盤的廣告。

依依下車的地方，正是永生之城的售樓部大門。那氣勢，一個小廣場連接一個轉盤小道，圍繞著一個氣勢恢宏的噴泉。道路兩側栽種著挺拔的銀杏樹，而噴泉的正中的一塊大石頭上寫著「永生之城」幾個鎏金的大字，

落款人是誰依依沒有看清楚。字跡太潦草了，估計是某位書法大家題的字吧。噴泉後面就是售樓部，一靠近售樓部各種金碧輝煌撲面而來，大門口還有穿著有點形似英國皇家衛隊制服的門衛開門。雖然自己剛來試用期只有3000元月薪，但是在這裡上班的檔次那肯定是非常高的，遠遠超過市區那些寫字樓裡的白領，也難怪剛才出租車的師傅要這樣說。光看這個售樓部的氣勢，就讓你來了覺得不買房都不好意思走進去。

　　一進售樓部的大門，依依就感覺被深深地震撼到了。售樓部的大廳估計有近10米的挑高，穹頂下吊著一個大得誇張的水晶燈。水晶燈下的部分全部空著，讓人感覺有一種奇妙的空曠感。地上是大理石做的拼花，中間還有馬賽克拼出來的畫。穿過大廳就是接待前臺，前臺的背景是一幅很大的油畫，畫面是很抽象的，依依看不太懂，但她能感覺到這幅畫很貴。大廳兩側分別是客戶接待區和項目展示區，展示區布置著一個很大的沙盤。在前臺的指引下，依依從大廳側面的一扇門走進去，來到了辦公區。辦公區的布置相對外面的大廳來說就簡單多了，就是常見的格子間，除了蜂窩式的辦公桌以外，還有幾排單間。

　　在其中一個獨立辦公室裡，依依見到了公司的人力資源經理美美。美美留著一頭很長的長髮，估計超過腰了，配合她的套裝，讓人感覺很有氣場。「林依依，來，坐。」美美讓依依坐到自己的辦公桌對面。「今天公司的同事都在傳，說營銷策劃部要來一個大美女，呵呵。」「沒有啦，我覺得姐姐你更漂亮啊。」依依覺得自己還是很會說話的。「小姑娘嘴還挺甜的嘛。」顯然依依說的話讓美美很受用。「我這裡有一些你入職的手續要辦，還有一些表格需要填，待會兒我的助理小張會帶著你去辦理。」美美指了下外面大辦公區坐著的小張。這人依依見過，當時面試的時候就見過她。「你的部門經理是聞總，他是我們公司的營銷策劃副總監，你的職位就是他的助理。」美美頓了頓又說，「目前營銷策劃部沒有總監，所以聞總負責所有營銷策劃部的工作。」就是我的頂頭上司呢，依依心想。「聞總可是我們公司的大帥哥哦，你這個助理的職位可是公司很多女生羨慕的啊。」美美笑著說。「聞總目前在上海出差，所以你今天見不到他。但他特別囑咐我讓你先去售樓部的一線鍛煉一下，所以一會兒我會安排小張帶你到銷售部去報到。還有什麼不清楚的你現在可以問我。」

怎麼又到銷售部去了？依依問美美道：「美總，請問我要在銷售部干多長時間呢？」美美看出依依心中的忐忑，說，「這個時間要取決於你們聞總。對了，銷售部和營銷策劃部實際上是一家人，只不過銷售部負責具體的一線客戶接待相關的工作罷了。銷售部也歸聞總管。不過銷售部有個銷售經理，就是你一會兒要見的王總。」美美接著說，「先就這樣吧，小張會帶著你走一套入職的流程。以後我們就是同事了，有什麼不懂的隨時歡迎你來問我。」「謝謝美總。」依依說。

　　從美總的辦公室出來，依依發現她的助理小張已經等候在門口了。「張姐，我們又見面了！」畢竟依依和小張見過一面，雙方熟絡得快些。剛才的美美雖然和藹，但畢竟是「總」，依依還是覺得自己有些拘束。「叫我張麗就可以了，咱們年齡差不多。走，我先帶你去見你們部門的同事。」一邊走張麗一邊說，「你們部門的老大，聞總，今天不在，好像他明天會回來。營銷策劃部包括策劃和銷售兩個部分，銷售的人比較多，有十來個，策劃的人不算聞總只有兩個，你來就是第三個。」張麗感覺人很熱情，還扎著兩根馬尾辮。說著兩人已經來到營銷策劃部的辦公區了。「這是孫磊，磊哥。」「你好！」這是一個體型偏胖，留著濃密大胡子的男人。那感覺一看就是搞策劃的。「磊哥好！」打個招呼，但這個磊哥趁機握了一下依依的手，還半天不松開。「這是高蕾蕾，我們都叫她蕾蕾。」張麗繼續介紹道。「蕾蕾姐好！」「喲，大美女哦！咱們聞總眼光可真好，挑了這麼漂亮的一個女生當助理。」這個蕾蕾個子不是很高，比依依矮了大半個頭，長得很普通，戴一副很大的黑框眼鏡。見過這兩人以後，依依略感不爽，難道這就是以後自己天天相處的同事嗎？不知道那個聞總怎麼樣？畢竟自己是他的助理，要是像這個磊哥一樣，那自己可完了。

　　張麗把依依領到另一間獨立的辦公室，並輕敲了一下門道：「王總，我把你們部門新來的同事依依帶來和你見一下，請問您現在有空嗎？」「進來。」打開門，一個約40歲的女人正坐在辦公桌前翻著一本雜誌。「林依依是吧？」王總抬頭打量著依依，說道，「先隨便坐坐吧，下午銷售部開會你也來參加。」說完繼續看她的雜誌。「好的，那我先帶依依去辦理入職手續。」張麗把辦公室的門帶上，看著依依撇了一下嘴。看來這個王總不是很好打交道啊，依依心想。

第四章

永生之城

　　西京早上的交通可真是堵啊！聞道8點不到就出門了，差幾分9點才到公司。其實也就20公里不到的距離，聞道住在市區，項目在郊區。如果不堵車的話，估計半個小時多一點就能開到。但是在早上高峰期的這個點兒，一個小時能到已經是萬幸了。雖然市區剛修了環形高架，但高峰期幾乎每一個上高架和下高價的匝道口都會堵。所以高峰期聞道一般不想走高架。走下面還可以左衝右突穿小道什麼的，而一旦上了高架，堵起來繞都不知道該往哪兒繞。

　　一到永生之城的項目門口，聞道一下就覺得神清氣爽起來。這拿錢砸出來的綠化那可不是蓋的，進項目的道路兩側是清一色的銀杏樹，而且還是又大又粗的那種。等到深秋的時候，這些銀杏的樹葉會全部變成金黃色，散落一地上那可是要多浪漫有多浪漫啊。到時可以舉辦一個銀杏主題攝影大賽什麼的，一定可以大賺一把人氣，聞道心想。永生之城這個案名可是聞道的得意之作。兩年前，聞道還在一家代理公司上班，俗稱乙方。在參與目前這家公司的代理競標的時候，一個難題讓所有的參與人包括甲方自己都很頭疼，這就是在樓盤項目地塊的旁邊就有一個公墓和火葬場。火葬場倒還好說，可以整體搬走，但是這個公墓牽涉的面太廣，幾乎沒有搬走的可能性。當時很多業內行家都說這塊地是一塊死地，本來就在郊區，旁邊還有一個墓地，即使開發出來也很難銷售。

　　這時，聞道代表乙方提了一個概念型的整體定位，這就是「永生之

城」。公墓搬不走就不搬吧，與其糾結於公墓的搬遷問題，他們還不如把壞牌當成好牌打。一方面，利用項目地塊的規模優勢，把一個人從出生到學習成長、工作生活以及養老的各種配套都應有盡有的打造出來；同時，把旁邊的這個墓地當成一個獨特的賣點：買房送墓地，讓你永生！當然，墓地少則1萬元，貴則數萬元，這些都記成營銷費用，最後還是要體現在房價中由購房者買單嘛，正所謂羊毛出在羊身上。甲方的董事長在聽了「永生之城」這個概念後拍桌子叫好。

之後，公司砸下上千萬元的廣告費鋪天蓋地地推廣「永生之城」這個概念。一時間，「買永生之城得永生」成了西京市民耳熟能詳的廣告詞。也許是運氣吧，近年來全國城市墓地價格飛漲，按照單位面積計算，投資墓地比買房還劃算，所以「買房送墓地」這個營銷手段很讓市民買帳。「永生之城」也因此而一炮打響。

其實，從民間傳統文化上來說，能被選作墓地的地方必然是自然條件很好的地方，墓地的陰氣和旁邊樓盤的陽氣也可以相互綜合。此外，如果有家人安睡在旁邊的公墓，那前去祭拜也是非常方便的。再次，如果不計較墓地下面安睡的故人，公墓本身的綠化都是很好的，以挺拔的青松為主，所以墓地其實也是一種綠化。國外很多城市的公墓周邊都是居民區，很多居民還到墓地裡去跑步呢。不管怎麼說，「永生之城」這個劍走偏鋒的險招算是成功了，這兩年的銷售那可是風生水起，由於規模很大，所以只要永生之城這個項目放盤，那必然是當期全城的銷冠。

兩年前的競標雖然自己所在的那家代理公司贏了標，但甲方公司的老板覺得反正房子好賣也沒有必要請代理公司來銷售。不過這家老板還算大方，給了些「點子費」，算是對乙方提案的肯定。而更多的甲方公司則喜歡通過競標來套方案，競標完了以後就自己做，或者安排自己的關聯方來做。說起乙方，那可是一部血淚史啊！不過由於這個提案的成功，聞道獲得了甲方公司老板的賞識，之後不久就被「挖了」過來。對聞道來說，這肯定是事業上的一大進步，完成了從甲方到乙方的「驚險一跳」。他自己去年也買了一輛白色的奧迪A4L。聞道承認男人開白色的車確實炫了一點，但顯得年輕嘛，喜歡就行！

聞道緩緩地駛入售樓部旁的停車場，保安隊長張漢鋒已經恭候在那

第四章 永生之城

了。保安隊隸屬於行政部管理，但由於售樓部保安的形象和服務也是一種非常重要的客戶體驗，屬於營銷範疇，所以保安隊在理論上也歸營銷策劃部管。公司要求保安必須為每一個開車到訪的客戶開車門，讓客戶剛到售樓部就能體驗到賓至如歸的尊崇感。但其實為客戶開車門還真是一個技術活。客戶停車後一般會先熄火，再收拾東西什麼的，然後才下車。而客戶的車門一般是鎖著的，要到下車時才解鎖。如果保安過早地拉客戶的車門，會讓客戶感到不舒服，特別是一些女性客戶甚至會被嚇著。問題是現在很多車主都給車窗貼了膜，所以站在外面不太看得清楚裡面的情況。這就需要保安拿捏時機。保安可以先把手輕輕的搭在客戶的車門上，當感受到客戶要開車門的一瞬間，或者聽到客戶解鎖了要開車門的一瞬間，再幫客戶拉開車門。這確實是很考驗手藝的，需要長期的練習。服務行業都不容易啊，聞道感嘆道。

　　聞道開的這輛車採用的是渦輪增壓發動機，從保養車的角度出發，需要在長時間行駛後怠速一小段時間再熄火，這樣更利於渦輪散熱，可以延長其使用壽命。當然，怠速是要增加一定的油耗的。但是和更換渦輪動輒幾萬元的費用相比，多花一些油費還是值得的。聞道還是比較懂車的，所以往往停車時都要等幾分鐘再熄火。利用這段時間正好可以收拾車內物品什麼的。為了不讓張漢鋒在車外久等，人與人之間需要相互尊重嘛，聞道放下車窗說道：「喲，張隊長今天看起來氣色不錯啊！」張漢鋒長得五大三粗，據說以前在少林寺山下的一家武術學校學過武功。由於少林寺山下的武術學校太多，學生也多，能夠成為電影明星的必定只是少數，大多數畢業生還是只能另謀出路。張漢鋒回答道：「呵呵，昨天整了一把杠上花。」公司其實是禁止值班的保安聚眾打牌的，張漢鋒身為保安隊長，即使沒有值班，也應該時不時地去巡崗。但畢竟晚上也不會有客戶來看房，他們打牌也不會影響銷售，所以聞道也沒多說，畢竟保安隊在編製上還是屬於行政部來管理的，他不想別人說他插手太多。其實張漢鋒完全不用親自來給自己開車門的，可見其還是很上心的。張漢鋒也許看到聞道皺了皺眉頭，忙說：「他們打，我只打了一把。」「厲害！打一把就能杠上花！」聞道熄火，下車，往售樓部走去。

　　售樓部的大門外用禮賓椿圍成了一個車位，這是公司董事長的專屬

車位，有時停著一輛勞斯萊斯，有時是一輛賓利。這其實也是一種樓盤的形象展示，會向客戶傳遞這個樓盤的高端感覺。

一走進售樓部，那幅掛在接待前臺後面牆上的巨大的油畫就印入了他的眼簾。這幅畫也是聞道的杰作。之前售樓部的裝修極盡奢華，地板鋪設的大理石來自義大利，大廳那個巨大的水晶燈就號稱價值100萬元，也是源自義大利的一個奢侈品品牌。售樓部客戶接待區的沙發和茶幾均為法國定制，就連售樓部的咖啡杯和酒杯等小物件也都是國外訂制的高檔貨。整個售樓部的打造至少是花了幾千萬元的。不過這些錢也不算是浪費，當樓盤完成銷售全面交付使用以後，售樓部將成為項目的業主會所，繼續發揮價值。義大利和法國都是很具有藝術氣息的國度，除了奢侈品，其實還有很多藝術大師和藝術瑰寶。而這個售樓部的裝修，高檔奢華那是沒得說，但總覺得缺了一點什麼。對，正是缺了一些藝術氛圍！於是聞道給老板建議多布置一些藝術品擺放在售樓部裡，這樣可以全面提升售樓部的品位。買仿製品雖然便宜，但其實除了裝飾作用以外並不能提升品位。真正的品位，一定要用真跡。這幅碩大的油畫，是國內一位當代知名畫家的作品，公司花了1000多萬元購得，反正老板有錢。而且，買畫看似屬於售樓部裝修的一部分，但其實也是一種投資，長期來看這些真跡肯定是升值的。老板不僅是「土豪」，而且還很精明。至於售樓部的其他地方，牆上掛的較小的畫那就更多，有幾萬元一幅的，也有幾十萬元一幅的，都是真跡。

公司的銷售人員，正式名稱叫做「置業顧問」，也就是俗稱的售樓小姐，簡稱「售姐」。她們現在正三五成群地聚集在接待前臺周圍聊天，看到聞道來了紛紛喊「聞總好！」「好帥！」聞道也和她們點頭致意。這批售樓小姐有10個人，也是這近兩年的時間他陸續招進來的。個個都是貌美如花，形象氣質佳啊。這幾年樓市行情好，售樓小姐們提成高，暴富神話也不少，於是吸引了很多年輕漂亮的女孩來搞樓盤的銷售。據相關調查分析，從整體上看售樓小姐的外貌水平已經超過了空姐。這其實也體現了一種經濟規律：哪個行業收入高，具備更高質量的勞動力，比如美女，就向著哪個行業流動。

第五章

萬米高空的邂逅

聞道一邊布置售樓部的各種事情，一邊在閒下來的時候出神。原來，他這次在從上海出差回西京的飛機上，邂逅了一個美麗的空姐。

當時聞道正在看報紙，上面正好有自己參加的一個論壇的訪談報導。這次在上海，聞道作為西京最大樓盤的代表，和來自全國的專家學者以及業內代表一起激辯房價的走勢。近年來全國各大城市的房價都出現了快速的增長，業內躁動，學界熱議，而普通居民則更是如熱鍋上的螞蟻，既慌張又蠢蠢欲動。但是房價究竟將向著何處發展，大家心裡都沒譜。在這次論壇上，專家學者們也就這一問題爭吵得不可開交。有的專家認為目前中國的房價已經很高了，泡沫即將破滅，建議民眾把手裡的房產盡快拋售。這位專家的言論看似也有道理，畢竟國內的房價已經快速上漲了有一陣了，不可能一直漲下去吧？這次有一位同樣來自西京的專家引起了聞道的關注。他說，目前國內推行寬鬆的貨幣政策，固定資產和大宗商品的價格必然會上漲。加上目前中國正處於城市化的快速發展期，大城市的住房需求激增。不過這位專家最吸引聞道的觀點是，國內房地產正在快速資產化，這主要是由於居民的投資渠道匱乏，加之當前貨幣寬鬆，簡單地說就是貸款好貸，居民可以利用槓桿來加速資產增值。

聞道以前是學市場營銷的，雖然不是專門學經濟學的，但畢竟都是財經大類的，所以聞道自認他對財經問題還是很有感覺的。研究談不上，感覺還是有的。從感覺上說，聞道是很認同這個專家的看法的。這個專

家姓陸，是西京市一所知名大學的經濟學教授。以前聞道經常在當地媒體的採訪報導中看到陸教授的觀點，但這次還是第一次見到本尊。和其他專家不同，陸教授風度翩翩，穿著考究，談吐不凡，有一種很獨特的氣場。他在論壇上找了個機會和陸教授交換了名片，聞道說等回到西京一定要登門拜訪陸教授，教授也爽快地答應了。

　　空姐已經在提醒旅客關閉手機了。聞道發現自己又坐在機翼這一排位置。還真是奇怪，如果沒有在選座位或辦理登機牌的時候特別交代，幾乎每次自己都會被安排在機翼的位置。一開始聞道還以為是不是自己的票價的折扣低對應的艙段就在機翼，但有幾次票價幾乎沒有什麼折扣也是在這裡。機翼貌似噪音大了一點，畢竟飛機的發動機就掛在機翼下面。但據說，機翼處是飛機上最安全的位置。

　　這時，他聽到隔一個走道的兩個女人在嘰嘰喳喳地說話。其中一個說，你看那個空姐好漂亮。另一個說，你看她在玩手機，給她拍下來，回頭發到網上去。說話的這個女人舉起手機向著機艙後面拍了照。聞道開始也沒在意，但他突然想起，就在幾天前，兩個空姐在飛行途中玩手機被旅客拍了發在網上，引起了很惡劣的反響。這兩個空姐也被航空公司停飛了。聞道轉過頭去向後看，但那個她們談論的空姐已經轉過身去了，聞道沒有看見她的正面。

　　停飛對空姐們來說可是很嚴厲的處罰啊。空姐的收入由基本工資和飛行的小時費構成。如果停飛，那她們就只能拿很低的基本工資。但是那兩個人已經拍了照片，雖然說現在飛機還沒起飛，但如果真被她們發到網上去了，也真假難辨啊。航空公司為了取信於民，說不定也會拿空姐開刀。可能從小武俠小說看多了，聞道骨子裡還是有點仗義的。他覺得自己應該幫一幫這個素未謀面的空姐。於是他向剛才拍照的那個女人說道：「美女，你拿的是不是剛上市的 iPhone5S 啊？哇，還是『土豪』金吶？」那女人聽到有點得意，說「是啊」。聞道接著說，那能不能拿給我看一下啊，我回去也買一個。那女人倒也還大方，可能也看到聞道是個帥哥，說，「拿去看吧。」於是就把手機遞了過來。聞道拿到手機假裝擺弄了一下。這時，廣播說道：「飛機即將起飛。請各位旅客系好安全帶，收起小桌板並調直座椅靠背。請打開遮光板，關閉手機等電子產

第五章　萬米高空的邂逅

品。」聽到這個廣播，聞道立即找到手機的照片庫，三下五除二地把剛才她們照的空姐照片刪了，並迅速關機。聞道把關了機的手機遞回給那個女人，說，「謝謝。真不錯，回去我也買一個。哦，廣播說讓關機，我就幫你關機了。」那個女人正想說點什麼，前面的空姐過來讓她把桌椅靠背調直，她就沒說成。

　　聞道默默地微笑了一下，自己也算做了一件好事吧。但剛才照片刪得太快了，都沒看清她們說的那個空姐長成什麼樣子，有點遺憾。不過算了吧，自己售樓部裡的美女還少嗎？呵呵。

　　加速，起飛，爬升，有一點點超重的感覺。

　　平飛了一陣以後，空姐們來送飲料了。聞道這才看清了那個空姐的長相。天哪，她是那麼的美麗，聞道不禁有點看得呆住了。她精緻的五官裡含著淺淺而淡然的笑意，笑裡又有那麼一點點的神祕和憂鬱讓人心生憐憫又很少探祕。她凹凸有致的身材在制服的襯托下顯得更優雅迷人。聞道覺得90%的男人見到她都會喜歡上她，另外的10%在猶豫或者他們是同性戀。「先生，請問您要點什麼飲料呢？」這時，她的聲音打斷了正在發呆的聞道。聞道回過神來，感覺有點失態，連忙說：「礦泉水，謝謝。」她倒好一杯礦泉水遞過來，聞道小心翼翼地接過飲料，有點不敢再看她。她的聲音也是這麼好聽啊……聞道回味道。一會兒一定要找她再要一杯飲料！

　　從上海飛回西京要差不多3個小時，聞道準備閉眼睡一會兒。飛機上的人此時主要在干三件事：閉眼睡覺；用iPad或筆記本電腦看片；用iPad等玩游戲。坐了一會兒，似乎很難睡著啊。這趟航班的時段正好是下午，沒有航餐。要去找她說兩句話嗎？在內心掙扎了一會兒以後，聞道決定去上一個洗手間。

　　聞道借上洗手間的機會走到後面，看到她正看著舷窗外。她似乎若有所思。她在想什麼呢？「我可以再倒杯飲料嗎？」聞道終於鼓起勇氣開口和她說話。「噢，當然可以，我來幫你倒吧。」趁她倒水的時候，聞道瞟了一眼她的胸牌。她叫「糖糖」。「以後在飛機上用手機要小心哦。」於是聞道把剛才有人拍她照片，他幫她刪了的事情給她說了，還提到了那兩個被停飛的空姐的事。她皺著眉頭說道：「這些人可真是的，這是一竿

子打死一群空姐啊。而且剛才還沒有起飛呢，真是的。」「是啊，但如果被她們發到社交網絡上去也不好啊，會給你帶來不必要的麻煩。」聞道說道。她笑著說：「謝謝你，你還真細心。」聞道聽到糖糖表揚自己，竟然像個大男孩一般，害羞起來，露出腼腆的微笑，說道：「哦，對了，我叫聞道，在西京一家房地產公司從事營銷工作，歡迎有空來我們項目的售樓部逛逛哦。這是我的名片。」她接過名片，看了看說：「我知道你們公司，在西京還挺有名的啊。」「呵呵，我們項目比較大。」聞道說。「行啊，以後我來買房你要多給優惠哦。」她說。「那是必須的啊。」聞道高興地說，「要是你來我肯定親自接待，並熱情地給你講解沙盤。」「喲，這麼熱心，那先謝過了哦。」她說。「你叫糖糖吧？」聞道又看了一眼她的胸牌，說錯了可不好。「是的。」糖糖回答道。這時飛機顛簸了一下。她說：「有氣流，你先回座位吧，要喝水就按鈴找我。」「好的，那我先回座位了。」聞道說。

　　回到座位，聞道覺得自己有些好笑。他其實很少主動找女人搭訕的。聞道向來穩重，並不是那種見到美女就要撲上去的輕浮之人。很長一段時間以來，聞道覺得自己的心裡就像被築起了一道牆，處於封閉狀態。他的工作能接觸到很多美女，售樓部裡就有一堆，廣告公司、活動公司的美女更是多。但自己從來沒有產生特別的感覺。不過今天他的感覺似乎不一樣。難道「這道牆」的磚開始鬆動了？

第六章

銷售說辭

聞道從對糖糖的思緒中回過神來。先不管這「牆磚」松不松動，眼下手裡還有一堆的活兒要干，這可是現實的壓力啊。永生之城新的一個組團即將開盤，需要盡快落實銷售的各項準備工作，特別是銷售說辭的準備，這可是一線售樓小姐和到訪客戶打交道的主要工具。其他準備工作做得再好，沒有售樓小姐為客戶介紹項目這臨門一腳，也是白搭。當然，守株待兔的賣房方式也不是沒有，在行情極好的時候，號稱保安都能賣房。售樓小姐們甚至根本不需要和客戶多說，坐著等客戶上來簽單即可。

開會，必須開會。下午把廣告公司的幾個人叫來一起開個頭腦風暴式的會議，聞道心想。廣告公司的人點子很多，其實他們完全可以直接代勞把銷售說辭寫完的，但為求謹慎起見聞道覺得還是大家多討論討論可能效果更好。這個新組團的銷售業績對自己非常關鍵。以前的營銷策劃部總監離職後，位置一直空著，公司都盛傳位置是給聞道留著的。但聞道清楚這是老板的陰謀。如果現在就把他提成總監，則提成的比例會大大增加，目前自己的提成比例已經和銷售經理不相上下。現在項目這個新組團的一大批房源要上市，既是老板提拔前對他的考驗，對老板來說，銷售提成又可省一筆，一石二鳥。

這時，人力資源部的助理張麗敲門進來說：「聞總，這是新招的策劃助理，林依依，也就是您的助手。」聞道順著張麗的介紹往後看去，呵，

美女，絕對是美女！披肩長髮，端正的五官，高挑的身材，最主要的是她身上那難以掩飾的青春活力。聞道特地留意了一下她穿的鞋子，穿平底鞋身高估計都快有170厘米了。看來以後自己在她面前得把背挺直了啊。也對，免得辦公室坐久了背痛。「聞總好！」她的聲音也很甜。聞道示意依依坐在自己辦公桌對面的椅子上。張麗說了「那你們慢慢聊」便離去了。

　　聞道接過張麗遞來的簡歷本，迅速地掃了幾眼問道：「依依，你知道我為什麼把你招進來嗎？」依依搖了搖頭。「當然，你的形象肯定有優勢，但應聘的漂亮女孩子也很多。除了你的綜合素質之外，我主要是看中你的會計的專業背景。」聞道解釋道，「我們銷售部經常需要計算價格和銷售額什麼的，要製作很多表，我相信你的專業背景在策劃之外肯定也會很有幫助。」好吧，依依想不到自己的會計專業背景居然對營銷策劃還有幫助。不過也好，自己的專業也正好有用武之地。聞道接著說：「試用期你的月薪是3000元，但轉正以後就會提到月薪5000元，以後如果升職成為策劃經理月薪可以漲到8000元左右。當然，我們部門還有銷售提成，這個可不低哦！好好干，希望咱們以後合作愉快！」「謝謝聞總鼓勵！」依依說。這個聞總挺有親和力的，而且人確實帥，相信在他手下做事會很愉快的。「咱們公司經常開會，特別是營銷策劃部的會最多。以前有人把我們部門戲稱為『夜總會』，因為我們在晚上總是開會。有時確實是沒有辦法，時間緊任務重。不過我本人也是很不喜歡加班的，咱們平時提高工作效率，盡量不做無效的加班。我馬上給你黑石廣告公司章總的電話號碼。你和他聯繫一下，請他下午帶團隊過來開會，討論銷售說辭的事。還有，在你的試用期我會把你安排在銷售部鍛煉一下，接觸房地產銷售的一線工作，能讓你快速熟悉這個行業。」「謝謝聞總，那我這就去聯繫章總。」依依說罷就走了出去。

　　看著依依走出去的背影，聞道心想這可真是一個乖巧的女孩。雖然沒有在飛機上遇到糖糖時的那種特殊的感覺，這是不是先入為主了？但聞道對依依的第一印象還是非常不錯的。不過，這個公司對依依這樣的美女來說可是危機四伏啊。特別是她剛出校園，又沒什麼社會經驗。雖然聞道作為依依的直接上司，自己一身正氣，從來沒和公司內部的哪個

第六章　銷售說辭

美女傳出過緋聞。但公司裡面「色狼」太多，防不勝防啊，冷不丁她就會被別人當做羊羔下嘴了。哎，依依是他招進來的，他應該多保護她一下。但所謂蒼蠅不叮無縫的蛋，很多時候還是要看她自己了。

他們的午飯基本上都是盒飯對付了。永生之城地處郊區，要想像城裡一樣到處找館子，目前是很困難的。不過行政部聯繫了一家送外賣的，20元一盒，雖然有點貴，但飯菜做得還算湊合。實際上聞道經常一天兩頓都是盒飯解決的。這家盒飯的老板捨得放油，提升了口感的同時，也有用地溝油的嫌疑。邊吃盒飯邊對著電腦工作，長期是這種狀態的聞道也已經習慣了。記得以前在網上看過，有人問學建築的人最需要看的是什麼書，答曰《如何治療頸椎病》，自己這行看來也差不多。

一晃到了下午，黑石廣告公司的章總一行人也都來了。開會就是頭腦風暴！照理說廣告公司應該是「丙方」，但由於目前公司還沒有聘請代理公司，所以他們自然也就升級成為了乙方。章總是一個光頭，油亮亮的，太陽下能反出光來。他的女助手，不論冬暖夏涼都穿著深V打扮。聞道只能說他們的這個組合簡直是絕配！光頭晃眼加上深V吸睛，這個組合在廣告投標的時候所向披靡，鮮有失手。當然，這只是調侃，老章還是很有水平的，往往能夠一針見血地指出問題所在，並拿出讓你不得不佩服的提案來。但這也正是他們公司的問題所在。老章一個人太牛了，其他員工又不爭氣，他肯定很累。聞道一邊想著老章很累，一邊看了他的女助手一眼。

剛坐下來會議室就烏菸瘴氣了。老章那邊包括他的女助手在內的4個人全部在抽菸，自己這邊策劃部的孫磊也在抽。聞道不抽，高蕾蕾和依依兩個女生也不抽。孫磊盯著老章的女助手看也就不說了，高蕾蕾也盯著看。聞道覺得這種場合肯定難為依依了。老章時不時瞅一眼依依，讓聞道覺得有些不爽。對了，今天這會必須要讓售樓小姐們也來聽一下，能提建議最好，不能提建議也要熟悉項目嘛，反正會議室大。

幾分鐘後，銷售經理王豔領著10個售樓小姐緩緩走進了會議室。那架勢……就像是一個婀娜多姿的出場秀一樣。在場的人都被這氣勢震撼了一下，聞道承認這批售樓小姐是很有水平的。老章假裝低頭沒看，但偷瞟了幾眼，被他的女助手盯了回去，看來管得還真緊。孫磊就不說了，

感覺哈喇子都要流出來了。高蕾蕾面無表情，可能看得多了，依依則感覺很新奇的樣子。一坐下，有的售樓小姐也開始抽菸，有的則嫌室內菸味太濃，反正會議室一下熱鬧了起來。

「好吧，我們開會。」聞道清了清嗓子。「今天把各位請來主要是為了把我們項目即將開始發售的全新組團的信息再次梳理一下，並爭取把銷售說辭定稿。依依，你注意做好記錄。」「好的！」依依打開一個很大的筆記本，那是公司配發的。除了售樓小姐以外的其他人則打開各自的筆記本電腦。聞道心想還是先鼓舞一下士氣吧，便說：「這次開盤的重要性我想我不需要多說，我們只許成功，不許失敗。做人，特別是做男人，一定要做到三個『P』：Passion、Patience、Persistence。當然，也不是所有的事情努力就能成功，但至少先盡力過，才能果斷的放棄。」聞道正在心裡為自己很有文採的發言小得意，沒想到孫磊接嘴說：「聞哥，你說的不就是『3P』麼？」「你夠了！」聞道不得不打斷他。「還是我先來介紹一下項目新組團的情況吧。」聞道打開PPT開始做演示。

「大家知道，我們的永生之城這個項目位於西京市的北郊，按照一個標準的SWOT分析，我們可以這樣來看這個項目：優勢是地塊規模大，號稱6000畝，其中包含一個2000畝的濕地公園。雖然現在我們公司實際上只拿了不到1000畝地，但另外的3000畝不會有太大問題。劣勢是距離市區較遠，目前這一帶就是一片空地，除了我們項目外幾乎什麼都沒有，配套嚴重缺乏。當然，旁邊就是一大片公墓，火葬場倒是剛剛完成搬遷。機會主要是規劃了一條地鐵線要經過我們項目，還有就是西京北郊這一片正在申報國家級新區，但不知道什麼時候能獲批。威脅是周邊的地塊在陸續放出，未來這個片區的競爭會加劇。」

聞道喝了一口咖啡繼續說道，「這次新放出來的組團，位於整個項目最靠近公墓的那一側，中間隔著一條大馬路，目前通行的私家車不多，但往來的大貨車很多，存在噪音和灰塵影響。還有一條高壓線從旁邊過，不過未來會改到地下。是我給董事長建議這次先開這個組團的。大家很容易看出，這個組團是目前整個項目從傳統意義上來說最難啃的一塊骨頭。雖然經過前兩年的宣傳，『永生之城』這個概念已經在西京市獲得較高的認可度，但這個組團就是我們項目最靠近墓地的地方，成敗在此一

舉。我當時提這個建議是這樣考慮的，趁現在行情好，抓緊時間把這塊最難啃的骨頭消化掉，這樣會大大降低項目其他組團以後銷售的難度。」下面響起了熱烈的掌聲。

　　聞道微笑了一下，接著說：「從產品形態來看，這次推出的主要是高層電梯公寓，這也是項目提升容積率的需要。」容積率是一種建築指標，等於建築面積和地塊面積的比例，是體現地塊開發強度最重要的經濟指標。一般來說，容積率越低物業檔次就越高。所以，一個項目在佈局的時候通常把高密度的物業，如高層電梯公寓布置在位置不太好的地方，擋灰擋噪音。而低密物業，如別墅、花園洋房等則布置在地塊中間或位置好的地方。當然，這只是一般的布置方式。如果一個項目全部都是高層電梯產品，那當然就不存在這個劃分方法了，而會通過戶型設置等來進行區分。

　　「大家都來說說看法吧。」聞道看著他的聽眾們說道。

第七章

守望，也是一種幸福

這個會的激烈程度超出了聞道的想像。與會人員抽完了多少包菸已經無從考證了，只知道菸灰缸都倒了幾次。最後大家一致同意定出的新組團的主推廣語是「守望，也是一種幸福」。這主要是聞道和廣告公司的章總碰撞出來的，其他人也都覺得好。這個主推廣語的含義是，如果你家有親人安睡在項目旁邊的這個墓地，那你住在這個離墓地最近的組團自然是一種對親人的守望，難道這不就是一種幸福嗎？而這個新組團的案名，就被定為「守望郡」。

散會後已經晚上11點了，晚飯自然又是盒飯解決的。說永生之城這個項目養活了這家飯館一點都不誇張。老章他們自己開車走了，公司的交通車可以送大多數售樓小姐到市區，但其實她們很多都有人接，也有的自己開車。策劃部的孫磊開車帶高蕾蕾走了，其實聞道也聽說過一些他們的傳聞。公司對辦公室戀情也不反對，當然，如果他們確實是戀情的話。聞道和依依住在一個大方向，所以聞道開車送依依回去。看得出來依依很疲憊，今天她記錄了一天。可能對大家討論的一些專業術語她不是很懂，但她仍然認真地記錄著。聞道本來想喊她回去抓緊把大家討論出來的銷售說辭整理成電腦文檔，但是覺得這樣太累了，還是明天上班再說吧。

聞道打開天窗，讓習習的夜風吹了進來。依依把手伸到天窗外，朝夜空做了一個打槍的手勢。哈，真可愛，青春無敵啊。自己剛走出校園

的時候不也是這樣嗎?」「你是一個人住嗎?」聞道問。「沒有,我和一個女生合租一個套二的房子,我們一人住一間臥室。」「小區環境好嗎?」「還行吧,但感覺住的人挺雜的,開公司的、開健身房的什麼的都有。」「房租多少呢?」「2500元,她出1500元,我出1000元。」聞道很清楚市區的房租價格,他就是干這行的。現在要想租一個套一的電梯公寓,少了1500元根本租不到,套二的2000元都很難找,稍微好點的小區一般要2500元到3000元了。合租是提高居住的物業品質的有效辦法,但室友帶來的困擾也是明顯的。簡單地說,如果室友合得來,那合租是好辦法,否則不如自己租套一的。當然,也可以挑選老一點的7層樓的那種多層形態的小區居住。但一方面很難找到套一的房源,另一方面年輕人一般更喜歡住電梯公寓。因為電梯公寓房子的成色普遍要好一些。「你和你的室友相處得怎樣呢?」聞道關心地問。「還行吧,就是她的男朋友有時要來住,有點尷尬……」依依回答道。「哎,以後我幫你看個套一的,自己住要舒服一些。」聞道說。「嗯。」依依說。

　　把依依送到小區樓下,聞道再折返回自己的家。依依上班有兩種最經濟的選擇,要麼自己坐公交車到市區的班車集合點,然後坐班車來公司;要麼坐車來聞道家樓下,搭聞道的車去公司。聞道如果早上去接依依就要繞一點,在分秒必爭的早上還是有點懸。不過依依住的地方到聞道家還是有公交車的,所以還算方便。聞道和依依約定,可以有時依依坐車過來等他,有時聞道去接依依,如果聞道有事不去項目上,依依就自己去坐班車。聞道覺得他對依依上班這個問題的關心也很自然:舉手之勞,而且如果依依老遲到,也影響他的工作效率,畢竟依依是他的助手嘛。一個人開車遇到堵車心裡也煩,有個美女陪著還可以有人說說話。依依覺得和聞道在一起很放心的感覺,所以也願意搭聞道的車。

　　第二天載依依來上班倒也順利,8點依依準時等在樓下,聞道喜歡守時的人。到了公司,聞道安排依依整理昨天討論的銷售說辭以後,做了一杯咖啡。雖然外面售樓部大廳有高檔的現磨咖啡,但那是給客戶喝的,他們內部工作人員也不能隨便亂喝。當然,如果是接待客戶那可以和客戶一起喝。聞道在自己的辦公室裡放置了一套膠囊咖啡系統,其實就是磨好的咖啡粉放在塑料的膠囊中,做咖啡非常方便。不過在辦公室裡儲

存牛奶不方便，所以就只有做成「美式」咖啡了。

　　自從上次從上海回到西京以後，一連幾天聞道都有點魂不守舍的。她會打電話來嗎？還是已經把自己給她的名片扔了？接近中午的時候，聞道突然收到一條陌生電話的短信，說：「你好！我是前些天你在飛機上遇到的那個空姐，感謝你幫我刪了照片，不然乘客發到網上去可能有些麻煩，我還得向公司申訴半天呢。我叫糖糖，這是我的電話。我有個朋友對你們那個樓盤感興趣，你什麼時候有空，我們來看看好嗎？」「有空，我隨時都有空！」聞道急忙回復到。但是又覺得有些唐突，於是又發了一條：「我上班時間都在的，隨時歡迎你們來我們的售樓部做客，我一定親自接待！」

　　這時依依把說辭初步整理完了，聞道馬上打印了一份出來，得，今天下午就現場演練一下。聞道給前臺打了一個電話，說下午有他的朋友過來看房，到了他親自出來接待。接著，聞道就一邊吃盒飯一邊看銷售說辭。普通的售樓小姐需要把這個說辭背下來，但他顯然不需要，他對項目太熟悉了，不過語言上的要點還是需要注意一下的。聞道習慣中午在辦公室的沙發上睡個午覺，哪怕只眯上半個小時，對下午的精神狀態也很有幫助。今天看來是睡不成了，再來一杯咖啡！

　　時間過得可真慢啊！一晃都兩點了，糖糖會什麼時候到呢？聞道把頭髮整理了一下，又嚼了一個口香糖。今天穿得比較隨意，要不要換件衣服呢？聞道在辦公室掛了一套範思哲的西裝，開重要會議或見重要客人時穿。他不是一線銷售，不需要隨時穿套裝。平時聞道更喜歡穿休閒一點的衣服。想了一會兒後聞道還是換上了西裝，一下精神了不少，第一印象很重要！

　　差不多三點半的時候，聞道接到前臺的電話：「聞總，有客人找。」來了！聞道喝了一口水，清了清嗓子，快步走向售樓部大廳。糖糖今天穿了高跟鞋，感覺比依依還高。看來今天自己又必須把背打直了。她今天穿的淺藍色的牛仔長褲和白色T恤，套了一件米色開衫，頭髮很自然地垂了下來，上次在飛機上看到是盤起的。跟糖糖一起來的女孩個子也高，有點像模特的感覺。聞道微笑著走向兩個女孩，她們也看到他來了。「不好意思，讓你們久等了。」聞道說。「沒有，我們也剛來，沒有打擾到

你吧？還麻煩你親自來接待。」糖糖說，聲音是那樣的甜美。「怎麼會呢？你們來我可求之不得呢！」聞道高興地說，這可是大實話，不是客套話。「這是蜜蜜，是我從小的閨蜜哦。她以前也是空姐，還當過車模，現在自己做點事情。」糖糖把和她一起來的女孩介紹給聞道認識。「厲害啊！」聞道這才仔細打量了一下蜜蜜。美女自是不用說，只不過剛才自己的注意力都集中在糖糖身上，沒有仔細打量蜜蜜。

　　「來，我先帶你們看下我們項目的沙盤吧。」聞道把兩個美女帶到項目展示區那個碩大的沙盤面前。大廳的服務人員給兩位送來了飲料。聞道拿起激光筆給她們介紹項目。「剛才你們從市區來的那條路叫西京大道，雙向12車道，是政府大力打造的西京往北的重要干道，我們永生之城這個項目就在西京大道的東側。這裡到機場約40分鐘車程。」聞道特地強調了一下機場。糖糖端著杯子微笑著在聽聞道講解，舉止是那麼得優雅，不愧是專業的啊，站都站得那麼美。聞道看得有些著迷，但還是表現得一本正經的介紹項目，基本上把銷售說辭上的主要內容都提了一下。「這是我們即將新開始發售的組團，叫『守望郡』。不過這個組團的位置不是我們項目最好的，容積率也比較高。你們要是不急著買的話可以再等一下，我們不久後還有更好的組團放出來。」聞道說。「什麼叫容積率？」糖糖問。「容積率就是體現地塊開發強度的指標，通俗地說就是容積率越高堆的建築就越多嘛。」聞道解釋道，心想正式的說辭還需要注意語言的通俗性。「好吧。」糖糖莞爾。

　　講完了沙盤，聞道把兩個美女帶到客戶休息區，三人坐在法國訂制沙發上用精美的咖啡杯喝著咖啡。兩個女孩對這裡的裝修和裝飾很是讚賞。聞道特地說這些掛的畫都是他的主意。「想不到你還這麼有藝術細胞。」糖糖誇道。「我也只是略知一二罷了。」聞道說著讓工作人員拿來兩套項目的樓書。樓書是售樓部最重要的銷售物料之一，是向潛在客戶傳遞項目信息的重要媒介。樓書一般都印刷得非常精美，格調拔得非常高。當然，樓書的成本也非常高。所以銷售人員需要甄別客戶，並不是所有的客戶都要給樓書。一般看起來像是隨便問問的那種，就只給戶型圖，覺得是像要想買的人才給樓書。

　　兩個美女邊看樓書邊喝咖啡，大廳的服務人員還給她們每人拿來一

個小果盤。售樓部大廳裡的飲料很多，零食也多。和一套房子相比，這些小恩小惠又花得了多少錢呢？讓看房的客戶來了感到滿意最重要。閒聊中，聞道得知糖糖出生在書香門第，父母從小培養她練藝術體操，小時候還獲得過不少獎項。但後來她父母覺得練藝術體操太容易受傷了，就把她送去空乘學校了。她今年 27 歲了，還是單身！她這樣的大美女怎麼可能單身？不過也有可能正好是上一段感情結束後的空窗期，要不就是已經挑花眼了。以後慢慢瞭解吧，第一次見面不適合問太多了。

這天售樓部的樣板房正好在做衛生和安全檢查，不能進去參觀。不過也好，可以讓她們改天再來一次。一晃快 5 點了，聞道本來想請糖糖和蜜蜜兩個一起吃頓晚飯，但是她們說還要趕個飯局，只好作罷，改天再約。聞道把她們送到停車場，喲，蜜蜜開的是保時捷的派拉美拉，這可是 100 多萬元的車啊！高配的車型還要 200 多萬元。修長的車身，流線的造型，非常優雅，而保時捷的運動基因又賦予了它狂野的一面。從輪轂來看這臺派拉美拉應該是低配的，但也有 100 萬元出頭。看來這個蜜蜜是項目的優質客戶啊，下一個小獨棟別墅組團可以重點給她推薦一下。糖糖坐進副駕，蜜蜜發動汽車，朝聞道說了聲：「帥哥，拜拜咯，下次約！」接著她一踩油門，很快就消失在聞道的視野中。

第七章　守望，也是一種幸福

第八章

客戶蓄水

　　聞道他們連續加了幾天班，董事長同意了新組團的宣傳方案。很快，西京市全城就將鋪滿「守望郡」的廣告，而主推廣語「守望，也是一種幸福」也將再次深入西京市民的心中。這一次的宣傳，聞道準備主打「孝道」這張牌。雖然整個永生之城這個項目都在搞買房送墓地的活動，但畢竟「守望郡」這個組團是項目離墓地最近的地方，承載著項目理念落地的重要使命。

　　何為孝道？中國古代有孝敬父母的 24 個典故，聞道準備在所有宣傳材料上循環使用，這樣能起到更深入人心的效果。走心，可比空喊口號強多了。這 24 個典故那可是個個感人啊：湧泉躍鯉、聞雷泣墓、乳姑不息、臥冰求鯉、恣蚊飽血、扼虎救父、哭竹生筍、嘗糞憂心、棄官尋母、滌親溺器、拾葚異器、扇枕溫衾、埋兒奉母、懷橘遺親、行傭供母、刻木事親、賣身葬父、戲彩娛親、鹿乳奉親、蘆衣順母、百里負米、嚙指痛心、親嘗湯藥、孝感動天。

　　其中，聞道覺得和項目聯繫最緊密的是聞雷泣墓。這是講的魏晉時期營陵（今山東昌樂東南）一個叫王裒的人的故事。其母在世時怕雷，死後埋葬在山林中。每當風雨天氣，聽到雷聲，他就跑到母親墳前，跪拜安慰母親說：「裒兒在這裡，母親不要害怕。」不要說古代，就是現在的農村地區，很多人還是習慣把親人的墓安放在屋後，所以用這個典故來做營銷素材，絕不僅僅是營銷的噱頭，而是在弘揚傳統文化。聞道設想的，在這個

新組團的門口專門設置一面長長的牆，刷成白色，然後在上面畫上這24個典故所對應的意境畫，這樣來看房的客戶在去參觀項目樣板房的時候經過這堵牆，就會潛移默化的受到影響，說不定就轉化成交了。

　　在廣告投放上，聞道還是採取比較傳統的策略，就是在西京商報和西京都市報這兩家本地最大的紙媒上轟炸幾個整版，這是當前樓盤銷售的主流做法。特別是大盤，不來幾個整版的宣傳都不好意思拿出來說。當然，其他各類和房產有關的媒體也要適當的投一些廣告，但這其實主要是打點一下，行規嘛，都懂。還有就是現在越來越重要的公交廣告站牌和室外的大型戶外廣告牌。各家廣告公司現在對位置好的公交站牌和大型戶外廣告牌的爭奪已經白熱化了，可見其日益顯著的重要性。回頭給老板申請下預算，估計幾百萬元的總宣傳費用還是跑不掉的。聞道現在雖然負責整個營銷策劃部，但他只能出方案，沒有簽單的權力。董事長「賊精」，安排了一個副總裁來專門負責廣告投放和合作公司的簽約，他就是不讓自己有機會吃回扣嘛！

　　下一步聞道要做的就是組織個大型活動來為開盤造勢了。做什麼好呢？策劃部的四個人湊在一起開了一下午的小會。最後的想法是搞個「感動西京」孝文化論壇。依依提了個「感動中國」，不過聞道覺得範圍太大了，還是「感動西京」好操作一些。依依剛來不久就能積極參與部門的討論並提出自己的看法，聞道覺得這個小女孩還是很上進的。聞道準備邀請西京所有的媒體到場參加這個論壇，當然這還不是最主要的。這個論壇的主要內容除了邀請相關的專家來講解「孝道」的文化背景和時代背景以外，還要在全市徵集孝順的感人故事，並邀請通過初選的故事人物到論壇現場做演講，給聽眾講述其孝順的故事，最後由專家、媒體和觀眾組成的評審團聯合打分。冠軍將獲得「守望郡」的一套新房！亞軍和季軍也有相應的獎品。「一套新房」當然是很有吸引力的，公司也一定會兌現，這相當於營銷費用嘛。但給多大的新房和什麼位置的新房則沒細說。到時可以把面積最小、位置最差的那一套拿來當獎品。不過再怎麼樣說，這個獎品也還是值幾十萬元啊，絕對夠吸引普通市民參與了。至於亞軍和季軍，可以給予不同金額的購房基金，比如亞軍20萬元、季軍10萬元。這個購房基金就是說你來本項目購房，可以抵扣房

款,不來買房顯然就沒法兌現了。這不相當於又變相地鎖定了兩個客戶麼?哈哈!

「守望郡」這個組團將製作全新的樓書和戶型手冊。當時在前期規劃的時候,圍繞著戶型的設置,公司內部還發生了激烈的爭論。一般來說,臨街的單位適合設置成小戶型,而面向小區內部中庭景觀的單位則適合設置成大戶型。這是由於臨街的位置都是用來擋灰擋噪音的,來買的人一般經濟條件相對差一些,即俗稱的「剛需」。他們對總價的承受能力有限,因此戶型的設置不宜面積過大,一般最多就是90平方米以內的套二。而選擇面向小區內部中庭景觀的客戶,對環境必然有著更高的要求。對居住舒適度的要求更高,其經濟實力一般來說也更好,所以可以設置面積更大的戶型,比如120平方米的套三和150平方米以上的套四等較大戶型。但是「守望郡」這個組團的賣點就是能夠眺望公路對面的墓地,所以朝向墓地的臨街這面,實際上價值比普通的臨街位置要高。

聞道向公司建議,朝向墓地的臨街這一面,全部設置成150平方米至200平方米的大戶型,這樣能提高組團的檔次從而提升銷售。公司原則上同意了聞道的想法。但這產生了一個問題,公司其實有現成的設計圖紙,每個高層電梯公寓的設計其實都差不多,只不過擺放在不同的位置即可。但是聞道提出的這個想法無異於要重新設計一種戶型設置的圖紙,因為每一棟樓的標準層設計完全變了。而重新設計圖紙需要驚人的設計費,增加的這部分成本能不能在銷售上通過提價彌補回來?大家一時間就這個問題的討論陷入了僵局。後來聞道想了一個辦法,既然不能改變標準層的設計,那乾脆把朝向墓地的臨街面的單位大部分改成躍層!這樣標準層的設計幾乎不動,而縱向的設計變動相對來說對成本的影響很小。因為現在高層電梯公寓的建築結構基本上都是框架剪力牆的設計,只要不改動立柱的位置和關鍵的承重牆的位置,其他地方都可以變動,預留一個室內的樓梯位挺簡單的。聞道的想法其實也不複雜,就是把本來90平方米的套二戶型,上下兩套合併成一套躍層,這就變成了180平方米的套四了。但是如果為了進一步提升居住品質的話,需要把室內客廳做成挑高的設計,這會犧牲一部分面積。不過約為160平方米的戶型還是相當不錯了,特別是那近6米的客廳挑高,極具奢華感。當然,在臨街這面

看不到墓地的位置，還是可以保留一些單層的 90 平方米套二的戶型，但量不會太多。

接著就是拍攝「守望郡」的形象宣傳片了。本來聞道還想全民海選出一個形象代言人的，後來覺得和孝文化論壇有衝突，所以這個創意留著以後再用吧。廣告公司找了專業的模特，第一組畫面是女主人坐在客廳的沙發上看書，孩子在旁邊嬉戲玩耍。聞道要求攝像師特別要表現客廳挑高的畫面。兩條很長的窗簾從近 6 米高的屋頂垂下，上面一半是巨大的玻璃窗，下面一半是玻璃推拉門，室內光線充足。第二組畫面拍攝了女主人起身，緩步走到客廳外面的陽臺，並站在高層電梯公寓的陽臺上遙望墓地的意境畫面。聞道特地要求攝像師先拍攝模特站在陽臺上扶欄而望的身影，再順著模特的視角把鏡頭切換到墓地的全景。從全景看過去其實墓地就像一個公園，墓碑看不清楚，反倒是那鬱鬱蔥蔥的青松很有畫面感。然後第三組畫面就是一家人緩步走過「守望郡」大門外的那一面孝文化牆，女人給孩子指著畫面講解這些圖畫背後的故事。第四組畫面講的是一家人手捧菊花，在墓碑前悼念親人的場景。聞道要求攝影師不要把畫面拍得很悲傷，而是要拍出合家歡樂、家庭團聚、其樂融融的那種感覺。

宣傳片在進行後期處理，各種宣傳手冊和資料也在緊張地製作。孝文化論壇的預熱將和樓盤的宣傳同時進行，而論壇的啓動儀式則將在稍後舉行。過了一陣子，所有資料都準備好了，廣告投放的渠道也已經談妥了。聞道感覺萬事俱備。那麼，開始宣傳吧！

一夜之間，西京市大街小巷的公交站牌幾乎都變成了「永生之城·守望郡」的宣傳廣告，而且細心的人還會發現，每一個站牌的廣告還不一樣。如果你把一條大街的公交站牌連續接著來看，你會發現這是一組關於「孝道」的經典故事。當然，其中也會夾雜著戶型宣傳，女模特宣傳片的意境圖，等等。在西京大道兩側主要的大型戶外廣告牌上，也幾乎全部都是「永生之城·守望郡」的形象宣傳廣告，當然還有它的那句主推廣語「守望，也是一種幸福」。同一時間，全城主要的媒體都是關於守望郡整版整版的「硬廣」，而關於孝文化的回顧與討論這樣的「軟文」則更多。當然，所有這些宣傳的落款，都會寫上售樓部的地址和電話。

第八章 客戶蓄水

隨後，售樓部的電話被打得發燙，面對即將蜂擁而至的看房團，我們的售樓小姐們準備好了嗎？

　　這天下午，聞道接到一個電話，是西京另一家知名房地產公司的營銷總監李總打來的。李總說他們公司的總裁劉總想來永生之城參觀一下，問聞道下午在項目上沒有。其實如果李總和聞道不認識的話，估計他們直接就來了。正是因為李總和聞道也算認識，所以他們公司的大老闆親自來「踩盤」，他提前打個招呼也算是一種禮貌。「在，在！我下午在項目售樓部恭候大駕！」聞道趕忙說道。

　　這位劉總聞道可是久仰大名啊！劉總要來參觀，聞道不禁有點緊張起來，下午他是必須要去親自接待的。不巧下午下起了大雨，不過售樓部門口都準備了雨傘，這倒不是大問題。不一會兒劉總他們公司的車到了。聞道本來心想劉總肯定坐的不是勞斯萊斯就是賓利，沒想到來的就是一輛普通的奔馳R系商務車，這可真是「低調」啊。雖然聞道已經和工作人員一起備好了雨傘準備迎接劉總一行，但聞道心想肯定會有劉總的秘書之類的人先下來給他開門撐傘。沒想到劉總自己推開商務車的門下車，然後他和李總兩人一人打一把傘走了過來，就他們兩人。劉總走過來一看到聞道就說：「你肯定是小聞吧？不好意思啊，下這麼大雨還麻煩你們來接待，我本來都給小李說了不要驚動你們的。」聞道連忙說：「劉總大駕光臨，我們當然是不勝榮幸啊！」這可不完全是客套話。雖然這是聞道第一次見到劉總的「活人」，但他對劉總的敬意是由來已久的了。劉總長得有些瘦高，剃著寸頭，身穿休閒西裝，顯得非常精神。聞道把劉總和李總領進售樓部，先仔細的在沙盤上講解了區域和項目總體平面圖，又在旁邊的模型上詳細地介紹了主力戶型，最後帶著他們二人參觀了樣板房。劉總對聞道的講解很是稱讚，除了詢問了一些關於產品的問題之外，還問了一些關於項目銷售的問題。雖然這些問題有一些敏感，不過既然聞道都對媒體說過了，所以也沒有什麼好隱瞞的，都知無不言地回答了。畢竟現在關於各個樓盤的銷售數據，特別是簽約的備案數據，在房管局和很多第三方的數據提供機構都可以查到，所以從某種意義上說這也算是業內的公開信息了吧。送走劉總一行，聞道緩了一口氣。他接待劉總，不僅是帶著同行的心態，更多的似乎是一種粉絲的心態吧。

第九章

旋轉餐廳的晚餐

　　這幾天售樓部人氣爆棚，聞道也忙得暈頭轉向。自從上次見面後，他和糖糖時不時地聊起了天，時而短信，時而社交網絡。交談中，聞道得知糖糖對她自己目前的空姐這份工作不是很滿意，想換工作。聞道覺得空姐挺好的啊，可以「飛」不同的地方，相當於免費旅遊。糖糖說才不是呢，她們經常都不能下飛機，到一個地方收拾完機艙等旅客上來了就又「飛」下一個地方，有時還得到北京和上海去值機。糖糖說她其實不喜歡西京，她更喜歡北京和上海一些。這讓聞道不知道該怎麼回了。糖糖說即使不「飛」的時候還經常被抓去備份，需要在客艙部的房間裡待著，隨叫隨到。這個看似光鮮的工作其實還真辛苦啊，聞道想。

　　糖糖說她現在年紀也不算小了，她又不想走升乘務長這條路，所以目前也在謀求轉型，看好機會就想換工作。聞道問她有什麼想法沒有呢？她說想自己創業，但又還沒看到合適的項目。聊天中，聞道得知糖糖正在學鋼琴。糖糖報名參加的是那種針對成人的培訓班，交幾千元，可以學十來首曲子。這個有意思，聞道也想去報個名學學。雖然自己沒有什麼音樂細胞，但如果會彈幾首曲子，那還是顯得頗才藝的。沒想到糖糖說：「不如我來掙你的這個錢吧。」聞道高興地說：「那你學會了教我哦？」她回答說：「傾囊相授。」哈哈，看來糖糖對自己的印象不錯啊，聞道不免心裡喜滋滋的。

　　聞道覺得其實成年人學鋼琴這個項目還不錯，現在很多居民小區裡

都有提供練習鋼琴的地方，但主要針對的是小孩子。其實成年人中也很有這個練琴的市場，畢竟現在很多人還是希望有一些才藝的，而會彈幾首鋼琴曲，這是非常「高大上」的。聞道覺得可以在商業區的購物中心裡面開設「都市琴房」這一新型的商業業態，讓練琴變成一種時尚。年輕人逛街逛累了可以坐下來彈會兒琴，集休閒娛樂和學習於一身，肯定很有市場前景。糖糖說打字說不清楚，盡快見面詳談嘛。「聽見了嗎？她說見面！」這下聞道心裡可樂開了花。這將是他和她的第一次約會，得好好安排一下。還是應該徵求一下糖糖的意見，於是聞道問：「你想去哪兒呢？」她說：「隨你定吧。」真灑脫！這無疑又增加了聞道對糖糖的好感。

　　聞道想來想去，決定帶糖糖去市中心的金茂大廈。金茂大廈是西京新開業的最高建築，其實就是一個大型綜合體，裡面除了寫字樓以外，還有大型的購物中心，吃喝玩樂購都有。最棒的是，它的頂層有一個旋轉餐廳，其實聞道也沒去過，但在網上查了一下，據說浪漫指數極高。好吧，就去這兒！在一個糖糖不「飛」的下午，聞道借口出去踩盤，也就是去其他樓盤調研，早早地離開了項目的售樓部。糖糖目前和父母住在一起，也住在市區。那天陽光明媚，聞道在進市區的路上找了個洗車場把車洗得干乾淨淨的。那感覺，仿佛就像要過年了似的。聞道甚至還去理了個發。俗話說，沒有髮型就沒有愛情。還有俗話說，頭可斷血可流但髮型不能亂。咱還能再折騰點什麼不？不了，再折騰來不及了。

　　在約定的時間，聞道準時來到糖糖家的小區門外，停靠在路邊。聞道發現自己竟然心跳得厲害。冷靜，要冷靜……聞道一邊深呼吸一邊想待會見面說些什麼。聞道給糖糖發了個信息說他已經到了。糖糖說她接個電話，馬上就下來。在車上坐了一會兒，聞道覺得還是在外面等比較好，這樣糖糖一出來就可以看到他，也體現出他對她的禮貌和尊重，第一次約會要給別人留下好印象嘛。等了一小會兒，糖糖走出來了。她穿著一件粉色的披肩和一雙白色的鞋，是那麼得美，就像是一個仙女一樣飄了過來。她今天塗的口紅很紅。這麼紅的口紅換一個女人也許會讓人覺得很俗氣，但在她的身上卻顯得那麼得自然。這種口紅確實不是一般人能夠「hold 住」的。

　　「你怎麼在外面等呢？」糖糖走過來問。「啊？」聞道意識到自己剛才

好像看呆了，也許在那零點幾秒內失去了意識也說不一定。「我說你怎麼不在車裡等？」糖糖說。「我出來透透氣。」這純屬沒話找話說嘛。聞道為糖糖拉開了車門，她說了聲「謝謝」便坐進了副駕。聞道發動汽車，竟然忘了該怎麼走！這條路線其實他非常熟悉的，但居然還拿出手機查了下地圖，真是丟人。今天天氣真不錯，前幾天一直在下雨，今天出了太陽，不冷不熱的。聞道打開天窗，讓陽光灑了進來。其實剛才一靠近她，聞道就聞到了一股很好聞的香味，現在她坐在旁邊，更是聞得濃鬱。聞道問：「這是什麼香水呢？真好聞。」糖糖說：「橘彩星光。」她說她喜歡香水，喜歡自己香香的。

　　其實聞道平時挺健談的，做起 PPT 演示來那更是口若懸河。但今天聞道覺得自己不太會說話了。難道自己緊張了嗎？就這樣一邊開車一邊有一句沒一句地說著，已經快到金茂大廈了，就在大道的右側。這是一條很寬的大道，要右轉需要提前進入輔道。聞道的開車習慣很好，很少有交通違章的。但到了應該右轉的那個口子，聞道居然錯過了，直接往前開去。「不好意思，我到前面掉頭。」聞道對糖糖說，糖糖倒也沒說什麼。關鍵是到了前面應該掉頭的地方，聞道再次錯過了，又徑直往前開去！聞道瞟了一眼糖糖，她露出了驚訝的表情。「下一個路口肯定不會錯過掉頭了！」今天臉是真的丟大了。好不容易開到了金茂大廈的停車場，倒車進車位又倒了半天。算了，咱今天還能再丟人一點嗎？

　　下了車，因為路上耽擱了不少時間，聞道不自覺地走路稍微有點兒快。但糖糖讓他走慢點，說平時她走快一點沒關係，但今天她不方便。聞道立即懂了，糖糖的「親戚」今天來了！那可是必須要加倍呵護的啊！聞道立刻放慢腳步並和糖糖的步調保持一致。二人本來說先去喝杯咖啡的，但到了咖啡店居然找不到座位。現在開咖啡店都是這麼火的嗎？離晚飯時間還有一陣，去哪呢？聞道發現自己準備的預案嚴重不足。走著走著路過一個電玩城，糖糖說：「我們去玩游戲吧。」這簡直太好了！聞道從小就喜歡玩電腦游戲什麼的，小時候還玩街機。聞道看了一下，貌似裡面打槍類型的游戲比較多，不知道她喜歡不？糖糖說：「我喜歡打槍。」真是太對胃口了！於是聞道去買了很多游戲幣，二人打了僵屍打怪物，打了怪物又打海盜，最後把一個游戲打爆機了。聞道自己都覺得手

第九章　旋轉餐廳的晚餐

累，糖糖一定也累到了吧？她今天來大姨媽，可不適合劇烈運動哦，聞道心疼起來。

　　二人休息了一會兒，看到一個女人正在玩一個敲鼓的游戲。這是一個需要和著音樂的節拍敲打的游戲，但這個女人敲得毫無節奏感。等了一會兒她很快就結束了游戲，聞道問糖糖想不想去玩這個游戲，糖糖欣然同意。糖糖敲得和音樂的節奏非常合拍，她簡直就是一個專業水平的敲鼓手。很快旁邊聚集了很多圍觀的人，聞道站在糖糖的旁邊給她鼓掌。雖然聞道心疼糖糖不要太用力了，但看到她玩得很開心，他也不好打岔。就這樣玩了一會兒以後，糖糖似乎累了，說：「我們走吧。」

　　聞道帶著糖糖去坐電梯，旋轉餐廳在頂樓，電梯都要開一陣兒了。到了之後，他們二人點了西餐。本來聞道想點牛排的，但考慮到可能吃牛排的動作不是很優雅，於是作罷。聞道和糖糖邊吃邊聊，聊了讀書，聊了工作。糖糖問聞道做什麼投資嗎？聞道說準備炒點股。糖糖問聞道：「不知道現在你們做房地產營銷的收入大概是多少呢？」聞道心想現在的女孩還真是直接啊，不過他還是坦誠地說道：「如果只是看平時的工資呢，其實也就二十來萬元。但我們做營銷的收入的『大頭』是銷售提成，這個波動比較大，從幾十萬元到幾百萬元都有，要看行情。」「是不是如果自己年收入在十萬元以下，就沒有必要再聯繫了？不會的，糖糖也不像是這種女孩。」聞道心想。雖然聞道很想問糖糖為什麼是單身，但還是沒有開口。別人單身不好嗎？真是的，好奇害死貓。糖糖也沒有問他的感情狀況。雖然這個旋轉餐廳轉得非常慢，但一頓飯的工夫它還是轉了一些角度。聞道和糖糖看著外面的夜景，不知道她是怎麼想的，反正聞道自己是已經醉了。

　　吃完飯，聞道和糖糖又去樓下的咖啡廳坐了一下。這時咖啡廳的人已經不多了。二人點了飲料，坐著聊了下創業的想法。聞道說糖糖的時間緊，經常到處「飛」，以後他抽時間到處去考察一下看哪兒適合開這個「都市琴房」。這時糖糖說她的一個朋友剛生了小孩，她想去買個禮物送過去。於是聞道陪著她去逛了一下購物中心的商場。聞道自己是極少逛商店的，但你知道，和自己喜歡的人在一起，幹什麼並不重要，重要的是陪著她一起。

很快商店都快關門了，聞道本來還在想要不要帶糖糖去看電影，但糖糖說她肚子不舒服，想回去了。這個聞道懂，很多女孩子都會痛經。於是聞道說：「那我送你回去吧。」路上，途經一個藥店，聞道靠邊停下車，對糖糖說：「你等我一下。」然後他衝進了藥房。很快聞道就出來了，手上拿著藥還有兩包衛生巾，一包日用一包夜用。上了車聞道說：「我問了藥店的人，他們推薦吃這個藥，但是你不要吃多了，不痛了就不要再吃了，痛經還是要平時多調理。」糖糖說：「你怎麼知道我用什麼牌子的衛生巾呢？亂買。」聞道說：「我買的蘇菲，經常在廣告裡看到。」

　　到了糖糖家樓下，糖糖說：「謝謝你今天陪我。」然後她就下車了，看得出來她的確不舒服。「早點睡。」看著她離去時有點虛弱的背影，聞道很是心疼。

第九章　旋轉餐廳的晚餐

第十章

陸教授

作為「守望郡」的整個宣傳推廣中最重要的一環,「感動西京」孝文化論壇將全面提升項目的調性。在這個論壇上,聞道將只談傳統文化、談孝道,壓根兒不提賣房的事。除了邀請本地的媒體全部到場以外,邀請重量級的專家到場也是必需的。聞道的初步設想是,邀請一個國學專家,邀請一個財經專家,再邀請一個風水專家。「三個人一臺戲」,這個論壇就能圓滿成功了。董事長認識一個搞國學的大師,要從北京請過來。他也認識一個做風水的大師,從香港請過來。聞道自己只需要邀請一個財經專家就可以了。聞道第一時間就想到了前段時間在上海參加房地產論壇時認識的陸教授。以前聞道就經常在當地媒體的報導中看到陸教授的觀點和採訪,上次見到其本人後交換了名片,說回到西京以後拜訪下陸教授,還一直沒去。

聞道在手機上找到了陸教授的電話,他的全名叫陸珞竹。聞道覺得還是先發條短信過去,不然貿然打電話過去萬一陸教授正在上課呢?於是聞道編輯了一條短信發給陸教授:「陸教授您好!我是上次在上海的房地產論壇上和您交換過名片的西京市永生之城的小聞。我們公司想邀請您來參加一個我們項目舉辦的大型論壇。您看什麼時候方便,我來拜訪一下?怕您在上課,方便的話請回電。」很快陸教授就回了電話過來:「聞總,你好啊!我今天沒課,在家呢。你下午有時間來我家做客嗎?」「好啊!您看下午兩點半合適嗎?」聞道很高興,陸教授看來是個爽快人。

聞道以前也接觸過其他專家，架子擺得很大。「那行。我知道你們項目的位置。可我住在城南的郊區，離你們項目有點遠。下午五點前我都有空，之後我得進城去陪我媽吃飯。」聞道的車今天限行，只能坐公司的車去，但公司的車只能把他們送過去就得去機場接人。於是聞道對陸教授說：「陸教授，那待會兒事情結束後您能順便把我捎進市區嗎？我的車今天限行。」「當然沒問題！」陸教授爽快地說。

　　聞道中午一邊吃飯一邊想，自己下午是一個人去呢，還是帶上依依一起去呢？自己一個人去覺得有點傻乎乎的，他怕兩個大男人沒什麼話說，帶上依依可以活躍一下氣氛。而且有依依這樣的大美女給自己撐場面顯得更正式，這也體現了對受邀請人的尊重。由於路程比較遠，要橫穿市區，所以聞道一點半就叫上依依出發了。二人坐上公司的奔馳 R 系商務車，但司機不想從市區穿，決定走四環路繞過去。其實也無所謂，雖然路程遠了不少，但開得快嘛，還省油。途中，聞道對依依說：「依依，我們待會兒去拜訪的是不僅在西京市很出名，而且在全國都知名的經濟學教授，我怕我和他說一說的就冷場了，你要注意適當的活躍一下氣氛哦。」「沒問題，我可最擅長活躍氣氛了！」依依好像還挺高興的。聞道心想，別搞砸了就行。

　　不到兩點半他們就到了。陸教授住的地方是西京南郊知名的別墅區，公司的商務車到了小區的大門口以後門衛不讓進，待門衛和陸教授通話以後才放行。進大門以後還要拐幾個彎。也許是出於職業習慣，聞道每到一個小區都會仔細觀察這個小區的佈局和綠化。這個小區的綠化水平至少和自己樓盤的水平相當，不過由於建成的時間要更早一些，所以顯得更為鬱鬱蔥蔥。小區內佈局的全是聯排和獨棟別墅，連疊拼別墅都沒有，這樣的社區品質肯定是比那些還要夾雜著電梯公寓的混合社區更高端的。聞道看了一眼依依，依依說：「在這裡跑步一定很舒服。」

　　又拐了一個彎以後，終於來到了陸教授所在的那一棟樓。這是一棟帶有西班牙和法式風情的小獨棟。淺棕色的石材和黃色塗料夾雜一些木頭裝飾混合而成的外牆，很有藝術感。這種房子的戶型一般都是地面三層樓地下一層樓。從外觀看，聞道估計總面積有 400 平方米左右大。這種戶型在西京的郊區一度很流行。但由於土地價格越來越貴，現在這種產

第十章　陸教授

— 045 —

品已經越來越少了。永生之城的下一個組團將在項目內部最好的位置推出一批低密度產品,就有這種小獨棟別墅面市,聞道估計肯定會引起市場的搶購。

　　陸珞竹已經站在門口等著了。一如既往的英氣逼人,但又不失親和力。他今天穿著一件格子襯衣,很有英倫範兒。下了車,聞道連忙走上前去說道:「不好意思,陸教授久等了吧?」陸珞竹和聞道握了握手,說:「沒有沒有,我也剛出來。這裡面有點不好找吧?我剛來的時候也被轉暈了。」「還好,都有指示牌。這是我的助理,林依依。」陸珞竹也和依依握了握手,說:「你好!」一般人初次看到依依都會說「美女」這類的話,但陸教授只是禮貌地說了句「你好」。聞道留意到依依嘟了一下嘴。陸珞竹把聞道和依依帶進屋內。

　　聞道一看,這客廳的挑高起碼有7米,顯得很是氣派。聞道帶著專業的眼光來看,這裡的裝修非常考究,用料都很好,該有的設備像地暖、中央空調這些都有,雖然沒有自己項目的樣板房的豪華感這麼強,但卻更溫馨更有居家氛圍。聞道留意到陸教授還布置了攝像頭和紅外線報警器這些安防設備,看來他很注重科技感。室內的家具和裝修風格一樣,總體來說偏歐式,應該說是簡約歐式。沙發和座椅都是實木和布藝的,很多實木的地方如餐桌、茶几和樓梯扶手等都是白色的。在客廳的角落還擺放了一臺鋼琴。聞道問:「教授還會彈鋼琴嗎?」陸珞竹聳了聳肩說道:「到目前為止它還是裝飾,我一直想學,可惜沒時間啊。」

　　在陸教授家挑高客廳的沙發牆上,布置著一幅巨大的油畫。畫的是在一片綠樹環繞的森林中,兩個微胖的女人相互依偎和凝視著對方,其中一個還袒露著胸部。她們的身旁有四個光著身子的小孩在玩耍,三個掛在樹上,一個趴在地上。依依問道:「這兩個女人是什麼意思呢?」聞道看了她一眼,示意她不要亂說話。聞道知道這肯定是世界名畫,但一時也叫不上名字來。陸珞竹微笑著說:「這是洛可可時期的畫家布歇的名畫,你們沒感到有一種春意盎然的感覺嗎?」「我就是覺得畫面很美噠。」依依有點調皮地說。聞道也說:「這畫面看起來真舒服啊。」陸珞竹接著說:「這幅畫意義很深的,表達了愛、豐收、和平與喜悅。畫中的這兩個女人是希臘神話中的女神,長了翅膀的小孩是丘比特。」聞道小聲地問陸

珞竹道：「陸教授，這幅畫可是真跡嗎？」陸珞竹爽朗地笑了起來，說：「你倒是也太看得起我了，這可是世界名畫啊！我怎麼可能買得起。不過這也算是高仿了，是美院的一個大師畫的。他還算照顧朋友關係，幾十萬元賣給了我。我就是覺得畫面很美，而且寓意也很好，時刻給人以希望。」依依聽罷吐了吐舌頭，看了聞道一眼。聞道知道，這麼大尺寸的油畫，如果出自國內一線畫家之手，又是原創作品的話，那肯定是要上千萬的。

陸珞竹安排聞道和依依在沙發坐下，然後說道：「今天的股市要下午 3 點才收市，我還得再去看一下。要不你們先隨便看看？這裡有礦泉水。我待會完了馬上就下來給你們做咖啡。如果你們現在想來我的書房看看也可以。」沒有主人陪同，自己在別人家裡亂轉肯定也不好。於是聞道看了一眼依依說：「要不我們先到您的書房看看吧。」書房在二樓。趁著上樓的空當，依依悄悄在聞道耳邊說：「我覺得你和陸教授長得還有一點像呢？除了他戴眼鏡你不戴眼鏡，他留著小胡子你沒留以外。」「真的嗎？」這小姑娘的視角還真獨特。

一進陸教授的書房，聞道就被震撼了。這哪是書房啊，活脫脫的一個交易室。只見在陸教授的一張大書桌上，布置著一個由 6 個 32 寸顯示器組成的大屏幕，每個顯示器上分別顯示著不同的指標和曲線。他的書桌上還有一臺筆記本電腦，好像在做著其他事情。依依也說了聲「哇！」聞道知道這叫六分屏，一般專業的金融證券的交易員需要配備，看東西方便。「這個六分屏挺貴的吧？」聞道問。陸珞竹一邊坐下看屏幕一邊回答道：「如果買現成的集成系統，那肯定貴啦，一般要 3 萬元到 5 萬元，像這種單屏 32 寸的就更貴。但這個是我自己組裝的，可能就花了 1 萬多元吧。其實很簡單，就是買六個顯示器和一個支架而已。現在的電腦顯卡一般都可以接兩到三個顯示器，好一點的顯卡直接就可以接四個顯示器，其餘不夠的可以用 USB 轉接 VGA 或 DVI 的視頻線。」聞道看了看書桌後面，確實有一堆線接在電腦主機上。看來這個陸教授還挺懂電腦的。

「其實也就是好玩。」陸珞竹說道，「我以前比較喜歡折騰電腦，研究點硬件配置什麼的。現在越來越忙了，也沒有時間和精力更新這些配件了。」陸珞竹的書房也有一組沙發。他讓聞道和依依坐下，接著說道：

第十章 陸教授

「你們猜這個六分屏除了看股票還可以用來幹什麼？」「看電影！」依依搶先說道。「看電影我可以到樓下客廳的大電視去看啊，那是 4K 的屏幕。」陸珞竹笑道。聞道說：「不會是拿來打游戲吧？」「對啊！用這個六分屏打游戲超爽的，可以擁有更大的視角和顯示範圍，基本可以模擬人的 180 度視角範圍。」陸珞竹說得有點高興起來。聞道問：「那陸教授您喜歡玩些什麼類型的游戲呢？」陸珞竹說：「其實我現在都很少玩游戲了，工作太忙。以前喜歡玩射擊類的，即時戰略類的，有時也玩玩開賽車、開飛機之類的游戲。」「我喜歡玩極品飛車！」依依高興地說。「是的，呵呵，我以前還專門買了一套方向盤和腳踏板來玩極品飛車。」陸珞竹說。聞道笑道：「厲害啊！這裝備可夠專業的！」

聞道環顧四周，這才發現這個書房除了這個六分屏吸引人外，到處堆滿的書也同樣吸引人，有一種雜亂的美。據說書房越亂的人越聰明，不知道這是不是真的？陸教授的書房其實也不能叫亂，純粹就是書太多了。這麼大一個書房，好幾個書架，都覺得不夠用。這些書基本上都是專業書，也有一些名著。聞道隨手拿起一本名為 *American Economic Review* 的期刊。陸珞竹瞟了一眼，說：「這是《美國經濟評論》，是經濟學這個學科的國際頂級期刊。」聞道和依依充滿崇敬的表情問道：「那您在上面發了論文嗎？」陸珞竹聳了聳肩，說：「沒有，難啊，還需要更努力才行。」這時 3 點到了，陸珞竹說：「好了，收市了，今天微跌。」聞道忙說：「不會是我們來了耽擱了您的操作吧？」「怎麼會呢？股市的漲跌波動那太正常了。走吧，我們到樓下去，我給你們做咖啡，我的咖啡豆很好哦。」說罷陸珞竹起身帶著聞道和依依向樓下走去。

第十一章

極簡生活主義

跟隨陸教授一起來到廚房，聞道才發現陸教授居然在廚房裡擺放了一臺半自動的咖啡機，廚房大就是好啊！只見陸珞竹熟練地操作著磨豆機，廚房裡很快彌漫著一股咖啡特有的香味。聞道說：「好咖啡是聞的不是喝的，這句話果然不假。」「你們要做成什麼花色？」陸珞竹問道。「能不能做成摩卡嘛？如果太麻煩了就普通的卡布奇諾或者美式都行的。」聞道說。「當然沒問題。」陸珞竹微笑著說，然後從冰箱裡拿出牛奶和一瓶巧克力醬。「你呢？」陸珞竹問依依。「我要焦糖瑪奇朵！」依依似乎有意想為難一下陸教授。聞道白了依依一眼，依依則嘟了一下嘴。陸珞竹又變戲法式的從冰箱裡拿出一瓶焦糖醬來，說道：「我覺得應該沒問題。」「陸教授，您喝什麼口味呢？」聞道問。「我就拿鐵吧。」陸珞竹一邊操作一邊回答。依依一邊看陸珞竹打奶泡一邊問：「教授，卡布奇諾和拿鐵到底有什麼區別呢？我每次喝都覺得差不多。」「其實它們本質上沒有什麼不同。拿鐵中牛奶和奶泡的比例約為 2 比 1，而卡布奇諾中咖啡、牛奶和奶泡的比例約為 1 比 1 比 1。所以簡單地說就是卡布奇諾的奶泡要多一些罷了。」陸珞竹耐心地給依依解釋道。

少頃，陸珞竹用精緻的咖啡杯做好了 3 杯香濃的咖啡。依依看著拿在手裡的咖啡說：「我以後再也不喝速溶咖啡了。」聞道聽罷呵呵地笑了一聲，他也不喜歡喝速溶的咖啡。「其實速溶咖啡除了口感差些外也沒什麼，當飲料嘛。問題主要是裡面含有植脂末，俗稱奶精，又叫反式脂肪

酸，據說能誘發血管硬化，增加心臟病、腦血管意外的危險。而且還據說它很容易讓人發胖，特別是容易胖腰。」陸珞竹看著依依笑著說，「不過偶爾喝一些也沒什麼的，不要頻繁、大量的攝入就行。」依依吐了吐舌頭。自己還在學校的時候有一陣幾乎每天兩包。「你們想坐在客廳裡喝，還是到室外的花園裡去喝？」陸珞竹問。「那肯定必須去花園看看啊！」聞道心想客廳剛才都看過了，今天天氣不錯，去花園坐坐多好。當然，出於職業習慣，他也想更多地參觀一下這棟房子，對自己項目的產品也算一個參考吧。實際上聞道看過的樓盤很多，別墅這些產品當然也看得多。他其實關心的並不是冰冷的產品，而是當一個真實的購房者真正住進去以後會怎樣使用，也就是說怎樣在裡面生活。

陸珞竹家的室外花園和地下室相連。這是一種常見的設計，如果地下室這一層全在地下埋著，那其使用感受肯定是很壓抑的。但如果地下室連著室外的花園，就會消除這種壓抑的感覺。當然，這在建築上要求打造一定的坡地，一樓這一層的室外地面要比地下室這一層的室外地面高。三人從樓梯下到地下室，聞道發現這一層估計有 100 平方米。其實這一層和上面是一樣的結構，只不過沒有隔成一樓的客廳、廚房等房間而已，必要的立柱還是有的。地下室還連著車庫。聞道瞟了一眼，這個車庫不大，只能停一輛車的大小。聞道看見裡面停著一輛白色的特斯拉 Model S 純電動轎車，陸教授居然在車庫裡安裝了一個充電樁！

更有意思的是陸教授竟然把地下室布置成了一個練功房！這裡是按照一個標準的練功房來進行裝修的，地面鋪設有木地板，而四周的牆上安裝的都是鏡子，並且還裝有不銹鋼的扶手。「陸教授，您這是在家裡練什麼功啊？」聞道問道。「呵呵，不是我練，我又不跳舞。但我覺得這棟房子未來的女主人應該會用到，所以就當是先準備著吧，免得以後二次裝修麻煩。」陸珞竹回答道。未來的女主人？難道陸教授還是單身？陸珞竹沒有繼續說下去，所以聞道也不好再問這些比較隱私的問題。

在地下室的一個角落，還布置有一張臺球桌。聞道看著臺球桌笑道：「教授好雅興啊！」「哪裡，其實也就是裝修的時候有點興趣，之後就很少用了。你們剛才也看到了，我其實每天只要不上課，基本上都在書房裡對著電腦坐著。」陸珞竹說罷看著聞道問道，「你玩這個嗎？」聞道說：

「可以玩一下的。」「以後有機會來切磋一下。」陸珞竹看了一眼手錶說，「今天是沒時間了。」「好啊！」聞道留意到角落裡還豎立著一個高爾夫球包。「陸教授一定是高手吧？」聞道指著高爾夫球包說。「哦，那個啊，會打而已，高手肯定是談不上的啦。」陸珞竹回答。在靠一面牆的地方還豎放著一個折疊的乒乓球桌，聞道心想陸教授家的裝備還真是齊全啊。

三人穿過地下室來到室外，聞道估計這個花園也有近200平方米。這種配置算是中上水平。一般這種小獨棟如果按照較高品質打造的話，需要占半畝地甚至以上。一畝地約為667平方米，半畝就是300多平方米。除去房子的地基所占的100來平方米，花園就是差不多200平方米左右。當然，很多項目為了提高開發密度，也可以砍一半花園的面積，這樣一畝地就可以多修一棟房子出來。而在一些土地很便宜的遠郊地區，每戶甚至可以配更大面積的花園。所以花園有多大主要取決於土地的成本和房子能夠賣出的價格。

這個花園的一側有一個長條狀的涼亭，這本身沒有什麼特別的。特別的是這個涼亭的頂部全部鋪設著太陽能電池面板。陸珞竹介紹到：「我在這裡安裝了一套太陽能發電系統，算是體驗一下新能源吧。」「那你家裡都不用交電費了哦？」依依問。「要的哦，這套系統的功率不大，要帶動空調肯定是不行的，不過日常照明還是可以的。」陸珞竹繼續介紹道，「除了你們看到的這些太陽能面板，地上還放了一組鉛酸蓄電池，然後還接了一個變壓轉化器，要把直流電轉換成交流電以後室內的電器才能使用。」聞道問：「那一定能省不少電費吧？」「電費倒是的確可以省一些，但目前太陽能發電的成本還比較高，除了這些個面板以外，這些蓄電池也貴，而且用一段時間以後就要更換。還有就是需要重新給家裡布置一套電線的線路，你知道現在裝修的人工費是很高的。」陸珞竹回答道，「所以我只能說是體驗一下新能源，目前要想完全替代傳統能源還有點難啊。」

三個人坐在花園裡一邊喝著咖啡一邊聊天。花園裡總體來講是很簡潔的，種了一些果樹，有一棵柚子樹、一棵桃樹和一棵櫻桃樹。當然還有一些叫不出名字卻很是好看的花花草草，在花園的圍牆上種還滿了薔薇。「陸教授家的水果基本上可以自給自足了。」聞道看著這些果樹說，

他其實也一直想在家裡種果樹，可惜住的電梯公寓沒地方種。「其實主要還是讓鳥兒們給吃了。你們剛才也看到了我的工作狀態，我其實能坐下來悠閒的享受一下這個花園的時間不多。所以今天還要感謝你們來啊。」陸珞竹說。「教授，我咋感覺你住在這裡就像是在隱居呢？」依依問道。「你們聽說過一種叫做極簡主義的生活方式嗎？」陸珞竹喝了一口咖啡緩緩說道，「這其實是一種生活態度，講究自然天道。具體來說可以包括拈花一笑地對待一切是非、為愛好而工作生活、單獨少交際的生活、和小動物為伴、和靈魂伴侶結婚生活，等等。總的來說就是簡單自然地去生活。」「但也沒有看到您家裡有什麼小動物啊？」聞道看了依依一眼，生怕她問出這個伴侶的事情來。「以前我在家裡曾經養了一隻小烏龜，它陪伴了我11年，和我一起度過了我的青少年到成年的這段時光。我拍掌它還會爬過來。後來它死了，我就再也不想養小動物了，怕養不好又死了。」陸珞竹回道，神情有點黯然。

聞道趕忙岔開話題：「教授，您這牆上還有個籃球架啊，平時玩嗎？」陸珞竹看了一眼牆上安裝的籃球架微笑著說：「偶爾想起了來投幾個籃而已。」這時依依被蚊子咬了幾個包，陸珞竹忙把花園裡的滅蚊燈打開，說：「花園裡就是蚊子多，這和綠化的程度其實是個悖論：綠化好必然蚊蟲就多。」「說明生態好嘛，呵呵。」聞道說。「我的父母挺喜歡這個花園的。他們有時來看看我，就喜歡在這個花園裡坐，再幫我修剪一下花花草草。平時我自己能想起給花園澆水就已經不錯了。」陸珞竹說。聞道問：「那他們為什麼不在這裡常住呢？」「我就是讓他們在這裡住啊，但他們覺得這裡太清靜了，而且周邊配套太少了，買根蔥都要開車。他們還是習慣在市區的老小區住。」也是，這個聞道是很清楚的，郊區的樓盤這是通病，配套太差，所以入住率很低。陸珞竹似乎看出了聞道在想什麼，說：「剛才你們進來的時候肯定也看到了，這個小區的房子基本上都是空著的，我估計入住率不到10%，大多數甚至都還沒有裝修。不過這裡很適合我。我喜歡在一個清靜的地方寫東西，而且我也不需要朝九晚五的上班。住在這裡如果天天早晚來回跑市區上班，那肯定是很不方便的。」

這個花園其實還有不少空地。聞道問為什麼不挖一個游泳池。陸珞竹說挖個游泳池倒是簡單，但太難打理了，而且小區的會所有室外和室

內兩個游泳池，想遊隨時可以去遊。依依說如果她的家也是這樣的，她一定要挖一個游泳池，想怎麼遊就怎麼遊。聞道和陸珞竹相視一笑，也許他們都猜到了她是怎麼想的。

第十二章

我被你們策劃了

　　三人坐在陸珞竹的花園裡一邊喝著咖啡一邊閒聊。聞道其實很想問問陸教授是怎麼掙錢的，但又覺得這個問題不太好問，畢竟問別人的收入不太禮貌。不過這個陸教授感覺非常的隨和，可能問一問也無妨？於是聞道問：「教授，您是不是在校外有自己的產業啊？」現在很多高校的教師都在校外開自己的公司掙大錢，而高校本身的收入一般來說是不高的，所以聞道這樣問也非常正常。「我天天都在寫東西，哪有時間做生意啊？」陸珞竹看了一眼身後的房子說道：「呵呵，你們是想問我是怎麼掙錢的吧？」聞道和依依都點頭。

　　陸珞竹微笑著說：「剛才你們也看到我在炒股，其實我主要是靠炒股賺的錢。」隨著陸珞竹緩緩道來，聞道和依依也瞭解了他的故事。原來陸珞竹十年前就開始炒股，當時就用差不多不到 10 萬元入市小打小鬧一下。陸珞竹喜歡高頻交易，操作頻繁，所以一開始的時候賺的一點錢都給券商交了手續費。陸珞竹說那一年他的交易額高達 2000 多萬元，手續費都交了五六萬元。後來陸珞竹去了美國攻讀經濟學博士，利用中國和美國的時差正好炒 A 股。他基本上每天傍晚吃了晚飯以後稍微散下步，回到寢室 A 股就差不多開盤了，收市則正好可以睡覺。在那無數個寂寞的夜晚，陸珞竹抵擋住了洋妞的誘惑，他一個人在寢室裡開著三臺電腦：一臺電腦學習，一臺電腦看盤，一臺電腦放片。就這樣堅持了幾年，讀完博士的時候他也練就了一套獨特的炒股技術。長期細緻而深入的研究

終於讓陸珞竹把握住了一次機會。有一年 A 股大漲，但隨後又出現了暴跌。A 股當時在整體上還沒有做空機制，投資者只有漲的時候才能賺錢，而跌的時候要麼跑路要麼虧錢。但當時還是有少數幾只認沽權證可以做空，於是就引起了投資人的瘋搶。

「什麼是權證？」依依睜大眼睛問。陸珞竹解釋道：「期貨你聽說過吧？權證其實就是一種期權，就是你在未來某個時間買進或賣出的權利。」「那可不可以不買呢？」聞道問。他雖然目前不炒股，不過對股票還是多多少少知道一些的，但對權證還真的不瞭解。「當然可以不買啊。如果到時候你買，這叫行權；不買，就是不行權。」陸珞竹說。「哦，那相當於購房者在我們售樓部看房後交的訂金嘛，等到開盤時喜歡就買，不喜歡就不買？」聞道恍然大悟。「你這樣類比有一定的道理，但還不完全一樣。開盤時不買房訂金是可以退的，但你買權證花的錢是不能退的，所以從這個意義上說更像是『定金』。」陸珞竹接著說道，「股票在理論上還擁有對應公司的股份，但權證就是一張紙，你不買或賣股票它就是一張廢紙。權證分兩種，認購和認沽。顧名思義，它們分別是按照規定價格買或賣股票的約定。理論上說，股票價格越高，認購權證就越有價值；而股票價格越低，認沽權證就越有價值。」

陸珞竹說他在股市暴跌的當時，看好了一只認沽權證，把所有家當全部投入進去，結果運氣超好，這只權證在三天內暴漲了 10 倍！這三天裡陸珞竹非常的煎熬，隨時都在想「要不要賣，要不要賣？」當漲到接近 10 倍的時候，陸珞竹覺得這太瘋狂了，於是賣光了手裡的權證。隨後不久隨著大盤的回暖，這只權證一路直線走低，到最後行權之日，陸珞竹親眼見著它一天之內從幾元的價格一直跌到幾毛錢。雖然盤中也有所謂的「末日輪」行情，又回抽到了兩三元，但這只是回光返照而已，收盤時其價格已接近零。有多少股民這一天在這只權證上弄得家破人亡可能已經很難統計了。陸珞竹覺得這根本不是投資，連投機都算不上，這簡直就是賭博！從此以後陸珞竹再也不碰權證，但不論如何他賺到了自己的第一桶金。之後股市一路上漲，陸珞竹的帳戶又增值了幾倍。隨後國際金融危機爆發，股市一瀉千里。陸珞竹及時斬倉出局，雖然也虧了不少，但所幸還是保留了大多數的成果。等陸珞竹畢業回國的時候，他已

經賺了好幾百萬元了。回國後，陸珞竹一邊教書一邊寫論文一邊炒股，今年剛評上教授，之前是副教授。同時，他對國內財經熱點問題的研究也引起了媒體和社會各界的廣泛關注，逐漸在國內財經界嶄露頭角，成為媒體追逐的熱門經濟學家之一。聽完這段故事，聞道和依依對陸珞竹的崇拜之情，那是猶如滔滔江水啊！

　　這棟別墅是陸珞竹回國後買的。這是一套二手的清水房，原來的房主買成500萬元，但後來做生意遇到困難，在仲介掛了300多萬元急於出手，於是陸珞竹就把它買下了。現在他的主要生活方式就是教學、科研、炒股，有時出去參加一些社會活動和接受媒體的採訪。陸珞竹說他其實非常宅，平時一般不出門。「壓力大，我現在頭髮掉得厲害，還經常失眠呢。」陸珞竹對聞道和依依說。「陸教授太成功了！」聞道說。「真談不上。我其實把炒股當成娛樂，而且有助於讓我保持對經濟的敏銳感，這也是專業的需要。我的主要精力還是放在學校上課和做研究上，你知道在高校工作發表論文的壓力是很大的。」陸珞竹說。聞道也想學習炒股，忙問：「陸教授您招學炒股的學生不呢？是需要從研究基本面做起嗎？」陸珞竹笑著說：「業內有句俗話說：『研究基本面，輸在起跑線』。哈哈，這當然是句玩笑話，基本面還是很重要的。我們今天聊得挺投機的，隨時歡迎你來做客。指導談不上，咱們多交流嘛，我也想多瞭解一點房地產業內的一手信息。不過週末可能不行，我週末一般都會飛去北京或上海的商學院上課。」「那您不是成了『空中飛人』啦？」依依插話道。「反正每週都要『飛』吧。所以我給自己買了高額的航空意外險，萬一有什麼事也不用擔心父母的養老問題。」陸珞竹說。

　　「對了，陸教授，今天我們來的正事還沒談呢？」聞道一看時間不早了，趕忙說論壇的事兒，並從公文包裡拿出一個蓋著公司鮮章的邀請函遞給陸珞竹。陸珞竹接過邀請函看了之後說：「你們這個是文化論壇，我覺得講國學和講風水都合適，但我是研究財經問題的，我去了講什麼呢？」這確實是個問題，所以聞道小心翼翼地說：「我們策劃部的同事們一起想了一下，您可以來講孝道對家庭幸福感的提升，從而對居民消費的促進作用。」依依也在旁邊附和道：「哎呀，陸教授，只要您來了我們這個論壇就成功了，隨便您講什麼都行。」陸珞竹笑著說：「看來我是被

你們策劃了。好吧，我來參加你們的論壇，但是講話的內容我得好好琢磨琢磨。聞總你剛才說的這個選題還挺有意思的，我抓緊好好研究一下。既然來了，肯定還是要給你們講好嘛。」陸教授果然是一個做事非常認真的人，這個朋友值得交！聞道心想。「陸教授真好！」依依也高興地說。「這姑娘嘴可真甜。」陸珞竹看著依依說。

一晃快5點了，聞道對陸珞竹說：「陸教授，快5點了，要不我們就不打擾您了，您還得進城去見您的母親啊。」「那行，我們改天再聚。方便的話最好平時約嘛，週末我一般都不在西京。」陸珞竹起身說道。「沒問題，一定要再來拜訪教授。」聞道說。陸珞竹回書房簡單收拾了一下，拿了一個包。聞道發現這是一個現在剛開始流行的編織袋風格的皮包，想不到教授這麼潮。陸珞竹帶著二人又下到地下室，走進車庫，突然說：「哎呀，不好意思，我才想起我這輛車今天也限行！」「啊⋯⋯這裡怕不好打車吧？要不我讓我們公司的商務車再回來。不過司機現在正在機場接人，過來可能得有點晚了⋯⋯」聞道一邊說一邊心想，不知道這裡好不好打「野的」（非正規營運出租車，四川方言）。「沒事，我開另外一輛車。限行害人啊，逼著買兩輛車。」陸珞竹說罷，帶著聞道和依依折返到室外。車庫外面是一個坡地，連接到小區的主路上來。坡地上停著一輛魚子醬色的捷豹XJL，這想必就是陸教授說的另一輛車吧。捷豹XJL有著純正的英國血統，修長的車身有著迷人的腰線，特別是它的尾部輪廓絕對可以用性感一詞來形容，線條與車身和前臉一樣流暢。那兩個尾燈就像一對豹爪，非常耐看。陸教授的兩輛車可都是自己心儀的車啊，聞道也是懂車之人。

三人上車，聞道坐在副駕的位置，依依坐在後座。只見陸珞竹按下啟動鍵，中控臺的旋鈕自動升起，這可真是一個獨特的設計。緩緩駛出小區後，陸珞竹開始加速，很快就達到了這條快速路規定的最高速度每小時80公里。「教授喜歡開快車還是開慢車呢？」聞道問。陸珞竹一邊開車一邊回答：「反正不超速嘛。這條路規定限速是多少，在路況條件允許的條件下我就開多少。」捷豹XJL的軸距超過3米，後座非常寬敞，坐在上面即使想蹺二郎腿也是非常輕鬆的事。陸珞竹從後視鏡看了一眼依依，說：「依依，還是把安全帶系上吧。這個後座太寬，萬一我急煞車你

會不安全的。」「好!」依依聽話地系上了後座的安全帶。

行駛了一段時間以後，依依突然說：「教授，您真的是單身嗎?」現在三個人都比較熟絡了，所以聞道也沒有阻止依依問。他其實也想知道這個問題的答案。陸教授35歲還單身，難道離過婚?或者……陸珞竹轉頭看了一眼聞道，又從後視鏡看了一眼依依，說：「你們不會懷疑我是同性戀吧?」哈哈哈……三個人都笑了起來。陸珞竹沉默了一會兒說：「我的故事其實很簡單的。以前我還在國內讀書的時候，我以為我交往了一個女朋友。」細心的依依從汽車的後視鏡中留意到陸教授的眼神裡閃過一絲尷尬，雖然陸教授很快又用笑容掩蓋了。「那後來呢?為什麼沒有在一起?」依依脫口而出的問話，連她自己都覺得冒失了。「後來……哈哈，當然沒有後來啦，不然咱們陸教授就不會還是鑽石王老五啦。」聞道連忙救了差點要冰凍住的場面，心想：「依依這丫頭，還是太單純了，看不懂眼神。」陸珞竹淡淡地微笑了一下，表示沒什麼。「愛對了是愛情，愛錯了是青春。現在青春已不在了，那還是多寫幾篇論文、多抓幾個漲停吧。」陸珞竹平靜地說。

第十三章

墓地鬧鬼

　　第二天來到公司，聞道抓緊部署孝文化論壇的具體事宜，他相信陸教授既然答應了來參加論壇，就肯定會做出精彩的發言，雖然確實這個選題有點兒牽強。他讓依依去售樓部大廳幫著銷售部接待，一方面是讓她抓緊熟悉業務，另一方面也因為最近到訪的客戶實在是太多了。在這些到訪客戶中，肯定有真正想來買房的意向客戶，但也混雜著大量業內同行前來參觀，俗稱「踩盤」。「踩盤」可謂是房地產從業人員的一門必修課。一般來說，你需要裝成各式各樣的客戶，去試探對方銷售人員的口風，比如項目建設的情況、客戶蓄水的情況、銷售進度的情況，等等。那他們為什麼不直接來問了呢？這是因為售樓部的置業顧問們一般都是採取輪崗的方式來接待到訪客戶。如果接待的客戶最終轉化成了成交的客戶，那置業顧問就可以獲得提成。售樓小姐們的收入由基本工資和提成組成，其中基本工資一般是比較低的，基本和所在城市的最低工資差不了多少，比如1200元到1500元；而提成的數量則取決於其成交金額，根據公司性質的不同可以提千分之一到千分之四不等，一般開發商自己的銷售人員提成較多，而代理公司的銷售人員提成較少。所以，售樓小姐們是很看重這個提成的。如果不幸接待的客戶是來踩盤的，那相當於踩了地雷，浪費了時間和精力不說，還沒有收成，所以沒有哪個售樓小姐願意去接待踩盤的業內同行。

　　對於這個問題，聞道也很頭疼。踩盤是業內慣例，自己也經常跑到

別人的樓盤去「刺探」情況，這再正常不過了。聞道希望售樓小姐們能大度一點，他在一次例會中這樣給售樓小姐們說：「我知道大家都不想接待踩盤的，但是我們可以換一種思路來看這個問題嘛：踩盤的人也是人，他們自身也有購房需求。如果我們的項目真的好，那在你們接待他們的過程中，說不定也就能打動他們，一樣存在把他們轉化成最終的成交客戶的可能性。由於他們都是業內人士，具有專業水平，必然也更挑剔，所以如果能打動他們來買房，那不僅對於我們的項目來說是成功，對你們個人來說也是成功嘛。」還有一句話聞道沒說出來。房地產這個行業的人員流動是很大的，如果哪個售樓小姐接待了踩盤的同行，還一如既往的耐心接待，那說不定對方以後會把她挖過去也不一定啊，這對她們自己的職業發展來說也許是好事呢？這話他當然不能說，這需要讓她們自己去體會了，就看她們的情商如何了。當然，由於最近到訪的客戶實在太多，他們的項目又這麼顯眼，如果來踩盤的人太多了確實也影響他們項目的接待能力。所以聞道乾脆在售樓部門口豎了一個牌子，上面寫著「歡迎業內人士在週一到周五的上午到訪！」一般真實的客戶平時沒有週末來得多，特別是上午來的人很少。因此聞道這樣做既不得罪人，又可以分流接待量，而且還顯得很大度，可謂一箭三雕。

聞道曾想專門拿一天當做「業內接待日」，不過又覺得這樣做似乎顯得太高調了一點。樹大招風和槍打出頭鳥也不是公司高層想看到的。畢竟，他們營銷的主要目的是讓盡可能多的最終購房者下單，而不僅僅是為了讓業內同行更瞭解自己的項目。有時保持一點神祕感也是好的。就這樣又過了幾天，離舉辦孝文化論壇的時間越來越近了。突然一天，網上出現了很多消息，說項目旁邊的這個墓地鬧鬼。這真是太離奇了！不過還真有看房的客戶提到這事。聞道覺得這個問題不能小覷，畢竟很多人還是比較迷信的。聞道找到最初傳出這個事情的一個論壇，仔細看了一下這篇帖子。這篇帖子的題目叫做「墓地傳來驚悚呻吟聲，嚇跑守墓人」，寫的是幾天前的一個深夜，冷風嗖嗖，一大片墓地籠罩在黑暗中。突然，遠處傳來斷斷續續變了調的呻吟聲，還越來越清晰，守墓人老王被狗叫聲驚醒，一身冷汗……這篇帖子還描繪得有聲有色的呢！聞道越看越生氣，但還是接著往下看。上面說的這個老王在這裡守了好幾年的

墓,可從來沒出過這種事。帖子說老王走出屋去,越仔細聽,斷斷續續的呻吟聲就越來越清晰,嚇得他連滾帶爬回了屋子。聞道清楚網絡對這些事情的傳播能力,所以必須盡快應對才行,否則以訛傳訛,難免會對項目的銷售產生影響,特別是那些處於買或不買的猶豫臨界點上的客戶。

當天下午,聞道就帶著策劃部的幾個人一起去墓地看個究竟。依依看了這個帖子後有點不敢去。聞道安慰她說這是白天,沒事的。到了墓地,向門衛打聽,還真有一個老王在這裡守墓地!而且,找到這個老王和他聊了之後,發現這個帖子說的事也不假!原來,那天晚上,老王的確被那恐怖的呻吟聲嚇回了門衛室,但他馬上打了110報警。隨後警察趕來,和老王一起又去墓地查看。民警舉著手電筒小心翼翼地走在前面,老王則膽戰心驚地跟在後面。越往裡面走老王越心虛,他估計那個民警也很緊張,因為他把手槍都掏出來了。手電筒的光從一個個墓碑上滑過,突然停在了一片草叢裡。他們發現草叢裡露出一張面色煞白的人臉,還半睜著眼睛。老張嚇得「哇」的一下大叫了起來,據說握著槍的民警當時差點都要開槍了。

這到底是人還是鬼啊?空氣凝固了起來,二人都沒有動,而那張臉還在繼續呻吟。那場景還真是……不過很快隨著一陣風飄來了一大股酒味。二人仔細一看,這才松了一口氣,哪有什麼鬼嘛,分明是個大活人。原來,那是一個醉漢,那天他心情鬱悶,一個人喝多了,把身上帶的錢也喝完了。本來他準備走路回家,結果走了一會兒實在走不動了,就攔了一輛出租車。車都開了一陣子了,他還算誠實,告訴司機自己身上沒帶錢。那的哥深夜拉個醉漢本來就不高興,一聽這個一下就火了。深更半夜的還想坐霸王車?正好當時出租車的位置離這個墓地不太遠,司機就開到這裡把他扔下車就跑了。然後這人不知怎麼的就翻牆進了墓地,在這個過程中把腳崴了,所以躲在草叢中呻吟。

這破事兒……不過又是誰發的帖子呢?老王自己連網都不會上,肯定不會是他。但是他回家後把這個事情講給了自己的兒子聽。他兒子還在讀大學,聽了之後覺得這個事情好玩,就把事情的前面一半發了西京當地一個著名的吃喝玩樂論壇上,結果沒想到這個帖子火了,引起了瘋傳。這才是問題最關鍵的地方啊!雖然現在找到了最初的發帖人,但

第十三章 墓地鬧鬼

畢竟已經瘋傳開了。聞道給老王講了問題的嚴重性，說這個問題持續下去有可能對公司造成幾千萬元甚至上億元的損失，到時公司只有向法院起訴了。老王也嚇到了，馬上打電話給他兒子，讓他兒子刪帖。這倒不是難事，難的是其他那些轉發的帖子。俗話說，水都已經灑出去了，覆水難收啊！

　　聞道想起前一陣有一家網絡推廣公司找上門來談合作，當時聞道還沒太重視。要不找他們試試？聞道在手機中找到這家公司的聯繫人的電話，打過去說：「白總嗎？我是永生之城的聞道啊，上次你來項目時我們聊過。」然後聞道把這事給網絡推廣公司的白總描述了一下。白總聽罷說：「這個小意思啊，我們就專門幹這個的。」聽白總說，現在網上論壇的刪帖已經形成了產業鏈，他們在各大論壇都有關係，打一個招呼就刪了，當然，這是需要費用的。不過他又說，這次可以免費給聞道的公司做，但希望能和他們公司建立起業務合作關係。這個意思聞道當然懂，就是用處理這個事情換簽約他們公司，當他們項目的網絡推廣的服務商嘛。「行，我把我們公司負責這些事情簽約的副總裁的電話給你。」費用這些事讓他們自己去談去吧，反正自己又沒有簽單權，聞道心想。

　　當天晚上，各大論壇上關於這次墓地鬧鬼事件的討論帖及其轉發帖全都不見了，甚至搜索不出來，就好像從來沒有發生過一樣。聞道還真佩服這家網絡推廣公司。看來以後在營銷上要更重視對網絡的運用才行啊，他們既然能刪負面的帖子，當然也就能推廣正面的帖子。只不過當下房地產的行情太好了，銷售感覺是比較簡單的事，所以對網絡的運用不是很急迫，可以以後再說。不管怎麼說，這件事情還是解決了，沒有對項目的銷售造成實質性的影響。聞道算是舒了一口氣，晚上請策劃部的幾個同事一起吃了頓飯，然後把依依送回了家。路上，聞道問依依對陸教授的印象怎麼樣，她說陸教授睿智、嚴謹、淡定、有品位又不失生活情趣，簡直是一個360度的好男人，也一定會是個好老公。哈哈，這丫頭，要是她沒有男朋友就好了，正好可以把她介紹給陸教授，聞道心想。不過這個陸教授也算是鑽石王老五級別的了，不知道他對女人的要求是怎樣的？

　　聞道這幾天都沒和糖糖聯繫。她在「飛」嗎？聞道真想去機場接她。

於是聞道發了條短信問糖糖在哪兒。結果她很快回了，說正要從北京飛回來，他們機組已經登機了，正在收拾，一會兒旅客就要上來了。聞道說：「我來機場接你。」「不用吧？這麼晚了，你好好休息啊。」糖糖似乎有點詫異。聞道想起上次問過她坐「野的」的事，說：「你這麼晚了回去坐『野的』不安全嘛。」糖糖回道：「都是經常坐的『野的』師傅了，沒事的。」機場的候機樓雖然有很多正規的出租車，但是空姐們上下班的客艙部由於位置比較偏，卻很難打到車。所以，「野的」幾乎成了空姐們上下班的主要交通工具。聞道有點急了，說：「我想體驗一下當『野的』師傅的感覺好不？以後我有時間的時候還可以掙點外快。請你給我這個機會好嗎？」「好吧，你贏了！」然後糖糖把她的航班號發給了聞道。聞道馬上查了下航班信息，然後向著機場疾馳而去。

第十三章 墓地鬧鬼

第十四章

孝文化論壇

　　聞道把糖糖送回到她家樓下，自己也抓緊時間回家休息，很快就要舉辦孝文化論壇了，還有一堆的事情要籌備。到機場接人聞道肯定不是第一次了，但去機場接空姐還真是第一次。當然，這肯定不是去候機樓接，而是去客艙部接，機組有專門的交通車往返客艙部和機場內部。去客艙部的時候門衛攔著聞道問他找誰，因為他沒有通行證，聞道回答說他是家屬。

　　第二天來到公司，聞道仔細整理了一下自己最近的工作清單，覺得快要忙瘋了。首先他要安排從北京請來的國學大師和從上海請來的傳統文化方面的專家的接待事宜，還是陸教授最方便，可以自己開車前來。除了接待專家，還要接待媒體，這個可是哪家都得罪不起啊。聞道早已向所有本地的媒體都發了邀請函，還從北京上海等地邀請了幾家全國性的知名媒體。因為這個孝文化論壇本身是公益性的，所以媒體也可以大方的支持。純商業性的論壇媒體在宣傳上還是有一些忌諱的，特別是一些大媒體。然後就是邀請群眾參與。經過前一段時間緊鑼密鼓地宣傳，特別是「講故事送房子」的吸引力真的很大，前來報名的人自然是很多的。海選的時候，各種五花八門的孝順故事都被寄送來了售樓部，不少人還是親自把資料送過來的。這裡面有的故事讓人感動，有的故事又讓人笑掉大牙。經過幾輪的篩選，最後公司確定了10個參賽人員在論壇當天到現場來講訴他們的孝順故事。這個活動的解釋權歸公司，自然海選

由公司負責。但論壇當天的決賽，為了體現其公正性，公司還專門聘請了公證處的人員到現場公證。當然，論壇開幕式上邀請政府和公司領導來發言也是必需的。當然活動最後還少不了觀眾現場抽獎這個環節，獎品自然是當下流行的 iPhone、iPad 這些熱門的電子消費產品。

　　大概流程就是這樣的。聞道還專門給陸教授打了一個電話最後確認了一下。陸教授說放心沒問題。聞道就喜歡這種說話算數的人。他以前遇到過請專家最後一天被「放鴿子」的情況，另外找人也來不及了，弄得非常被動。另外就是怎麼評選「感動西京」最佳孝順故事的問題，這個評選不好是要出亂子的。聞道參考了當下最流行的選秀節目的打分形式，由專家、媒體和觀眾組成的評審團聯合打分，各占三分之一的權重，這樣即使有爭議，那也不是公司的責任。專家和媒體都是定向邀請的人，而觀眾呢？這當然就是來售樓部看過房的意向客戶了。凡是近期來售樓部看房並留下準確聯繫方式的人，都會被邀請來參加這個論壇。他們到了現場還有精美的禮品發放，當然還可以抽獎。聞道他們策劃部的這幾個人確實沒有精力既策劃又執行，所以這個論壇的具體現場活動執行是外包給了一個專業的活動公司來操作。論壇的地點就在永生之城那個非常「高大上」的售樓部，活動公司提前在售樓部的大廳搭建了一個臨時舞臺，做了一個噴繪的背景板。然後下面擺放了很多座椅，每把座椅還全部用乳白色的椅套包裹著並系上金色的綢緞製作的蝴蝶結，顯得很是精致和高端。

　　就這樣，在一個天氣略微陰沉的下午，「感動西京」孝文化論壇開幕了！

　　一開始，活動公司安排了一個暖場活動：一群美女拉小提琴。這……看著幾個豐滿的美女在臺上瘋狂地扭動著身體彈奏著小提琴，聞道擔心這樣會不會影響今天這個公益論壇的調性啊？現在拉小提琴的美女們的身材都這麼火爆嗎？還是現在身材火爆的美女都喜歡學點小提琴這些？聞道注意到臺後有音響師在操作音響，似乎明白了點什麼。不管這個暖場節目俗不俗氣，至少臺下觀眾的反應好像還不錯。好吧，只要觀眾喜歡就行。現在做活動既要格調高端又要能接地氣。

　　接下來是領導們講話。為了體現活動的專業性，聞道還專門在當地

的電視臺請了一個專業的女主持人來主持這個活動。只見她身著露背的晚禮服款款走上臺，給大家介紹到訪嘉賓。這次公司本來想邀請一個副市長來參加論壇的，但副市長說檔期不空，當然也有可能是他有意迴避這些本質上有著商業性質的活動。不過這次還是請來了一個文化局的副局長，也算是一個政府領導嘛。副局長上臺做了一個簡短的致辭。接著便是公司的董事長大牛總登臺。大牛總可是西京市當地知名的民營企業家，坊間關於他有著許多傳聞。他是怎麼發家的還真沒有人能說得清楚，大家只知道他早年在外地打拼，可能從事了和礦有關的生意。回到西京以後，他倒手了幾塊土地，但都沒有開發項目，最後拿下了永生之稱這個地塊，揭開了他事業的新篇章。聞道知道大牛總的關係很廣，政商界、金融界、地產界都很吃得開。至於永生之城這個項目背後的故事，聞道不知道，也不想去知道，他只需要做好他的營銷工作並順利地拿到銷售提成就行了，反正只是打工的。

　　大牛總今天穿了一套白色的西服，聞道承認白色的西裝可不是一般人能「hold住」的。大牛總平時喜歡穿唐裝，今天這樣穿已經算是很正式了。有錢人聞道也見得多了，感覺現在的「土豪」們都不穿花襯衣帶粗金項鏈了，而是喜歡穿唐裝戴佛珠，這似乎是一個流行趨勢。大牛總經常說他給自己的定位是「儒商」，不知道他對這個「儒」字的理解是怎樣的呢？剛才大牛總還坐在臺下的時候，聞道看到他一直盯住今天邀請的電視臺女主持人在看。

　　大牛總講話道：「來賓們，朋友們，大家下午好！」大牛總雖然個子不高，但說話的聲音中氣很足。他手裡的發言稿是聞道親自操刀的。「今天我們歡聚在這裡，共同探討孝道這個文化問題。中國這個歷史漫長的文明古國，有著悠久而綿長的文化傳統，而『孝順』則是其中最重要的內核之一。每個人都有父母，父母給予了我們生命，在這個基礎之上，我們才能夠做其他事情。孝順父母是天經地義的事情，有一句俗話說：百善孝為先。這句話說得很有道理，我們不管做什麼事，孝順是最根本的基礎。中國自古就流傳著24個經典的孝順故事，相信各位最近一段時間在西京市內到處都能看到我們公司的宣傳廣告。這一段時間，我們徵集了大量很好的當代孝順故事，它們個個感人，並不亞於這些古代的孝

順故事。經過艱難的評選，我們從這些應徵的孝順故事中精選了 10 個進入今天的決賽，待會就請各位投出您珍貴的一票，為弘揚我們的社會正氣出一份力！謝謝大家！」

臺下響起了熱烈的掌聲，你不能否認「土豪」其實還是有「土豪」的魅力的。這時女主持人走上臺說：「感謝牛總精彩的講話，我們今天的論壇就正式開始！下面有請我們到場的專家發言。」

第十五章

三位專家的演講

　　這個孝道論壇的主體其實就是先由所邀請的三位專家分別做三場演講,然後他們再一起上臺與臺下的觀眾互動。

　　首先上臺的是從北京請來的國學大師,顯然,在今天到場的所有人當中,他是最有資格談傳統文化的。他說:「在《現代漢語規範辭典》中,對孝順的解釋是這樣的:盡心盡力承擔侍奉父母或長輩的義務並順從他們的意願。」他一來就把《現代漢語規範辭典》抬出來了!他接著說:「孝順是一個人的本分,父母花了心思養育了我們、教育了我們,才把我們撫養長大,父母的深情,跟高山一樣高,如海水一樣深,這一種恩情,我們是永遠也報答不完的,到底我們該怎樣孝順父母呢?就是:第一,供養父母,不令缺乏。第二,凡有所為,必先稟白。第三,父母所為,恭順不逆。第四,父母正令,不敢違背。第五,父母正業,不為中斷。人生在世,莫以善小而不為,而百善孝為先,孝敬父母,我想是作為一個人最基本的道德底線。今天各位來賓能來到我們這個論壇的現場,那麼恭喜你們,說明你們已經具備基本的孝心。」

　　國學專家又進一步解釋道:「『供養父母,不令缺乏』就是說在生活上,物質所需,精神的關懷,要讓父母滿足,不虞久缺。『凡有所為,必先稟白』就是說兒女無論要做什麼事,要創哪一種事業,都要讓父母知道,不要讓父母感覺到你隱瞞他,讓他感受到兒女對他十足的信任。『父母所為,恭順不逆』就是說父母想要做好事,想要有所作為,身為子女

的就要順從父母的意思，不要忤逆。我們一生受之於父母，怎忍心違逆他們呢？所以在中國固有的孝道思想中，做到孝比較容易；順的標準比較難，順父母的心意難。『父母正令，不敢違背』就是說我們不要違背父母正當的命令，他要做善事、做好事，不要違背他。『父母正業，不為中斷』就是說假如父母創造了什麼好的事業，比方說：父母辦養老院、孤兒院，或者辦學校，辦一些對社會福利的事業機構，我不能讓它中斷，我要把父母的正業一直繼承下去，這才是孝順。」國學專家講了半個小時，最後他以「孝之永恆，乃中國文化之國粹」結束了他的演講。

第二個上場的是從上海請來的民間傳統文化的專家。只聽見他用一口上海普通話說：「民間傳統文化講究天人合一。天在於天時、地利，人在於其品行、修為。一個人如果從小不曾抵觸頂撞父母師長，多聽長輩的建議，反思自己的行為，成長的自然更快、更順利，那麼他收穫的東西也就更多，也就是民間常說的『有福之人』。」

第三個登場的專家是陸教授。聞道其實心裡很緊張，他知道陸教授講財經問題那肯定是一等一的高手，但今天這個選題可能是難為陸教授了一點。陸教授剛一走上臺，下面就有女觀眾尖叫：「哇，這個專家好帥！」只見陸教授走到講臺前，不緊不慢地說道：「剛才兩位專家分別從傳統文化和風水的視角來談了孝道，我非常認同二位專家的觀點。但是孝順和經濟學有什麼關係呢？今天我就來給各位來賓做一個簡單的分析。」

陸教授說：「我們先來談談窮人家的孩子和富人家的孩子的孝順問題。國外有李爾王被自己的女兒們虐待的悲劇，國內也有『富兒不孝』、『窮人家的孩子更孝順』等說法。長期以來，我們以為這可能只是民間的一種看法，但不幸的是，英國還真有經濟學家通過大數據的統計學分析證明了這個觀點。根據英國家庭調查公司提供的數據，那位經濟學家的研究表明，富裕家庭的父母比貧窮家庭的父母更有可能向後輩提供金錢，這些孩子在被養育時會被給予更多的物質條件上的滿足。根據英國的數據顯示，在被父母資助上大學的年輕人中，有 20% 不會定期給父母打電話，而有超過一半的人並不會經常去探望父母。出身富裕家庭的孩子在受過大學教育後，相比沒有受到過良好教育的貧困家庭的孩子更容易找

到收入高的工作，但這些有錢的子女往往和父母關係疏遠，這就是所謂的『富兒不孝』的現象。」

陸教授接著說：「為什麼有錢的孩子會比貧窮的孩子更不孝呢？這裡面有兩種可能性：第一種是隨著子女收入的增加，其照顧父母所需的成本也在上升。這種成本更多的不是單純的會計意義上的成本，而是經濟學意義上的機會成本，因為他們的時間更值錢。他們會覺得陪父母逛街買東西或陪父母吃飯這類事的代價太大，並不值得。大量事實的確表明，財富越增加，父母與孩子之間的疏遠現象表現得就越明顯。另外一個解釋可以從子女對父母遺產的爭奪來分析。經濟學中有一個策略遺贈理論，該理論指出，兒女只會對父母付出能確保其獲得相應遺產份額的義務。經濟學的基本假設是人都是理性的，或者換句話說人是自私的。這裡的自私本身並不是一個好或壞的道德判斷，而只是對人的行為的一種描述。只要在社會中存在恰當的激勵機制，那麼自私的人也可以做出很具有正能量的事情來。通常說來，家庭越富裕，子女的數量也會越少，這也就沒法保證適當的競爭。子女間的競爭就是為了獲得遺產而善待父母。中國20世紀80年代以前的家庭結構大多數都是多子女家庭。我相信在座的各位都聽說過甚至親身經歷過多子女家庭為了分父母的一點財產而反目成仇甚至對父母拳腳相向的人間悲劇吧？肯定有朋友想說，那中國在20世紀80年代開始推行計劃生育，很多家庭特別是城市家庭都是獨生子女，那麼家庭內部的子女又怎麼競爭呢？的確，在這種情況下，父母沒得選，獨生子女對父母來說相當於是市場上的一種壟斷行為。但是父母也不是沒有辦法，不過早的向子女交出自己的財產也是一種理性的選擇。」

陸教授的發言引得觀眾一片嘩然。的確，他的話揭示了人性最本質的一面，聽起來雖然有點殘酷，但句句在理，讓你聽起來覺得不爽但又根本無法反駁。陸教授接著說：「其次，我們可以從效用出發來看這個孝順的問題。效用是經濟學中行為人對自己滿足程度的一種度量，簡而言之就是人們的福利水平的一種度量。這個效用可以來自你自己消費的各種商品的數量，比如衣食住行購等，也可以來自其他東西，比如這個孝順。假設孝順存在於一個人的效用函數當中，這既有你對父母的孝順的

一種正向反饋，也有你自己的子女對你的孝順。從這個層面來理解，我們可以把孝順看成是和一般的消費商品一樣的另一種商品，或者說是一種精神層面的商品。我們都知道，消費一種商品，我們可以獲得收益，但也需要花費成本。孝順的收益既有心理上的愉悅感，又有社會的美譽度，也有可能是來自父母的饋贈或遺產這樣的金錢上的收益。而孝順的成本除了給父母購買各種商品的花費，比如父母的衣食住行等；也有為父母購買各種服務的花費，比如帶父母看病請保姆之類的；當然還有自己在時間和精力上的投入，前面給大家講過，這實際上是一種機會成本。當然，每個人的自身條件不一樣，有的人錢多，有的人時間多，所以錢多的人可以多給父母買點東西或者請人來把父母照顧好，而時間多的人可以自己去多照顧一下父母，這都是合理的選擇。此外，我們也可以從生命週期的視角來看孝順的問題。每個人都有自己的父母，而自己也可能成為父母，所以這是一個周而復始的過程，叫做『迭代』，或者『世代交替』。自己對父母的態度，也會影響子女對自己的態度。簡單地說這就是一種示範效應。所以如果不想自己老了子女對自己太差，那自己就應該對父母好一點。」

陸教授又說：「最後，我想說孝順是美德，但不是枷鎖。咱們的許多父母，或者說整個社會，都經常用子女是否『孝順』來評判子女的『好壞』。我覺得我們不應該給子女這種包袱。我們民間有『養兒防老』的說法，其實從經濟學的角度來看，這也是一種自私的表現。現代社會的金融體系已經非常發達，單純的養老其實也有很多種選擇，比如購買保險，進行各種投資，等等。當然，我們還有社會保障體系，有退休金可以養老。所以就當下現實情況而言，依靠子女來養老已經只是各種養老選擇中的一種而已。單純地靠子女來養老，這是古代農業社會的做法，因為人老了體力下降沒法種田了。所以時代在發展，我們的觀念也需要更新。現在我們應該更多地把孝順看成是一種能給自己帶來愉悅感覺的美德，而不是一種包袱。中國在歷史上是一個農業社會，也沒有完善的社會保障制度，所以人到老年需要依靠子女撫養也是很自然的。因此從這個意義上說，中華民族獨特的孝文化也是基於我們傳統的農耕文化所培育出來的。但我相信當代中國的絕大多數父母當初生孩子時，是不會想到生

— 071 —

育孩子的目的是為了要給年老的時候準備一張『飯票』吧。孝文化當然有著其巨大的歷史價值，但在今天，我們除了應該把這個價值繼承下去以外，還應該賦予其更新和更廣的內涵。我的講話完了，謝謝大家！」

　　臺下掌聲雷動！聞道相信在場的所有聽眾都和他一樣感到被陸教授洗腦了。想不到一個簡單的人人都懂的孝順問題，其背後有著這麼深刻的理論啊！以後他一定要好好跟著陸教授學學經濟學！這時正好依依拿著孝順故事的決賽名單從他身旁走過，聞道便問她覺得陸教授講得怎樣。依依兩眼放光地說：「簡直帥翻了！」

第十六章

評獎風波

　　三位專家做完各自的演講以後，又一起在臺上和觀眾們互動了一下。但是現場的觀眾都基本上盯著陸教授在提問。為了不讓另外兩位專家覺得沒面子，聞道趕緊安排了幾個公司的員工向國學專家和風水專家提了幾個問題。

　　接下來，就是本次論壇的另一個重要環節了！入圍決賽的十位選手分別上臺去講述各自的孝順故事。他們一邊在臺上講，臺下的專家組、媒體組和現場的觀眾則分別打分。聞道安排工作人員緊張地統計和記分，聘請的公證處的公證人員也在一旁監督。終於，在參加決賽的選手們的十場演講以後，本次「感動西京」孝文化論壇之孝順故事決賽的冠亞季軍出爐了！

　　季軍是一個廣州的女孩，單親家庭，跟著母親一起生活。她9歲的時候，她的媽媽雙目失明了。她幼小的肩膀過早地承受了家庭的責任和義務，靠著母親的低保收入和左鄰右舍的幫助，母女倆過著辛苦的生活。現在小女孩馬上要上大學了。她的發言很簡單，她說她的孝順就是當母親的眼睛。

　　亞軍是一個內蒙古的男青年，他的父親身患尿毒症晚期，他捐了一個腎給父親，盡量延續父親的生命。他說他的孝順，就是把生命的一部分回饋給病危的父親。

　　冠軍是一個西京本地的中年男子，在400多公裡外的另一座城市大學

畢業後就留在那裡工作。他的父母身體都不好，父親殘疾，腿腳不便。該男子不論刮風下雨，均堅持每週五晚上回西京來看父母，周日下午又回去上班。有時周五加班走不了，或者週末有事，也一定要回來一次，哪怕吃頓飯就走。就這樣，從18歲到現在40多歲，他堅持了20多年。他說他的孝順，就是盡可能地多陪父母吃一頓飯。

　　對這個評選結果，三位專家和媒體代表都很支持，但是現場的觀眾群情激奮，很多人都覺得應該選季軍那個女孩當冠軍，還有人說這次評選有黑幕，冠軍是內定了的。現場有點失控，聞道也著急了。他看到陸教授仍然很淡定地坐在評委席，心想他肯定有辦法。於是聞道給陸教授發了條短信問他該怎麼辦，要重新投票改結果嗎？陸教授很快回了短信，說：「結果一定不能改，待會兒我上去講一段話，解釋我認可這個冠軍的原因。同時，我會發動大家為這個女孩捐款，你先去把捐款箱準備好吧。」捐款這個主意可真是太絕妙了！不愧是陸教授啊。但是現在臺下的觀眾情緒激動，陸教授上去講話被扔雞蛋了怎麼辦呢？

　　只見陸教授再一次走到臺上，頓了一頓，說道：「臺下的各位觀眾朋友，你們的心情我非常理解。實際上，我在投這個票的時候內心也是非常掙扎的。然而就在今天上午，我還看到一則新聞，標題是『子女打電話無人回應，結果雙親已經去世多日』。看到這個新聞我非常心痛。朋友們，廣州女孩和內蒙古青年的故事都非常感人，我也非常敬重他們。我投票給陪父母吃飯這個故事當冠軍，是因為我們的社會更應該提倡這樣的平常的持之以恒地的孝順。多陪父母吃頓飯，這是多麼簡單的事啊，但我們又有多少人能夠持之以恒地堅持下去呢？」陸教授接著說：「我聽到過這樣一個說法：3歲，孩子上幼兒園了，你接孩子的時候抱著孩子就像抱著整個世界。6歲，孩子上小學了，說在家好無聊，沒有小朋友和我玩。12歲，孩子上初中了，甚至有的開始上寄宿學校，越來越獨立，甚至開始叛逆。18歲，孩子離開你去上大學了，一年回來兩次。回來的前幾天，你為孩子準備了各種各樣好吃的東西，塞得家裡的冰箱都裝不下了。可是一回來打個照面，他就忙著和同學朋友聚會去了。從此，你最怕聽到的一句話是：我不回家吃飯了，你們自己吃吧。大學畢業後，孩子留在了外地工作，一年也難得回來一次了。好不容易回來一趟，幾天

就走了。孩子結婚了，回家的時間有一半得勻給你的親家，孩子回來得就更少了。儘管你已經習慣了就老兩口在家，但是，你最希望聽到孩子對你說：爸，媽，今年過年我回家過啊！」

陸教授動情地說：「各位，我們可以算一算，你們能夠擁有孩子多少年？有人算過，如果從23歲開始工作，假設父母這時50歲。如果孩子每年過年回來一次，每次的有效時間3天，那麼父母再活30年實際上孩子們只能陪你90天，相當於才3個月！這簡直太可怕了！我投票給冠軍這個故事，是因為我覺得這是每一個人都能遇到的情況，而亞軍和季軍的故事，並不是每一個人都可能遇到的。我們需要偉大，但我們更需要平凡之中的偉大。」現場變得鴉雀無聲。聞道看到依依在一旁哭了起來，可能陸教授的這番話說中了她的軟肋吧？那個女主持人也在臺下哭了起來，聞道看到大牛總趁機遞紙巾給她。後來她乾脆靠在大牛總的肩上抽搐了起來。陸教授接著說：「我知道大家同情廣州女孩的遭遇，她的確很不容易，又馬上要上大學了，需要錢。我提議大家給她捐款，我捐1萬，大家隨意。」聞道馬上安排工作人員把臨時準備的捐款箱拿到臺上。大牛總也走到臺上，說：「陸教授的講話讓我非常感動。本來我們給季軍的獎品是10萬元的購房款，但我現在代表公司把這個改成10萬元現金。我本人再代表我們公司認捐10萬元！」說罷大牛總向臺下的觀眾揮手致意，特別是向那個女主持人揮手致意。大家報以熱烈的掌聲，女主持人也閃著淚光向大牛總鼓掌。有錢真好！起碼在你想幫助人的時候可以隨便出手。

隨後現場的觀眾熱情捐款，有捐幾百的，也有捐幾千的，聞道自己也捐了2000元，依依捐了500元。她剛來第一個月工資都還沒領就捐了500元出去，聞道覺得她挺不錯的。隨後，女主持人上臺主持了抽獎這個環節。本來這個環節從來都是活動的重頭戲，很多來參加的人等著不走就是為了最後的抽獎。但由於今天出現了捐款這煽情的一幕，所以抽獎反而就變得很雞肋了。

活動結束後，聞道安排人送國學大師和風水大師去機場，他們都很忙。聞道特地走到陸教授身邊，說：「陸教授，今天可真太感謝您來救場了啊！您的演講也非常的精彩！」陸珞竹說：「沒事啦，也感謝你給我這個機會說出我的真實想法，我以後更要多回去陪我的老爸老媽吃飯。你

第十六章 評獎風波

說大多數父母能圖個自己的子女什麼呢？你能回去陪他們吃頓飯他們就已經很高興了。」「是的是的，我以後也要多回去陪爸媽吃飯。」聞道說著拿出一個厚厚的信封說，「這是我們公司感謝您今天抽時間來參加我們這個活動的一點心意，還請您笑納。」「不如你幫我捐給那個廣州的女孩吧。」陸珞竹說。聞道急了，說：「這裡面可遠遠不止 1 萬元哦！」陸珞竹說：「沒關係，她現在比我更需要這錢，這錢給她的效用更高。」陸珞竹接著又微笑著說：「Life isn't about getting and having, it is about giving and being。」聞道對陸教授的敬意又更深了一步。聞道接著說：「本來我們大牛總想請您一起吃個晚飯的，但他有事得先走了，只有下次再和您約。」聞道心想他大牛總此刻應該正帶著女主持人不知道去哪裡吃飯去了吧。陸珞竹說：「行，沒事，以後再約嘛。那我就先回去了，我還得繼續寫東西啦。」「好的，以後一定要向您多請教啊！我這裡還得到處招呼一下，我讓依依送您去停車場。」聞道雙手握住陸珞竹的手說。

依依陪著陸珞竹走到停車場。依依說：「陸教授，您今天的兩次講話都好精彩，最後一次都把我說哭了。」陸珞竹說：「那不好意思，我罪過啊。」「哪裡，我就是覺得你講得好嘛。」依依有點不好意思。「我覺得在高校工作挺好的，有寒暑假，有很多自由時間。」依依說。「壓力大啊。」陸珞竹說。「是發論文麼？」依依問。「這肯定是主要壓力之一啊。」陸珞竹說，「在高校走學術道路除了教書以外就是必須要發很多的論文。」「我當時寫個畢業論文都覺得艱難得很，你們肯定壓力超級大的。」依依說，「真希望我也是一個學霸！」陸珞竹笑著說：「我這麼多年的感悟：做自己喜歡的，不一定非要成為什麼。」陸珞竹又問道：「依依老家在外地嗎？」「是的，挺遠的。」依依回答。「那以後有時間還是爭取多回去陪陪父母嘛。或者也可以把他們接到西京來。在大城市裡西京的房價還算是不高的，你多工作幾年肯定能買房。」陸珞竹一邊說著一邊把車的前蓋打開，把包放了進去。「哇，您這車怎麼前面可以放東西啊？」依依吃驚地問。陸珞竹今天開的是那輛白色的特斯拉 Model S，他給依依解釋說：「這是純電動車，所以不需要發動機，於是一般汽車的發動機艙就空出來了，可以多放不少東西呢，買菜方便。」「噢，好吧。電動車是不是充電不是很方便呢？」依依問。「的確，我目前都是在家裡充電啦，上次你看到過

的，所以出遠門的話還不能開這車。」陸珞竹說，「你現在能下班了嗎？能走的話我可以順路捎你回家啊，我要從城裡過的。你可以體驗一下，這車非常安靜，完全沒有發動機的噪音。」「今天不行啦，我得回去幫著收拾呢，估計得忙到晚上去了。」依依說。「好吧，辛苦你了，別忘了吃晚飯哦。」陸珞竹說道。依依說：「嗯嗯，陸教授開車小心！以後有時間來蹭您的課聽哦！」「隨時歡迎！」陸珞竹說罷上了車。

第十七章

凌晨接機

　　孝文化論壇終於結束了，那簡直是要把聞道和眾人累得脫掉一層皮的感覺啊。依依都有點生病了，可能是感冒了。聞道讓她第二天在家休息，就當是踩盤去了。但他自己還得來啊。第二天到了公司第一件頭痛的事情就是怎麼處理專家和媒體的費用的問題。這本來是很簡單的問題，直接給個信封就完事了，以前公司也都是這樣操作的。但是最近公司新來了一個財務總監，據說是調研了一陣以後，發現公司虛報費用的情況很普遍。比如說的是給了某某多少金額的勞務費，但實際上根本沒有這事。這種情況在公司裡也不能說沒有，這以前也確實一直是灰色地帶。但現在這個財務總監除了要求領款人的簽字以外，還要求領款人提供身分證複印件！一看這個新的財務總監就是一個「學院派」。這個辦法雖然是好辦法，但缺乏操作性！沒辦法，聞道只得安排人挨個去找領了勞務費的專家和媒體人要身分證複印件，這自然引得來怨聲載道。

　　不管怎麼說，這次活動的效果肯定是好的。孝文化論壇取得了良好的社會反響，經過眾多媒體的宣傳，現在孝順已是滿城熱議的話題。聞道覺得他們的這個策劃也算是為增加社會的正能量做了一點貢獻吧。當然，作為主辦方，永生之城和公司都收穫了極佳的美譽度。雖然辦論壇需要花錢，但和投放廣告比起來這些花費也算不得什麼。論壇結束後的現場，就有不少客戶交了誠意金。至於前來看房的人那更是絡繹不絕。目前有明確意向想買房的客戶的數量已經超過了「守望郡」一批次投放

房源的兩倍。聞道計劃等客戶蓄水量達到房源投放量的三倍的時候就開盤，這勢必造成「哄搶」的局面。一套房三個客戶選，這不是想不搶都難嗎？當然，買不到房的客戶也不用擔心，後面還有二批次、三批次，不過就需要等了。做銷售的都希望自己賣的東西一售而空，不是嗎？

按理說這幾天董事長大牛總應該來表揚一下大家，鼓舞一下士氣，但據說他到三亞去了。聞道用腳趾頭都可以想到他是和誰一起去的。這天下午，以前來永生之城售樓部參觀過的那位聞道還親自接待過的劉總給聞道打過電話，問聞道有沒有興趣到他們公司去發展。劉總的公司可是西京當地非常知名的一家大型房地產公司，是一個全國性大公司的西京分公司。劉總是西京分公司的董事長兼總經理，也是其集團西南區域公司的總裁。劉總公司的營銷總監李總聞道也認識，聽說他要走。他向劉總推薦了聞道，劉總也對聞道在永生之城的業績非常賞識。雖然聞道很想在劉總手下做事，但是劉總那暫時沒有新的項目馬上會投入銷售，而自己手頭的這個永生之城項目正處於銷售氣勢如虹的階段，所以這讓聞道非常猶豫。其實他們做營銷的都是很現實的：有項目銷售，他們才能拿到高額的提成。如果還要現找地、現立項，再等待很長的建設週期直至項目開盤，這就意味著在較長的時間裡是拿不到提成的。時間都是有機會成本的。所以聞道這次只能婉拒劉總的加盟邀請，先好好在永生之城干著吧！

這幾天忙得沒和糖糖聯繫，不知道她肚子痛好點沒？於是聞道給糖糖發了條短信，說：「這幾天我忙瘋了，你痛經好點了沒？」過了一會糖糖回道：「在西安。沒痛了。但今天胃有點痛。」聞道說：「不痛就不要吃藥了。等你回來我帶你去看中醫調理一下。胃又怎麼了呢？是不是吃了冷東西了？」糖糖說：「要去那也得等完了才能去啊。沒吃冷東西。」聞道一想對啊，便說：「好嘛，等你完了再去。你是不是吃飯時間不規律引起的胃痛啊？什麼時候『飛』回來呢？我去機場接你吧。胃痛得厲害不？厲害我就去給你買藥。」「都深夜了，我自己打『野的』吧，你好好休息。」糖糖回道。「我就是『野的』師傅，我來接你，這是我的工作。」聞道堅定地說。「好吧，說不過你。我胃沒事，不要買藥，我不喜歡吃藥。」糖糖把航班號發給了聞道。

第十七章 凌晨接機

糖糖下午要先從西安「飛」上海，然後晚上從上海回西京，飛機正常落地都要晚上12點了。上海的機場最近經常流量控制，晚點也是經常的事。今天公司還得加班，聞道吃完盒飯忙完都快9點了。回不回趟家呢？聞道掙扎了一下還是決定回趟家，洗個澡換件衣服。今天忙得來有點蓬頭垢面的，聞道覺得要見糖糖還是應該收拾一下。晚上11點不到，聞道已經來到了機場旁邊客艙部的停車場，找了一個正對機組的交通車下車的地方停著。今天西京上空陰雲密布，說是有暴雨，但還沒有下下來。聞道查了一下，糖糖的航班已經從上海起飛了，不知道能不能順利降下來啊？

　　果然，晚上12點都已經過了，但糖糖的航班都還沒有降落。送機組回來的交通車來了一輛又一輛，空姐們下來了一批又一批，但都不是糖糖。網上的航班信息已經停止更新了，最後一條狀態寫的是因天氣原因延誤。她在飛機上，肯定也是聯繫不上她的。估計西京天上厚厚的雲層有雷電，或者西京的其他地方正在下暴雨吧，畢竟西京這麼大，機場區域不下雨不代表其他地方沒下。沒等多久，頭頂便嘩啦啦地下起雨來，還越下越大，很快演變成雷雨交加的傾盆大雨，還有閃電不時從天上劃過。聞道連忙把車窗關好，這下看來短時間內飛機肯定是降不下來了。但是飛機上的燃油儲量是有限的，也許她所在的飛機會先降落到其他地方去吧，希望她一定要平安！

　　聞道自己其實也是又困又累，迷迷糊糊的在車上快睡著了。不過這還真有難度。又大又密的雨點砸在車頂和車殼上就像是在演奏交響樂一樣。特別是時不時的一聲響雷炸響，就彷彿交響樂的高潮部分一樣。聞道突然想起了一個問題：坐在車裡會不會被雷擊中啊？聞道知道打雷不能躲在樹下，但坐在車裡會不會被雷擊以前還真沒怎麼注意過。聞道馬上用手機上網搜索，發現這還真是一個很多人都關心的問題。網上有專家答疑說：「在室外，汽車是最理想的防雷設施。在野外一旦遇到雷陣雨天氣，應立即躲進汽車裡，停車或慢速行駛。」這篇文章說，雷電對現代交通運輸安全構成嚴重威脅，全球每年因雷擊造成的與航空、鐵路等運輸安全有關的事故屢見不鮮，但很少看到輪船和汽車遭到雷擊的。原因是說，因為輪船的主體是金屬，而水是電的良導體，雷電的能量打到船

上，會立即被船體傳導到水面，並消散得無影無蹤，不會對船上的人員構成傷害，這種原理叫做「法拉第籠原理」。

和輪船一樣，汽車也是金屬外殼，雨後的地面則是電的良導體，汽車同樣適用「法拉第籠原理」。因此汽車被稱作「野外和公路最佳避雷裝置」。但這個專家也說，車輛要關閉所有車窗，使車輛形成一個密閉的整體。封閉的車輛屬於中空而封閉的導體，如果被雷電擊中，電流會經車身表面傳到地面，車內乘員不會受到影響。因為根據物理學靜電屏蔽的原理，封閉中空的導體，其內部的電場為0，電位也為0。聞道中學物理還學得不錯，覺得這位專家說的還是有道理的，這下可以放心了！但手機還是應該少用，這個可要吸引雷電啊！聞道給糖糖發了條短信，說了他停車的位置，特別強調了一句「不管多晚我都等你」。然後聞道把手機放在一邊，把座椅調得盡量平一點，努力嘗試著睡一會兒。他最近確實太疲倦了。

一會兒手機響了，聞道一看是糖糖的短信。她說她的飛機備降在貴陽了，西京這邊雷電雲層太厚，降不下來。糖糖說她也不知道飛機何時才能再起飛回西京，這要看西京的天氣如何，讓聞道先回去休息。聞道說沒事的，他在車上等她就是了，一樣可以休息。糖糖的乘務組正在飛機上安撫乘客，聞道也沒給她多發信息。約莫凌晨4點的時候，糖糖又發來信息，說她的飛機終於要起飛了。聞道一看這時暴雨已經停了，天空時不時地飄著一些小雨。其實聞道也一直沒睡著，一方面雷雨聲太吵，另一方面他也在擔心糖糖。過了一會兒，又有空姐陸陸續續地出現在停車場，肯定是來準備早班的航班的吧？聞道想。上次聽糖糖說過，如果早上7點有航班，那肯定是必須提前兩個小時來準備的。

本來就睡不著，現在就更睡不著了。聞道坐在車裡看著外面逐漸變得忙碌起來。空姐們一個接一個地走來，又坐上交通車一輛又一輛地離開了。西京機場的旅客吞吐量可以排進全國前三，這從空姐們的發車頻率就可見一斑。終於，在快到凌晨6點的時候，糖糖終於發來短信，說她的飛機落地了。又過了約半個小時，一輛航空公司的交通車停在了聞道的對面，然後糖糖拖著箱子的疲憊身影出現在了聞道面前。這可是那個聞道在暴雨中期盼了一整個晚上的身影啊！聞道連忙打開車門下車去

第十七章 凌晨接機

把糖糖的行李接了過來，並關切地問：「冷不冷？胃還痛不？」糖糖說還好，她們的制服有外套，她的胃也不痛了。聞道為糖糖打開車門，然後把行李箱放到後備廂去。她的行李箱很沉。上次聽她說過，飛機上會準備很多飲料，比如果汁和牛奶什麼的，但並不是所有的都會被乘客們喝完。落地下客後沒開過的飲料一般就被機組分了，所以她家裡基本上從來不買飲料。

　　糖糖坐進車，聞道也發動汽車向外駛去。糖糖一臉倦容，看得出來她很想睡覺了。聞道問她：「累不累？」她說：「習慣了。」雖然晚點這麼久的時候並不多，但以前還是遇到過。聞道這次是切身感受了空姐們的辛苦。以前自己坐飛機的時候總是覺得空姐很光鮮，特別是每次登機前看著一隊穿著制服的空姐們拖拉著行李箱從乘客面前魚貫走過的時候，那感覺特美。但現在聞道才清楚她們光鮮背後的辛苦。糖糖問聞道等這麼久難受不，聞道說沒啥。糖糖說其實我自己走到門口打個「野的」就可以回去了。聞道說這個點兒也不是隨時都有「野的」在那啊。糖糖說她可以打電話給經常坐的那個「野的」師傅，隨叫隨到。聞道說那你也還得站那等啊。聞道對糖糖說：「我再辛苦，但是哪怕你回來後能早10分鐘上床休息我也覺得值了。」「你是個傻瓜。」糖糖說。然後兩人都沒說話，聞道平靜地開著車。天際已經吐出了魚白肚。道路上行車稀少，只有打掃衛生的環衛工人。

　　聞道心想糖糖累了，所以盡量開得平穩一些，好讓她在車上就可以休息一下。不料糖糖說：「你能不能開快一點呢？」聞道估計她是平時「野的」坐多了，「野的」師傅開車都很狂野的。聞道買車的時候曾經仔細比較過BBA的車型，當然，是他能夠買得起的車型。奔馳的風格是調校穩健，只能穩穩提速，但繼續踩繼續有，中後段提速絕對不會讓你失望；寶馬的油門調校更敏捷一些，提速大腳油門推背感極強烈，只要捨得油門直接踩到底真的有飛機起飛時的感覺；奧迪呢，可能介於二者之間吧。他這臺奧迪A4L的發動機畢竟有著320牛·米的扭矩，而且轉速在1500轉時就可以放出，所以想提速那也是很快的。在一段直路上，聞道把變速箱調到了運動模式，然後深踩油門，轉速一下就上去了，速度自然迅速提了起來，很快就到了這條路的限速每小時60公里。推背感肯

定還是有的，雖然在 60 公里的時速聞道就松油門了，感覺不是很強。糖糖有一個聞道認為是很不好的習慣，她坐車不喜歡系安全帶。由於副駕不系安全帶也會報警，所以她乾脆從身後把安全帶扣上了。這也是聞道開得不快而很平緩的原因。剛才在加速的時候，聞道的右手還隨時做好準備，萬一有什麼緊急情況他得把糖糖拉住。

　　到了糖糖家樓下，聞道把後備廂的行李給她拿了出來。「好好睡一覺。」聞道說。「嗯，你也是。謝謝你送我。」說完糖糖就拖著行李箱走了。聞道也拖著疲憊的身體準備回家睡覺了。今天上午只有不去上班了，就說踩盤去了。於是聞道發了條短信給依依讓她自己坐公司的交通車去上班去。正開著車一條短信進來了，是糖糖發的，她說：「要是你是我的老公就好了。」聞道看到這條消息心中當然是一陣狂喜。但是……但是他應該怎麼給她說自己的情況呢？

第十七章　凌晨接機

第十八章

男女之間的窗戶紙

　　第二天聞道起床時都中午了，還是得趕去公司，馬上「守望郡」的一批次房源就要開盤了，箭在弦上，不得不發，現在不能有任何閃失。剛打開手機，就收到了一條糖糖的短信：「你喜歡我什麼？要說年輕漂亮現在90後的小妹妹都出來了，要說努力成功比我強的女人也多了去了，我對你也不好，你喜歡我什麼呢？」她這一連串的提問可把聞道問傻眼了，一時不知道該怎麼回答。「是啊，我喜歡她什麼呢？」聞道其實根本就沒有想過這個問題。喜歡就是喜歡，哪兒來那麼多為什麼呢？「一見鐘情」這四個字害人不淺啊！由於要忙著趕去公司，所以聞道給糖糖發了一句「我晚上回你吧。」就匆匆地出門了。

　　一下午在公司聞道都心神不寧的。怎麼給她說呢？該怎麼說嘛？真是的……依依看到聞道有點沒對，關心地問：「聞哥，怎麼了？今天精神不好？」現在依依和聞道很熟了，都喊他聞哥，沒叫聞總了。「沒，沒什麼，可能昨晚有點失眠。」聞道回答。晚上又在公司吃盒飯加班。聞道終於做出了決定：今晚給糖糖坦白！晚上聞道回到家，本來想給糖糖打電話，後來覺得不妥，還是發短信吧，可以不那麼尷尬，雙方也都有更多的時間考慮。

　　聞道說：「我今天想了一整天。有件事情其實在我心裡已經憋了很久了，一直想對你說，但又不知道該怎麼說出口。本來我是想上次我們一起出去玩時給你說的，但當時你身體不舒服，我又覺得不合適。現在，

既然今天你把這層紙捅破了，我就還是說吧。我的情況說簡單也簡單，說複雜也複雜。」然後聞道給糖糖講了他的情況，沒有任何迴避，忠實於事實。聞道接著說：「其實我離過婚，在不久之前。我身邊的人知道這事的不多，我也不想到處說。我從來沒想過要隱瞞什麼。但對你我確實說不出口，可能是我實在太在乎你了，怕說了你不理我了。哎……」

聞道越說心裡越覺得很難受，他說：「我和前妻離婚的時候訂了一個約定：兩年內不能和別人談戀愛，誰違約誰就賠給對方一百萬元。我知道我現在的狀態沒資格來追求你，我也很難放開手腳來追求你，約束太多。我知道現在追求你的男人有很多，條件比我好的人也很多。雖然我們的接觸還不多，但從最近我們的交談中我能感覺出來你是一個好女孩。我不奢望你能對我好，但我真的希望你好。就像一朵美麗的花，有人喜歡它就把它摘了，而有人喜歡它就給它澆水。如果我說我就想對你好，不求任何回報，你可能不信，但我確實就是這樣想的。不管你過去發生過什麼，我希望你現在和以後都好好的，快快樂樂的！」

聞道編輯完這條長長的短信，沒有猶豫，直接點了發送。短信被分成了幾條才發出去。聞道既想看到卻又害怕看到糖糖的反應，所以乾脆把手機關了，先睡一覺，明天早上起來再看吧。

聞道輾轉反側，一夜無眠。

早上聞道迷迷糊糊的被鬧鈴鬧醒了，起來後他馬上打開手機，心想：「讓我接受命運的審判吧！」果然出現了一條短信，是糖糖發過來的。只見她只寫了五個字：「你還算善良。」這……聞道不知道該怎麼回復了，便回了一句「我本來就善良」，然後就上班去了。要開盤了，聞道心想還是先專心把心思放在工作上吧！

依依這陣子在售樓部幫著售樓小姐們接待到訪客戶，見了形形色色的人。這裡面有「土豪」，一來就定幾套的；也有既想買又差錢，看了幾次都不交誠意金的客戶；當然還有那種所謂的臨界客戶，在買與不買的邊緣猶豫的。這時一般售樓小姐們會告訴他們一些優惠措施，比如交誠意金3萬元，開盤認購成功抵現金5萬元這種銷售政策。對於全款和按揭的客戶，也分別有總價2個點和1個點的優惠。當然，這些優惠僅僅是針對在開盤前交了誠意金的客戶。如果開盤以後再來購買，那麼就完全沒

第十八章　男女之間的窗戶紙

有任何優惠了。按照目前的市場行情，開盤當天就清盤的概率是很大的，所以如果客戶錯過了交誠意金的開盤認購，等開盤以後再來買多半就沒有房源了，只有等下一個批次。然而，業內的慣例是開盤價格低開高走，分這麼多個批次的目的就是為了分批漲價。等下一個批次開盤，每平方米少則漲幾百元，多則可能漲上千元。

　　其中有一個依依參與接待的客戶，給她留下了深刻的印象。這是一對年輕的兩口子，看中了「守望郡」的一套房。他們也不算首次置業，所以這次來想買套大一點的房子，算是改善型置業吧。但是買什麼戶型讓他們犯難了。「守望郡」這次推出的房源有兩種大戶型：一種就是面向小區內部中庭的傳統舒適戶型，主要是 150 平方米的平層套四這種；另外一種就是這個組團的特殊戶型，也就是那種臨街、但是可以看見墓地的躍層戶型，也是 150 多平方米的套四，但是客廳有近 6 米的挑高。雖然一般來說，臨街的房源單位都是擋灰擋噪音的，單價會比朝向內部中庭的更低一些，但是由於這個位置的臨街面可以看到墓地，是主推戶型，所以賣得還更貴一些。且不說可以看到墓地是不是噱頭，單從這個戶型本身來說，的確非常舒服，特別是那個有著近 6 米挑高的近 30 平方米的大客廳，不論從豪華的氣勢還是從實用的採光來說，都遠遠超過了多少平層的單位啊。而且，這種挑高的戶型還有一個好處，那就是非常實惠。如果你不想追求這麼高的豪華感，只圖個面積大，那可以在裝修的時候自己搭一層夾層出來，於是相當於這挑高的 30 平方米白送給你了。當然，不論是豪華感還是實惠性，都是已經變相地折算到了房價裡的，所以躍層戶型的單價要比中庭的平層單位高 30% 以上。

　　這小兩口估計看的就是總價 100 萬元左右的房源，加上開盤雜七雜八的優惠，買中庭的戶型剛合適。其實對傳統的改善型的舒居置業客戶而言，這種 150 平方米的平層套四戶型很合適了。但他們兩個受廣告宣傳的影響太大了，對這個躍層戶型喜歡得像中了毒一樣。依依估計這兩人來售樓部至少來了四次，其中有兩次還是帶著一大家人來的。的確，花電梯公寓差不多的價格，就能享受別墅級的感覺，這種越級的生活品質確實擊中了一些客戶的軟肋。誰不想住得好一些呢？一般的平層大戶型，即使有 200 平方米的面積，那能有 6 米挑高的客廳嗎？面積大不一定能解

決所有問題。當然可能有的客戶覺得家裡爬上爬下的不方便，但其實家裡也就一個樓梯，能有多麻煩嘛？特別是如果有女主人追求那種非常長的窗簾從屋頂垂下來的感覺，那還非買躍層戶型莫屬啊。

依依和這兩口子熟悉了以後，也大概瞭解了二人的情況。男的姓王，女的姓林，兩人都在銀行工作，不到30歲。他們在市區有個小戶型房子，這次來買個大戶型就是為了以後要小孩的。這是一個西京較典型的小中產家庭，屬於剛摸著中產的門檻這種，有車有房，但過得辛苦。他們現在想買個面積更大的第二套房，估計他們的存款也就剛夠付個首付的水平，其余還得貸款。依依覺得其實這個面向中庭的150平方米的平層套四戶型挺適合他們的，但他們偏偏又對朝外的躍層戶型著了迷，所以非常猶豫。依依也見過錢多的客戶，兩種戶型都喜歡就各買一套，但他們這兩口子顯然在經濟上也不是那麼寬裕的，為了買這第二套房又得再為銀行打幾十年的工。

這天，他們又來了。這次，他們似乎已經下定了決心要買躍層，男的覺得面向墓地無所謂。雖然是墓地，但只要你不想它是墓地的話那就是一大片優質的綠化，遠看對眼睛好。女的非常喜歡這個挑高的客廳，估計她是被這個宣傳片打動了，女人買東西是很看重感覺的。但是他們兩個就裝修的時候搭不搭夾層又產生了爭執，男方覺得一定要搭，這樣多30平方米的使用面積多爽啊，這可是一大間房啊！看來這個男方是實用主義者。但女方覺得這個戶型的精華就在這個挑高，封滿了就完全沒感覺了，那不如買中庭的單位，還便宜點。最後他們爭執了半天，還參考了一位懂設計的朋友的意見，說這個客廳可以搭三分之一面積，留三分之二的面積。這不還沒買嗎？都開始考慮裝修了！

現在問題來了：他們的錢不夠。由於每套房的單價都不一樣，所以依依拿著房源報價單和他們一起一套一套的看。最後他們看中了一套，也是整個這批躍層房源中最便宜的一套，各種優惠加完算下來129萬元。他們的按揭還算夠，但首付多了將近9萬元啊！好吧，錢想辦法湊，到處借點。但還有一個關鍵的問題，交了誠意金只是獲得了一個選房的資格，能不能買到這一套房可還不一定啊。除非，除非在選房的時候排在第一個，那可以衝進來就把這一套房訂了。他們也很清楚，下一個批次

第十八章 男女之間的窗戶紙

房源的整體價格肯定是會上漲的。如果每平方米漲 1000 元，那 150 平方米可就會漲 15 萬元了！即使漲不到 1000 元，那總價漲 10 萬元也是必然的。因此，錯過了這一套總價 129 萬元的房，他們可能就和這種戶型失之交臂了。那應該怎麼辦呢？

第十九章

一批次開盤

雖然購房者繳納了誠意金排號，但這其實只是一個選房的資格。在選房當天，怎麼進售樓部來選，這個和繳納誠意金的順序無關。公司給出的官方說法是「不管」，意思是購房者需要排隊進場。開盤的前一天下午，有不少交了誠意金的客戶又來到售樓部看房，有的還在討論幾點來排隊，看來都想買到自己心儀的房源啊。依依注意到姓王和姓林的那對青年夫妻又來到了售樓部，他們專門來確認選房的順序問題。依依給他們解釋了公司的政策，他們有點急了，但王哥覺得這其實還是一個機會。因為如果按照繳納誠意金的順序來選房的話，他們交得晚，肯定沒戲了。現在這樣打亂了重來，他們還可以有機會搏一搏。

其實依依也問過聞道，為什麼不按照繳納誠意金的順序來選房。聞道的解釋是，有的人來得早有的人來得晚，現場不好操作。而且開盤的現場就是要製造緊張的氣氛才更有利於促進把蓄水客戶轉化為成交客戶，衝動成交還是很重要的。這一切都是為了銷售嘛！有的客戶對選房的順序不是很在乎，但有的人又很在乎。總的來說，買來投資的人不是很在乎，但買來就是要自己住的人會很在乎，有可能自己看好的那一套沒有就不買了。當然，王哥和林姐的案例比較特殊，他們雖然很想買這個戶型，但只買得起這一套。這不，他們正在商量怎麼排隊的問題。

王哥和林姐商量的結果是必須通宵排隊，搶在第一個進來選房才行，否則他們這次買房就懸了。但是公司規定晚上售樓部不開放，他們只能

在售樓部外的圍牆處的大門外排隊。晚上天氣好冷啊！這時，他們看到保安隊長張漢鋒，就過去問他看能不能想想辦法。張漢鋒往售樓部裡看了一看，然後說：「出來說」。來到售樓部外，張漢鋒說：「我可以找工地上的民工來幫你們排隊，但這肯定需要一點費用。」「多少？」王哥問。「1000元。」張漢鋒說。「這太多了，就排個隊！」王哥和林姐都很氣憤。一番討價還價之後，雙方以600元成交，先付錢。

下午六點不到，售樓部外的圍牆處的大門外，已經有拿著軍綠色大衣的多位農民工兄弟帶著塑料板凳來排隊了，有的還帶著瓜子和撲克牌，看來這是一個不眠之夜啊！雖然找了人來排隊，但王哥和林姐還是不放心，說回去早點睡，明天一早4點鐘就起來親自守著才放心。他們走了，依依在售樓部也忙成一團，聞道和銷售經理王豔以及所有的售樓小姐們都在忙，反覆核實開盤的流程，一副如臨大敵的態勢。「都回去早點睡吧，明天大家7點到，再最後檢查和布置一下。」聞道說完就讓大家先回去了。

話說這個王哥和林姐回到家裡，心裡仍然是忐忑不安。損失600元錢事小，但如果排不到第一，那損失可就大了。他們下午離開售樓部的時候也看到已經有很多民工在排隊了。自己可以給600元，那別人也可以給更多啊。他們反覆看著戶型圖，又打開電腦播放了那段廣告視頻，想像著自己住進去以後的意境。買房和買其他東西最大的不同，就是買房其實買的是一種生活方式，而並不是找個地方住這麼簡單。

凌晨四點，二人準時隨著鬧鈴聲「彈」了起來，簡單收拾了一下就帶著準備好的麵包和礦泉水出發了。凌晨的街道空曠而清淨，路上車很少，偶爾有零星的幾輛車駛過。原來堵車的頑疾並非不可破，只要你舍得早起！凌晨的天氣確實有點冷，卻也容易讓人清醒。是啊，他們今天要去干一件大事，事關以後幾十年的幸福生活。五點過一點，他們已經到了永生之城項目的大門外。一看，已經黑壓壓的圍了一大群人了！二人趕緊找了個路邊的空位把車停了。一路小跑趕到大門口，看了半天也沒有看到昨天收錢的那個保安隊長張漢鋒。只見大門口已經被圍得來水泄不通，靠前的是披著軍大衣坐在塑料板凳上的民工，後面則一看就是交了誠意金來選房的人，其中很多還是拖兒帶女甚至帶著老人的一大家

子人來的。場面十分熱鬧！

　　本來人群還算比較平靜，大家都站著等。有的在聊天，有的在閉目養神。一會兒保安隊長張漢鋒出現了，開始拿小紙條給每個排隊的人發一個隨手寫的號。他接到公司的指示說要維持排隊人群的現場秩序。張漢鋒想只要排隊的人手裡有個號這樣就可以免得出現卡位等現象嘛。但是當他把最先的幾個數字發給坐在前面的民工的時候，後面的人群不干了。「憑什麼給他們？」「我們才是交了錢來買房的！」這樣的質問聲此起彼伏。張漢鋒沒想到排隊的人意見會這麼大，忙解釋說前面的民工是幫業主排的隊。人群中有人質問「他們是不是收了錢嘛？」這下問得張漢鋒頭上有點冒汗了。要是他收錢這事鬧到公司去，他肯定吃不了兜著走啊。王哥和林姐本來還站在旁邊觀望，一看沒對，王哥馬上讓排在第一個的民工起來，他自己來排，同時把這個民工兄弟手裡的「1號」紙條緊緊地攥在自己手中。這下後面的人群意見就更大了。但大家都還算克制，誰讓他們自己沒有想到要找人來排隊呢？

　　人群就這樣在煎熬中等待著，7點的樣子，項目部的工作人員陸續到了。人群又開始躁動起來，大家都試圖更往前站一點。聞道剛才在進門的時候看到這麼多人在排隊，心裡很高興，看來今天開盤就清盤是完全有可能的。做房地產銷售的人最喜歡的就是開盤就清盤，短平快的結束戰鬥，最怕的就是房子拖很多年都賣不完。但是同時他也感受到了很大的壓力。這麼多人排著隊準備進來選房，大家的情緒似乎都是比較激動的，這個時候如果稍有不慎，就會引發群體性事件，打砸售樓部之類的事他也不是沒有聽說過。根據之前的安排，選房區在售樓部內，但是等候區設置在售樓部外的室外空地上。選房開始後，售樓小姐會引導選房客戶分批進入，五個客戶分為一批。為什麼不讓客戶一個一個地進去選房呢？這可就是銷售的技巧了。就是不能讓客戶從容的選房，而要營造出現場緊張的氛圍。五個人一起進來，雖然有個先後順序，但你一猶豫，好房源就讓別人搶跑了。一房一價，哪怕是相鄰兩套房的差價都可能有幾萬元甚至上十萬元啊！

　　聞道專門找了活動公司來負責室外等候區的搭建和服務。雖然昨天晚上活動公司就把物料運來了，但由於怕昨晚下雨，所以沒有放在室外。

现在，他们正在紧张地搭建着室外的等候区。其实也不复杂，就是用乳白色的帷幔布置了一个可以坐的区域，摆放了很多座椅。每一把座椅也用布包裹着，还系着蝴蝶结，显得很精致。活动公司还在等候区旁边布置了餐饮区，上面摆放了各式各样的糕点和饮料。

看活动公司布置得差不多了，闻道把所有的售楼小姐召集起来，再次一起回顾了一下待会儿带客户选房的流程。每一个售楼小姐手上都拿着一个名册，上面是自己接待的客户。待会她们的客户进入等候区入座以后，她们也要去招呼各自的客户，并把客户带入售楼部选房和签约。选房客户进入等候区以后怎么入座这是一个问题。闻道的意思是在座位上写个号，然后选房的时候就按照座位上的号牌进入现场选房。但是他也听说了外面排队的人手上已经拿了一个排队的号码。显然，如果外面排队的人手里拿着的号码和进来入座以后的号码不一致，那么肯定是会出乱子的。

闻道把保安队长张汉锋和销售经理王豔叫来说：「听说外面排队的人手上已经有了一个号牌了？」「不知道。」王豔说。张汉锋低下头说：「不太清楚外面的情况。」闻道看了一眼张汉锋，知道他心里有鬼，说道：「王总，请你立即去给外面排队的客户解释一下今天我们项目进场和选房的规则。」闻道特别强调了一下：「公司只认等候区座位上标示顺序的号牌。」公司必须要给出一个官方的说法，否则待会儿一定会乱套，但这意味着大门外排队的人手里的临时号牌是无效的。「好的。」王豔说完就准备去了。张汉锋正准备转身离开，闻道叫住他轻声说：「我不管你在外面是怎么搞的，但如果待会现场出了乱子，那一定是你的责任。」

王豔和张汉锋向大门走去，闻道也带领售楼小姐和活动公司的人员在等候区严正以待。果然，当王豔向门外排队的人群宣布了进场和选房的规则以后，人群大乱。手里号牌靠前的人急了，觉得被欺骗了；而排在后面的人又觉得这倒是一个机会，待会儿跑快一点说不定还能坐到前面去。于是人们开始冲击大门，甚至有客户准备爬大门翻进去，维持秩序的保安们眼看要失守了。张汉锋还算冷静，他和王豔商量了一下，向排队的人群宣布说：「大家不要慌乱，我们现在就开始放人进去，大家按照目前排队的顺序一个一个进去就可以了。」张汉锋特别强调了一下「按

照目前排隊的順序」。

依依跟著王豔一起在門口維持秩序。她看見王哥和林姐排在第一個，還和他們打了個招呼。王哥此時正在極力地保持著自己排在第一位的位置，生怕被後面不斷擠壓的人群卡了位。保安剛把大門打開了一條縫，王哥就對林姐說了聲「你慢慢進來，我先去了」，然後就以百米衝刺的速度向著等候區衝去。奔跑吧，就仿佛他是奔跑在希望的田野上！而在他的身後，則緊跟著的是蜂擁而至的黑壓壓的排隊人群。

這是在買一百多萬一套的房子嗎？這分明就是在哄搶菜市場的打折大白菜啊！

第二十章

房價為什麼高？

　　依依看到王哥終於搶到了標著「1號」的等候區座椅，也替他和林姐高興。王哥此時正坐在椅子上喘氣。他這輩子從來沒有覺得跑步是這麼的有用。剛才他這一跑，起碼節約了10萬元以上嘛。而且最關鍵的是，他們只能買最便宜的這一套房，再貴就湊不齊錢了。這時只見排隊的人群陸續奔跑而至，迅速搶占了各自的有利位置，偌大的一片等候區很快就差不多坐滿了。聞道安排活動公司的人給等候的客戶送早餐和飲料，還安排了一個美女在一旁拉小提琴！這可真是太有情調了。這讓早起排隊忍受了擁擠和煎熬的客戶們受傷的心靈得到了一絲絲的安慰。售樓小姐們也紛紛去找到自己的客戶閒聊幾句，舒緩一下大家緊張的情緒。

　　就這樣到了9點，終於要開始選房了！

　　售樓部的門正式打開了。售樓小姐們帶著第一批5組客戶進入了售樓部，王哥和林姐也在其中。在沙盤上，王哥迅速指了他早已看了若干遍的那套總價最低的特價房，依依幫他登記了下來，另外的工作人員馬上把一個代表「已買」的紅色圓牌貼在了一旁的銷控登記牌上。其他幾個客戶很快也選好了各自的房。剛才在王哥先選房的時候，另外有一個客戶「哎呀」了一聲，但他很快又選了另外一套。看來在他們各自的心中都有一個定好了的選房順序。隨後，他們來到售樓部內的另外一片區域，有另外一組財務和負責簽約的工作人員早已恭候在這裡了。王哥拿出幾張銀行卡，把首付款刷了。看著打出來的POS刷卡單上幾十萬元就

這樣沒了，王哥不禁感嘆了一下：存錢艱難刷卡快啊！刷了卡來到另外一邊，王哥和林姐拿出身分證、戶口簿、結婚證、收入證明、銀行流水單等材料交給了工作人員，然後工作人員拿出幾份厚厚的購房合同給他們簽。訓練有素的工作人員一邊把主要的條款給他們解釋了一下，一邊告訴他們在哪些地方需要簽字和按手印。其實王哥這時候頭腦裡一片空白，所以工作人員讓他們簽哪兒他就簽哪兒，讓他們在哪裡按手印他們就在哪兒按手印。正規公司一般也不會出現問題，他想。

一會兒終於簽完合同了，聞道和銷售經理王豔站在一邊和王哥握手，恭喜他如願買到了自己心儀的房源。是啊！王哥覺得整個買房的過程就像是在做夢，太戲劇化了。不過還好，他們總算買到了這一批次裡躍層戶型總價最便宜的這一套房，雖然驚險但總算結果還好。走出售樓部，王哥和林姐都覺得有一點虛脫的感覺，但心裡肯定還是高興的。這個批次的房源將在一年以後交房，好好存一年錢吧，到時裝修還得花不少錢呢，到時還得到處湊錢。售樓部外的等候區依然是人頭攢動。看到他們倆走出來，還有不少等候的客戶過來詢問情況。小提琴聲、人們的說話聲、工作人員喊號的聲音交織在一起，構成了一幅獨特的畫面。不過王哥此刻覺得心裡特別的輕鬆，外面的這一切都已經與他無關了。現在就等銀行放款了。好好回家睡一覺吧！

回家的路上，王哥打開汽車上的電臺。電臺裡正好在討論80後的問題。主持人感嘆道，全國有2億左右的80後，他們在即將或已經邁入而立之年的時候，真切地感受到了四個字：三十難立。50後、60後可以享受福利分房，70後很多也有福利分房，就算沒有福利分房當時市場上的房價也不貴。80後呢？不僅大多數單位的福利房取消了，還趕上了飛漲的房價。其實80後的苦逼是有原因的。80後的父母都是50後，打小遇上三年自然災害，青年時上山下鄉，文化程度普遍不高，工作後孩子讀高中或上大學的時候又趕上了「下崗浪潮」。自然作為他們後代的80後在整體上而言家庭條件不算好。據說60後很多當官去了，70後很多經商去了，所以他們的後代90後、00後整體上而言家庭條件比80後要好。

主持人激動地說：「中國的80後是偉大的一代人，因為他們承擔了改革的成本。他們用一代人的奮鬥，三十年的時間，經歷了其他國家幾

第二十章 房價為什麼高？

— 095 —

代人所經受的焦慮和困難。飛漲的房價，讓80後離夢想越來越遠，特別是在北上廣深，買房就是一輩子最大的夢想和負擔。」當然，同樣苦的還有80後的父母50後，因為很多80後買房的首付款就是他們的養老錢。王哥自己也是80後，只不過是80後的「早期產品」而已。他對80後的壓力深有感觸。他曾在網上看到過一篇80後的生存報告，說十個80後裡面有四個是房奴，三個是車奴，還有三個是啃老族。而王哥他自己既是房奴，又是車奴，同時也是啃老族，真是「說起都是淚」啊！2億80後的生活現狀大概就是這樣的。還有人感嘆80後真是尷尬的一代：錢都讓50後、60後賺去了，而女人都給70後泡去了。根據這份對全國80後的抽樣調查，八成80後的月薪沒有過萬元，有40%多點的人月收入在3000元至6000元之間，而將近一半人每月的存款在1000元以內。

　　主持人講了一個最近他聽到的段子，說的是90年代初，北京人老張賣掉了其在京城的房子遠赴重洋到美國淘金。二十多年來他風餐露宿，大雪中送外賣，半夜背單詞，在貧民區被搶過8次，還挨過4次打，其中一次還差點被流浪漢欺侮。二十年來老張從來只買超市臨近過期的特價打折食品，辛苦積攢直到兩鬢斑白，終於帶著100萬美元，衣錦還鄉，準備回國享受榮華富貴。一回國，他發現當年他賣掉的房子現在仲介掛牌價近700萬元！剎那間，老張老淚縱橫，感嘆人生如戲，淚水飄散在霧霾中。

　　主持人又講了一個段子。他說美國有一個功成名就的華裔教授，準備回國效力，去北京的一所高校當個院長。於是他賣掉了美國帶大花園和游泳池的大房子，結果發現這些錢在北京連個套二的電梯公寓買起來都困難。主持人說做完這個節目他也要去看房去了，現在不咬牙買以後就更買不起了。那麼現在問題來了，為什麼我們的房價這麼高呢？主持人激動地說：「今天我們非常榮幸地邀請到了西京市的著名經濟學家、房地產研究專家陸珞竹教授來給大家解讀房價為什麼高。現在我們就電話連線陸教授。喂？陸教授好！」「主持人好！」電臺裡傳來了陸教授充滿磁性的聲音。主持人問：「陸教授，近年來全國房價飛漲，特別是大城市買房基本靠搶。我們西京市最近開盤的幾個樓盤也是開盤當天就清盤，銷售速度快得驚人。今天就請您來從專業的角度給我們的聽眾朋友們解讀

一下房價飛漲的原因。」「好的。」陸教授回答道。

「當前中國一線城市房價甚至局部超過紐約倫敦，但收入從整體上來說還不及這些發達城市的十分之一。剛才主持人講的美國教授回國買不起房的例子我也聽過，這確實是真實的。在美國很多城市，40 萬美元的房子就算是比較好的住房了，而比較普通一點的住房一般在 20 萬美元左右。我曾經粗略算過，在美國人均 GDP 約 4 萬美元的地方，比較好的住房的住房單價為人民幣 6000 元/平方米，而且這就是我們國內常說的獨棟別墅，並且還是永久的土地產權，而我們的住宅只有 70 年土地產權。」陸教授頓了頓說，「這是目前我們能夠看到的現象，但這背後的原因是什麼呢？我們不妨先來看一看一些容易觀察到的原因。首先，雖然中美國土總面積差不多，但是美國適宜耕作的面積高達 90%，平原面積在 70% 以上；而中國平原僅占國土總面積的 12%，丘陵和山地眾多。也就是說，美國適合人口聚集和居住的土地比我們多得多。其次，大家都知道，美國人口 3 億，中國人口 13 億，這一對比自然是中國人多地少，房價比美國高也很正常。最後，美國早已完成城市化，而中國還處於快速的城市化進程之中，大量人口進入城市，樓市的新增需求大。」

主持人問：「陸教授，您剛才說這是解釋中國房價高的容易觀察到的原因，那就是說還有不容易觀察到的原因哦？」「是的。」陸教授說，「中國房價高的背後肯定還有一些更深層次的原因。首先，美國的人口分佈相對來說更均勻，不像中國的人口在大城市這麼集中。人們都喜歡去大城市，而不喜歡去小城市，因為大城市既有更好的基礎設施建設水平，又有更好的就業機會，這也是中國經濟高速增長的縮影。根據相關統計，在 1978 年到 2013 年的三十多年中，中國城市人口從 1.7 億上升到了 7.3 億，城市化率也從 17.9% 上升到了 53.7%。大城市的數量從 193 個增加到了 658 個，而城鎮的數量則從 2173 個增加到了 20113 個。可見這是一個偉大的變革時代。目前，北京區域、上海區域、廣東區域這三個城市群用中國 2.8% 的土地聚集了 18% 的人口，也貢獻了 36% 的 GDP。我們經常聽見年輕人抱怨說北上廣不相信眼淚。其實從這個數據就很容易看出來，北上廣這三個城市群聚集的人口的確太多了，各種矛盾和壓力大也是情理之中的事情。」

「哇噻，2.8%的土地聚集了18%的人口，難怪北上廣深的房價這麼貴啊！」主持人驚呼。「還有一個更重要的原因可以解釋中國的高房價。」陸教授繼續說道，「中國居民的投資渠道相當匱乏，很多人把房產作為主要的投資品種加以配置。根據美聯儲的統計，2010年美國家庭的總資產中37.9%屬於金融資產，62.1%屬於非金融資產。中國從全國平均水平看，在家庭資產中，金融資產僅僅只占總資產的8.76%，而非金融資產占比高達91.24%。我們可以把居民對住房的購買需求粗略地分為兩大類，就是自住和投資。不管有一套房還是兩套房，只要是自己要住的，就是自住性需求；而買來用於出租或純粹是坐等升值的，就是投資性需求。」「就是，我去樓盤採訪時看到有『土豪』一來就買了好幾套。」主持人說。

　　主持人又問道：「那陸教授，房價是不是還要漲呢？請您給我們的聽眾朋友們提點建議啊！」陸教授回答說：「我其實一般不太想回答這種問題，感覺像是在算命。中國現在正處於經濟快速增長的階段，貨幣政策也非常寬鬆，幾乎所有的大宗商品和資產都在增值。如果沒有嚴厲的調控政策，那房價估計還會再漲一會兒吧。」「讓子彈飛！聽眾朋友們，你們還在猶豫什麼呢？快去售樓部吧，趕緊的！感謝陸教授今天為我們所做的精彩解讀，下面插播一段廣告。」陸教授：「……」

　　王哥一邊開車一邊聽著電臺的這個訪談節目，越發覺得自己值得慶幸：幸好自己沒有生活在北上廣深啊！100多萬元在西京的近郊還能買個不錯的大房子，房價還沒有誇張到要吞噬一個人20年奮鬥青春的程度。要是在北京或上海，自己這輩子就拼命買個小戶型安心住著得了。好歹自己現在也算是有兩套房的人了！

第二十一章

光棍節

「守望郡」的一批次開盤大獲全勝，所推出的 200 套房源半天就清盤！下午還有很多客戶陸續趕來，都只能抱憾而歸了。如果按照一套房 100 萬元的總價來計算，這就是兩億元的銷售額啊！當然，實際上有很多房源不止 100 萬元的總價，所以總銷售額肯定是兩億元還多的。聞道聯繫了各家合作的媒體，明天大版廣告上「開盤勁銷 3 億元！Sorry，晚到的客戶！」這條廣告確實非常霸氣，不過這也是目前市場上很流行的做法。「開盤勁銷 N 億！」是人們經常可以看到的廣告詞，目的就是要營造出一種搶購的氛圍，讓買到房的消費者覺得自己賺了，而還在猶豫的消費者也可以盡快下單。

今天董事長大牛總也來到了售樓部，給大家鼓舞士氣。繼續這樣賣下去，多滾動幾個項目，也許要不了多久，大牛總就可以上內地的福布斯排行榜了吧？但聞道相信此刻售樓部的所有人，包括他自己在內，都在算能拿的獎金數額。售樓小姐們平時的基本工資不高，就盼著銷售的提成。他們公司給售樓小姐的提成比例在業內算是高的，可以達到千分之四。假設 10 個售樓小姐平均每人賣了 20 套，按照 2000 萬元的總價來計算，則每人可以提成 8 萬元。這還只是一個批次的開盤。試想如果今年多幾次開盤，那售樓小姐們一年的收入還是很可觀哦！當然，他們的這個銷售提成也不會這麼容易拿全。公司一般會留一部分當做客戶維繫的費用，因為一套房子並不是賣了就完了，售樓小姐們還需要維護各自

的客戶關係直到交房。如果中途售樓小姐離職了，這筆客戶維繫費是需要轉給接手這個客戶的下一個售樓小姐的。

聞道當然也在心裡計算自己可以拿多少提成，這是人之常情嘛。聞道目前拿的提成是和銷售經理差不多的，都是拿千分之三的提成。如果聞道升職成為總監，則可以拿千分之四。這千分之三可是全部銷售額的千分之三哦，按照兩億元來算，就是 60 萬元！當然這是需要交稅的，顯然需要上很多的稅。大牛總怎麼沒有表示何時會發這些銷售提成的意思呢？不會是要拖到過年吧？早發早享受嘛，拿來投資也行啊，真是的！期盼下一次開盤！能天天開盤最好！當然這還得取決於工程上的進度，這次放出的房源有一點多了，主要老板要求快點回款，不知道他拿這錢去干嘛。可能是要滾動開發嘛，老板在聞道的印象裡一直是不差錢的。按理說分兩個 100 套來放盤的效果應該會更好一些。

一晃光棍節到了，天氣也越來越冷了。照理說「11 · 11」這算是個什麼節日，但這現在還真的就被商家和媒體「造」出來了一個節日！特別是電商！光棍節一天就可以突破幾百億的銷售額，這可讓傳統的商場受到不少影響。「單身有罪？那就瘋狂的購物來發泄吧！」單身和網絡購物這兩者有邏輯關係嗎？對商家來說，「有節過節，沒節造節」才是銷售手段。反正他們會變著花樣讓你掏錢消費。消費帶動經濟嘛！那三駕馬車是怎麼說的來著？投資，外貿，和消費。怎麼老是把消費排在最後呢？這是因為中國經濟增長的結構中消費占的比例還遠遠沒有達到歐美成熟經濟體約 70% 的這麼高的比例，投資在經濟中還是絕對的老大。從這個意義上說，電商的發展，對刺激經濟發展還是有很大幫助的。

電商在中國的成功有其偶然性，也有其必然性。作為「師傅」的 eBay 和亞馬遜這些只能感嘆自己生不逢地，既沒有中國 13 億的人口，也沒有泛濫盜版和山寨的「寬鬆」環境。東部沿海本來就是中國民營經濟最發達的地區，大量的中小企業是孕育 B2B 電商發展的天然土壤。而龐大的人口隨著經濟發展所逐漸釋放出來的消費需求，又成就了 B2C 平臺的輝煌。借助人口紅利和山寨完成了原始累積以後，中國的電商巨頭也開始重視對知識產權的保護，當然這是登錄紐約證券交易所這樣的大雅之堂所必需的。聞道打開新聞網站，正好看到陸教授的一段採訪。在這

個採訪中，記者問陸教授對電商成功的看法。陸教授說：「我覺得電商對國內最大的貢獻，是大幅降低了做生意的中間環節的交易成本，極大的影響甚至改變了做生意的方式。」這點聞道非常認同。當前，完全排斥電商的人，除了證明自己有錢，就只能證明自己傻。當然，不懂網絡應用的人除外。除了更多的價格優惠以外，聞道是真的覺得電商很方便。比如要想買個家電，去商場還要開車、停車、逛半天還不見得能買到合適的。但是在電商網站上隨便一搜索就能出來一大串，而且還可以根據自己的要求來篩選。更妙的是付款之後當天或者第二天就能送貨上門。至於售後？反正家電都是廠家保修的，電商和商場都只是銷售的渠道而已，並沒有本質的區別。

　　聞道打開電商網站，買點什麼呢？自己感覺也沒有什麼特別需要買的，就買了點生活日用品、卷紙、洗手液之類的，比超市賣得還便宜。對啊，給糖糖買個禮物唄！聞道在網上選了半天，送點什麼好呢？聞道也不是那種經常給女人送東西的人，實在不知道選什麼。鼠標點來點去的，聞道打開了項鏈的頁面。咦，項鏈不錯！糖糖脖子長，戴項鏈肯定好看。為什麼脖子長的人戴項鏈好看呢？這個問題就如同為什麼天鵝比鴨子漂亮呢？可能天鵝的脖子更長也是原因之一吧？聞道翻了很多頁面，最後將目光停留在了一個一線國際大牌的一串紫水晶項鏈上。買東西是要講究眼緣的！她戴起來一定很美！聞道想像著糖糖戴著這串項鏈的模樣，那一定是極美的。買！雖然價格小貴，但只要她喜歡，就值得！

　　自從聞道上次向糖糖坦白了之後，這幾天他們沒有聯繫了。聞道天天盼著手機能夠收到糖糖發來的信息，但是沒有，一直沒有。有的事情，也許還沒有開始就結束才是最好的結局吧？相見恨晚，不如相忘於江湖。這也許注定是一段艱難的感情，然而它卻又是如此的強烈。它燒毀了聞道心中所有的防線，讓他無時無刻不在想著她。也許自己只應該默默地對她持有一份關愛，而不去打擾她。不打擾就是我的溫柔嗎？這算是自己內心最深的秘密吧……我其實就是一個「野的」師傅，聞道想。

　　愛是什麼？這個問題其實聞道也思考了很多年。那天他悶在車廂裡，又在雷雨中冒著被雷劈的風險，等了糖糖一個通宵，他以為是為了看她一眼，他覺得值。但他錯了。當看到她疲憊的身影拖著箱子走來，聞道

的心裡有說不出的難受。是的，她當然可以喊其他「野的」師傅來接。但別人不知道她什麼時候落地，也不可能一直在那兒等。她打電話讓師傅來，還要走很遠才能到大門外去。要等多久？可能10分鐘，也可能半個小時甚至更久。她還胃痛，天空也隨時可能再下大雨。而聞道那晚的作用，就是讓她一下班車就可以迅速、安全、舒適的回到家中，不用等。哪怕她能早10分鐘回家洗澡上床躺下休息，聞道等一晚上也是值得的。

愛不是你要向對方索取什麼，而是你能發自內心的為她做些什麼，哪怕是一些小事。是的，那天聞道去是值得的。

很擔心糖糖的身體。聞道專門上網查了一下胃脹胃痛的治療方法，發現這個問題還不能小視。胃痛胃脹都屬於胃病的範疇，胃病的保養比治療還要重要，所以人們在生活上應當做到：勞逸結合，保證充足的睡眠和休息，避免生氣和情緒激動，飲食上禁辛辣、過酸、油炸食品，以及過熱、過冷食品，禁喝咖啡、喝酒和吸菸。做到少吃多餐，定時進食，以營養豐富、高熱量易消化、非刺激性食品為主。呃，禁喝咖啡……算了，網上的東西也不能全信。

糖糖的工作性質決定了她的就餐時間很難準時，這讓聞道很擔心。不過即使不能按時吃正餐，抽空吃點麵包都比不吃好。還有，在之前的聊天中，聞道得知，她有時上午要補充睡眠，甚至睡到下午才起來吃飯，這很傷胃的。如要補充睡眠，也要上個鬧鐘中午起來吃了再去睡。聞道瀏覽了糖糖的社交網絡，非常仔細地瀏覽了每一條信息。對其他人聞道可從來沒有這麼關注過，最多看一兩頁就不看了。據聞道觀察，糖糖喜歡喝冷的和吃辣的，還要抽菸喝酒！糖糖的社交網絡上有很多她和其他空姐們聚會的照片。她們空姐是不是都喜歡抽菸喝酒泡吧啊？抽菸喝酒無疑又加重了對胃的損傷。希望糖糖在注意盡量保證三餐準時的同時，也要適當調整一下她的飲食和生活習慣。20多歲不養成健康的生活方式，以後身體會出很多問題的。

聞道把這些關切的話，寫成一封郵件發給了糖糖。希望她不要嫌我囉唆，聞道想。那天糖糖說聞道是傻瓜，聞道其實心裡是覺得很甜蜜的，而且這幾天他都一直在回味……聞道知道當她看到這封郵件時，肯定又要說他是傻瓜吧？

第二十二章

「白富美」為什麼會成剩女？

下午一點的時候，聞道收到了糖糖發來的短信，說前兩天降溫，她感冒了，在家休息。聞道回復道：「我以為你不理我了……希望你盡快好起來，不然一『飛』起來又都是在空調環境裡，不利於恢復。真想去看你，就在一旁看著你靜靜地陪陪你。」糖糖回道：「這句話證明，想法和行動是有距離的。」「那我來找你？」聞道馬上回道。糖糖說：「不是此意，我只是在說這個現象，世間很多事都是如此。」「是啊，人們總是面臨很多約束，只能盡量把想法和行動統一起來嘛。」聞道說道。「我以前感情上受過傷，如果是我的，我可以慢點。」糖糖發來這條消息，就沒有再繼續發了。她以前在感情上受過傷？難怪感覺她在感情上這麼謹慎了。聞道總感覺很難能打開她的心扉。聞道知道現在很多人在追求她，但她都沒有答應。苗條淑女，君子好逑。單身美女的身邊圍滿男人，這再正常不過了。經常都有飛機上的乘客給她送禮物，她的那些姐妹給她介紹的就更多了。時間不等人啊！聞道感到很大的壓力。

聞道的這份愛也許注定是充滿艱辛的，真不知道在他 30 歲的時候遇到糖糖是上天對他的眷顧還是懲罰？看到她的第一眼時，聞道愣了一下。當然她肯定是美女，但美女聞道也見得多了，不是這個原因。聞道吃驚的是那份熟悉的感覺，他確定他們以前肯定是不認識的。那這麼強烈的熟悉感和親切感是因為什麼呢？說得懸一點，難道他和她上輩子是情人或者夫妻？或者上輩子他欠了她的情債，上天安排他現在來還？這肯定

— 103 —

不是普通的一見鐘情，聞道自己也不是小男生了。那她又會是怎麼覺得的呢？

前幾天聞道在網上看到一個帖子，有很多人在轉發。這個帖子是這樣說的：

「兩個彼此相愛、喜歡的人，

彼此能找到踏實的感覺，

仍然會保持不隸屬任何一種感情的關係。

但是彼此心底清楚，對這個人，比對朋友和家人還多了一份關心。

因為有了彼此，心裡總是被幸福塞得滿滿的。

對方遇到困難時，會盡全力伸出援助之手，不會計較誰欠了誰。

對方生病了，會絞盡腦汁找藥方，

恨不得變成護士，陪伴在身旁。

很多的感情，都敗在了現實的面前，

友情可以演變成為愛情，愛情最終進化成為親情，

彼此就將友情直接進步到親情。

人生不過百年，

能牽手的時候，請別只是肩並肩，

能擁抱的時候，請別只是手牽手，

能在一起的時候，請別輕易分開，

能成為紅顏知己，請別刻意離開！

珍惜彼此之間踏實的感覺，

你值得擁有！」

這個帖子還是很能給人啟發的，看來這也不是聞道一個人在面對這種問題，這不都被人總結成規律了麼？雖然看著特別難受，不過聞道覺得它說得還是有一些道理……但是，這個帖子不是說的是廢話嗎？要愛就愛，不愛拉倒。這個帖子所描述的這種狀態，那得多折磨人啊？「慢點就慢點吧，我也可以等！不要說短時間了，就算是十年二十年我也等，哪怕是一輩子我也等！」聞道想。

正在感嘆，糖糖給聞道發了一張圖過來，是她做的番茄炒蛋。呵呵，糖糖還會做菜啊，但這盤番茄炒蛋怎麼這麼多水呢？「你是不是炒的時候

加了水？」聞道問。「嗯。」糖糖說。「番茄本來就有很多水啦，炒的時候就不要再加水了。很想給你露一手我做的番茄炒蛋，想看到你在我面前狼吞虎咽的樣子……」聞道說。「但我想吃肉啊！」糖糖回道。「那我給你做肉菜嘛。」聞道說。「你真好，可是……」糖糖說。「哎……」聞道回了一個，然後糖糖就沒有繼續回復了。

今天售樓部內眾人的感覺，就是繃緊的弦兒一下子放鬆了，大伙兒竟然有點無所事事的感覺，這真是太奢侈了啊！策劃部的幾個人也難得地閒聊了起來。孫磊正在看八卦新聞，突然他說道：「快來看，快來看！這個新聞太逗了！」原來這個新聞說的是一個「白富美」包養了一個天天在家玩游戲的宅男，卻慘遭對方 20 多次提出分手。這真是天下之大無奇不有啊！反正閒著也沒事，聞道和依依也湊過來聽孫磊講故事。據這個新聞說，這個「白富美」家境富裕，二十好幾了，開瑪莎拉迪。她反正也不需要找工作，於是天天在家玩網遊。據這個女孩說，她在和別人交朋友的時候從不在意對方有沒有錢，因為反正對方一般都沒有自己有錢。這個女孩在網遊中認識了一個男孩，兩人相談投機，並在游戲中結為了夫妻。當然，很自然的，他們的戀情也從線上發展到了線下。這個男子也是屬於遊手好閒天天打網遊的這種，女孩還經常給他生活費。但隨後這個男子竟然以各種理由要求分手，包括說這個女孩游戲玩得差等。更神奇的是這個女孩對這個男子無比的喜愛，一直跟隨，對方 20 多次提出分手她都還在堅持。

孫磊講得津津有味，一直不停地感嘆他自己為什麼沒有遇到這麼好的事情呢？「編，肯定是編的。」策劃部的高蕾蕾說。的確，現在確實有一些媒體有時為了吸引讀者眼球喜歡編造一些離奇的故事，反正這類八卦型的社會新聞也很少有人去核實真偽，大家看過樂了就行了。「依依，你覺得呢？」高蕾蕾問依依。「依依肯定也是『白富美』啊！」孫磊色迷迷地看著依依說。「我哪是什麼『白富美』啊？我這不還在這裡辛苦的工作嗎？」依依回答。聞道盯了孫磊一眼，說：「我也覺得這個故事有點假，真要是像這個新聞說的一樣的『白富美』，那她的身後還不跟著一串的『高富帥』啊。」「聞哥，你這樣想就不對了，『白富美』才更容易成為剩女哦。」孫磊說。於是他又講了一個故事。

孫磊說他常年堅持研究「白富美」的各種習性，他自己也以追求到「白富美」為人生目標。他看到的一個案例，是說有一個標準的「白富美」，開超跑，天天不是出席各種派對就是全國各地到處玩兒，但是就是找不到合適的男朋友。為什麼呢？因為在她們這個圈子裡，門當戶對還是很重要的。據說有這麼一條標準：男方要麼家裡有上千萬元資產，要麼自己每年能掙100萬元以上，這是起碼的要求。「既然她都已經是『白富美』了，為什麼還要求對方這麼有錢呢？」聞道問。「哈哈，聞總，你在我們眼裡都已經算是有錢人了，但是還是達不到『白富美』的門檻要求啊！」高蕾蕾調侃聞道說。「我哪算什麼有錢人啊，我只是一個打工仔。」聞道一邊說，一邊想那60萬元的銷售提成可什麼時候能發下來啊。孫磊接著說：「這還真的只是門檻標準哦。我看的這個『白富美』是這樣解釋的：『總不能兩個人一起出國玩的時候，我坐頭等艙，他坐經濟艙吧？我買幾萬元塊錢的包包和衣服，而他還在買幾百塊錢一個的嘛？我也相信愛情，但總不能找了男朋友之後我的生活質量反而下降吧？』」聞道覺得這個故事裡的「白富美」說得其實也很實在，他在售樓部當然經常可以接觸到很多「白富美」，多少還是有些瞭解的。正如他們做樓盤營銷所講究的一樣，「白富美」這個群體也是很講究圈子的。兩個人交往得有共同語言，共同的娛樂方式，差不多類似的交際圈，說得再大一點得有共同的生活理念。這個「門當戶對」其實也不光是錢的問題，至少兩個人得有共同語言吧？如果女方天天想的是哪個品牌又出了限量版的包包，得去看看；而男方天天想的是怎麼省幾個菜錢，或者每天盡量在單位把手機充滿電，那恐怕的確是很難談得到一起的。

但現在問題來了：在當前的社會上，能掙到百萬年薪的人畢竟還是少數。如果按照聞道這樣的打工人群來說，那基本上都得是公司的高級管理人員才行了，中層都不行。能到這個級別的，只要不是大肚子禿頂的四五十歲的大叔或者長相太對不起觀眾的「土肥圓」，再怎麼說也都算是青年才俊了吧？如果別人的個人條件沒有什麼太大的硬傷，那身邊是根本不可能缺少女朋友的，估計潛在的女友都是排著隊的。那這樣的青年才俊會怎樣挑選女朋友呢？孫磊看著依依說：「這樣的男人往往會選擇外表漂亮但家境普通一點，特別是經歷單純一點的女孩。有一句話怎麼

說的來著?『若她涉世未深,你就帶她看盡人間繁華;若她心已滄桑,你就帶她坐旋轉木馬。』你想如果這樣條件優秀但也算不上大富大貴的男人選擇了一個大學剛畢業的女生,她是一個年輕漂亮、出身工薪家庭、性格好、會家務、人懂事,關鍵是還容易滿足的女孩,那男人的幸福指數必然是很高的。兩個人可以一起看電影、逛超市,一年出國旅遊一次也可以,一年幾次國內旅遊那更是沒問題,平時買點幾千元偶爾上萬元的衣服和包包也是可以的。關鍵是這樣既能讓女孩子高興滿足,男人也能承擔得起。關鍵是這樣還能照顧男人的優越感和自信心,滿足他作為男人的榮耀感。」

「那要是他找了『白富美』呢?」高蕾蕾焦急地問。「你別急啊,聽我慢慢說嘛。」孫磊接著說道,「要是這個男的找了『白富美』,從小錦衣玉食,LV 包包當菜籃子用,坐頭等艙就像打的一樣,那怎麼辦呢?請剛才那個女生吃海鮮自助餐她就很高興了,而現在這個得花個幾大千上萬元來吃一頓澳洲龍蝦,她還表示一般般。以前開一般的奔馳、寶馬、奧迪這些品牌的車,女朋友就覺得可以了,而現在這個必須得開超跑才行。以前偶爾送個 LV 的包包女朋友就很開心了,現在這個買愛馬仕的限量版人家都不覺得稀奇。」孫磊感嘆道:「當男人累啊!你說『白富美』的光環雖然耀眼,但是找了『白富美』之後你天天窮得叮噹響,又有啥意思呢?而且你們說『白富美』和『非白富美』,只要漂亮,不都一樣麼?」孫磊可能自己也覺得說得有點尷尬,於是又說:「我不是那個意思,我是說人都是一樣的,漂亮的美女可能有錢也可能沒錢,但歸根究柢男人還是更喜歡美女。」

這又回到了看人還是看錢的問題上來了。這其實對男女都一樣。女人找男人要看帥不帥有沒有錢,男人找女人同樣要看漂亮不漂亮和有沒有錢。「性價比!找『白富美』的性價比太低。」孫磊接著說,「假設沒錢的男人找了『白富美』,也不是圖她的錢,就是單純的喜歡她這個人,那就是一場悲劇。你一個月的工資給她買件衣服,她還不見得喜歡。你下個月吃啥?這不整得來生活質量急遽降低嗎?」孫磊吞了一口口水繼續說:「但如果男人很有錢了,那『白富美』的有錢的這個優點也就蕩然無存了。試想這個男人用他的錢去找比『白富美』漂亮得多的女人也是完

全可以的，性價比更高啊！」「那你這樣說，『白富美』注定是要孤苦一生了哦？聞哥，你覺得呢？」高蕾蕾說。「我覺得還是看人吧？兩個人在一起肯定是要有一方遷就另一方的。剛才孫磊所說的其實也有一些道理。超級有錢的人的確不大可能找『白富美』，如果找了那肯定是祝福他們。但相對窮一些的人和『白富美』在一起，那就要看誰遷就誰了。如果男方遷就女方的消費習慣，那肯定是一個悲劇，男方去賣腎都不夠花嘛。但如果男方對女方足夠好，那『白富美』降低一下消費水平其實也是可以的，這樣才是幸福的生活嘛。不過如果男方的經濟條件比女方差太多了，那的確容易出現問題。即使女方是真的很喜歡這個男方，但男方的自尊心往哪兒放呢？除非他安心當小白。」「聞哥總結得相當有道理啊！」孫磊難得受到一次聞道的表揚，高興地說。

　　「所以說，你覺得剛才那個新聞是真實的？」依依問孫磊。「真實，絕對真實！」孫磊說，「這肯定就是那個『白富美』憋急了，病急亂投醫嘛！畢竟女人不管是從心理上還是生理上來說，最終還是需要男人的。」「那你找不找『白富美』呢？」高蕾蕾問。「找啊！肯定找！我就要找剛才新聞裡說的這種『白富美』。用炒股票的技術術語來說，這叫做『抄底』，你懂不？」孫磊得意地說道，然後大家都很鄙視地看著他。

第二十三章

依依的室友

這天，依依對聞道說，她想換個地方住，讓聞道幫她找下房子。聞道問：「怎麼，和你室友關係不好？」「其實我和她相處得挺好的，只不過人家兩口子，我覺得還是有很多不方便的地方……」聞道之前聽依依說過，她的室友叫宋曉琳，一個80後女生，長得雖然沒有依依這麼漂亮，但也還過得去。

宋曉琳和依依算是遠房親戚，但她倆之前其實也沒有見過面。宋曉琳比依依略大一些，在西京讀了一個大專，畢業後就留在了西京工作。依依和宋曉琳住一塊兒，主要還是因為宋曉琳的職業身分——房屋仲介。依依不喜歡麻煩別人，網上租房信息多得很，但她的父母堅持讓依依找宋曉琳幫忙找房，還直接幫她給宋曉琳打了電話。這個宋曉琳還挺熱心的，立馬說她住的地方正好有間房空出來了，那還找什麼找呢，直接過來住不就得了。就這樣，雖然依依心裡不是很願意，但是拗不過父母，而且宋曉琳也的確很熱心，所以就來和宋曉琳一起合租了。依依的父母對此很滿意，畢竟宋曉琳多少還算一個親戚，依依和她住在一起好相互有個照應，他們也放心。可憐天下父母心啊！特別是自己的閨女一個人跑到人生地不熟的外地。

依依和宋曉琳合租了一段時間以後，很快發現了她們之間的差異。其實也還好，就是宋曉琳特別喜歡泡吧，基本上每天晚上都要去酒吧喝幾杯。經常都有各種朋友約她出去聚會，因此她也經常抱怨錢不夠用。

— 109 —

前陣，依依剛發了工資，還和她一起在家下廚慶祝了一下。和剛畢業工作的依依相比，這個宋曉琳顯然對生活有著更多的感觸。她經常給依依說：「人的一生有三個階段：憑著自身條件掙錢的『月光族』，叫一敗天地；敗完了自己又開始啃老的，叫二敗高堂；到了年齡找了個和自己一樣的伴侶，叫夫妻對敗。」

依依租的這個房子每月的總租金是2500元，其中依依住一個較小的房間，給1000元的租金，宋曉琳住一個較大的房間，付1500的租金。這房子其實是宋曉琳先租下的，然後她又當了一個「二房東」。當時依依和宋曉琳談的條件是兩個女孩單獨住，但實際上宋曉琳的男朋友經常來過夜，這讓依依很不舒服。宋曉琳喜歡逛夜店，經常很晚才回來，甚至通宵不回來，而她上午則基本上都在睡覺，中午才去上班。宋曉琳上班的時間主要是下午和晚上。依依曾不解地問過她房屋仲介怎麼會在晚上上班呢？宋曉琳回答說：「這你就不懂了，現在的人白天都要工作，晚上才有時間來看房和談合同。」宋曉琳的業績還不錯，她說方圓五公里之內沒有她不熟悉的小區。晚班下班一般都要9點半接近10點了，經常宋曉琳回家換個衣服就接到酒吧玩兒去了。依依不知道宋曉琳的收入怎麼樣，應該不算太高吧，要不她也不會經常抱怨沒錢花了。不過話又說回來，像她這樣天天泡吧的，要掙多少錢才能算夠花呢？這個問題宋曉琳也提到過，她說其實自己花錢也不多，她們幾個女孩就坐那，經常有男人過來幫著買酒的。

有一次依依坐聞道的車回來，下車的時候正好被宋曉琳撞見，她就拉著依依問了老半天。其實按理說憑宋曉琳的姿色找個小老板應該也是沒有問題的，但偏偏她又找了一個在電腦城打工的小伙子。宋曉琳的男朋友經常晚上騎電瓶車去酒吧門口接她，但她都讓他躲得遠遠的。「真羨慕你，每天有奧迪接送上下班！」宋曉琳這樣對依依說。依依只能無奈地回答：「那是同事順路啦，我男朋友在外地。」「你這個同事可真好！那天我看到他還挺帥的，什麼時候介紹給我認識認識啊？」宋曉琳湊過來說。「好吧……」依依不知道該怎麼回答她這個問題。

宋曉琳說其實一點都不喜歡她自己的男朋友。他們的相識得也很奇怪。一次宋曉琳心情不好，一個人在酒吧喝悶酒。旁邊有一大群聚會的

年輕人,那裡面很多人都起哄讓其中一個男生去追她。正好有個賣酒女郎從旁邊經過,於是她就對那個男生說,你把她那裡的酒全買了我就答應你。其實她也是半開玩笑的,一看那個男生就不像是個有錢的。誰知這群人是剛發了工資來慶祝的,那男生找在場的所有人借錢,誰讓你們瞎起哄。他還真湊了兩萬多元出來把那所有的酒都買了。這讓宋曉琳的眼眶有一點濕潤。當晚那群人全部喝吐了,宋曉琳和那個男生也就在了一起。

宋曉琳雖然也讀過大學,但她讀書那幾年都算是瘋玩過去了,她說她很羨慕依依這樣的知書達理的有文化的女人。她經常給依依抱怨說,像你這樣的從象牙塔裡走出來的女孩沒有體會過社會底層的悲哀。依依說她還不是剛畢業啊,再說,房屋仲介哪算什麼社會底層啊,這屬於現代服務業,那可是朝陽產業啊。宋曉琳噘嘴說道:「我每天帶客戶看少則幾十萬元,多則幾百上千萬元的房子,而自己只有微薄的工資,基本沒有存款,只能租房住,這不是社會底層又是什麼?」依依安慰她說:「你還年輕,慢慢來嘛。再說了,你管他們看多少錢的房子,只要成交,你就可以提成,這不挺好的麼?」宋曉琳搖了搖頭說:「算了,那些『奇葩』的客戶,不說也罷⋯⋯」

雖然和依依算是遠房親戚,但是宋曉琳來自於西京市周邊的一個縣城,家庭條件不算好。她的男朋友來自外省,也上過大專。宋曉琳自己的底薪很少,全靠仲介的提成。但這個仲介的業務多少,不僅和經濟環境有關,也有季節性的因素。比如春節後一般就是租房的高峰期,生意還不錯。不過相比於租房,宋曉琳還是更喜歡買賣二手房的交易,這個佣金可比租房的佣金高多了。至於泡夜店的習慣是怎麼養成的呢?可能是在上大專的時候就開始了吧。那時脫離了父母的管教,從叛逆變成了釋放,跟著姐妹們就經常出來玩了。當年宋曉琳高考失利,考了個大專,讓她不免有些自暴自棄。而且別人都在玩兒,她一個人去上自習好像也渾身不自在。

畢業以後,多少有了一些收入,宋曉琳去酒吧就更頻繁了。依依也問過宋曉琳為什麼這麼喜歡泡吧,宋曉琳是這樣給依依說的。當年高考失利,對讀書的學校不滿意。後來畢業了對工作也不滿意,她不知道自己適合幹什麼,或者能幹什麼。交過幾個男朋友,感覺沒一個靠譜。她

第二十三章 依依的室友

覺得自己很迷茫，也很無聊。只有在酒吧，她才能暫時擺脫這些煩惱。說她有多喜歡喝酒呢？好像也談不上。但在酒精的作用下，她覺得很舒坦。大聲的音樂，嘈雜的環境，扭動的人影，雖然很多時候宋曉琳也只是靜靜地坐著，但她覺得自己很適合這樣的環境，也許她喜歡的不是酒，而是夜店裡的這種氛圍。特別是時不時地就有男人湊過來幫著買酒，這讓她覺得自己很受重視。換個環境，誰還會重視她呢？苛刻的經理，刁難的客戶，算了，想起就心煩。當然，宋曉琳也有自己的原則，她一般是不會隨便跟人走的。這不安全，她也知道。她其實骨子裡是有點清高的人，她泡夜店不是為了找男人。她就是覺得自己是屬於在黑夜裡才能盛開的花，只有到了深夜以後，才會逐漸鮮豔漂亮起來。「這算不算是一種自我實現的心理呢？」依依想。宋曉琳也不是每次去都喝得大醉，有時只是去淺酌一杯聽聽音樂而已，而且經常有這個姐妹兒那個哥們兒的約著去坐坐。「白天不懂夜的黑。」宋曉琳這樣對依依說。依依覺得宋曉琳可能就是去酒吧上癮了，這和現在流行的「網癮」其實是一回事。很多人坐在電腦前或者玩手機，也不是要真的上網查資料，有時就純粹是一個習慣或者一種依賴。

宋曉琳白天上班時候的穿著打扮也挺正常的。房屋仲介對員工的著裝要求一般都是有規定的，需要穿正裝。宋曉琳每天上班都穿著職業套裝。最氣人的是這雖說是他們公司統一訂購，但其實是讓他們自己花錢買的。但是每次去酒吧，宋曉琳都要先回家換上性感裝扮，還要化濃妝，這一點讓依依很是不解。開始她都是用價格便宜的劣質化妝品，那時她還不到20歲，什麼都不懂，有粉就往臉上抹唄。但這樣確實太傷皮膚了，而且晚上酒吧裡的空氣也不好，再加上該皮膚睡眠修復的時候她卻在精神抖擻的喝酒嬉鬧，所以據說經常泡吧的人皮膚真的是年紀一過三十就無可救藥了。後來工作得久一點，經濟上稍微寬裕一些之後，宋曉琳開始買進口化妝品，從粉底到眉筆、眉粉全部用進口的，而且卸妝水也用得非常高檔，否則撐不了幾年這臉就變成老菜皮了。她說她真羨慕依依，要麼不化妝要麼只化淡妝，皮膚還這麼水靈。依依說：「那你也可以不化濃妝啊？」「夜店那種環境，那種燈光，不化濃妝就像個僵屍一樣，還不把人給嚇跑了啊？」宋曉琳說。

至於穿著性感,「難道我還穿著職業套裝去泡吧嗎?」宋曉琳這樣反問依依。夜店裡的女人,似乎天然的需要和性感畫上等號。

　　宋曉琳對依依說,去酒吧玩最大的困難是被騷擾的時候肯定是很多的。這有什麼辦法呢?自己打扮得這麼妖豔和性感,別人看了也難免不亂打主意啊。裝清純?那就別來這種地方。宋曉琳說,在夜店裡待得久了,她也慢慢地總結出了經驗。有男人湊上來,她們就憑感覺來決定怎麼應對。沒有興趣的直接讓他離開,有興趣的也可以陪他閒聊幾句,但她們一般也不會對有興趣的人如膠似漆地貼上去。你越是表現得愛理不理的,那些男人越是爭著給你買酒。要是遇到動手動腳的,她們一般也會以種種巧妙的動作來擺脫。當然,難免也會碰上難纏的人,那就得自己掌握分寸了,惹急了可以直接叫保安。

　　宋曉琳經常向依依抱怨說現在二手房不好賣,還是新房市場火,問依依有沒有機會介紹她去做售樓小姐。的確,相比而言,在目前市場環境下售樓部的售樓小姐們的工作壓力就小太多了,基本都是等著顧客自己上門來搶房,而且一買就是幾十萬元甚至幾百萬元一套的房子。這不說的是守株待兔麼?對啊,目前賣房其實就是守株待兔,因為太好賣了!有傳聞說市區一些熱銷樓盤的售樓部,保安都能賣房。依依說送她回家的聞總就是負責項目營銷的,回頭她問問聞哥有沒有空缺的職位。「那天我看到的送你回來的那個男人是好男人。」宋曉琳對依依說,「我什麼樣的男人沒見識過?我一看他就知道他是個好男人。」依依淡淡地笑了笑。聞哥的確是很好的,但他最近總是心事重重的,不知道他在想些什麼?可能不單是工作忙的原因吧?

第二十四章

都是月光族

　　上次依依在參與籌備孝文化論壇的時候，回家時也和她的室友宋曉琳聊過這個事情。誰知說到這裡，宋曉琳竟然哭了起來。她說她工作後沒給父母寄過一分錢，每個月基本都是月光。依依覺得宋曉琳其實是個很孝順的女孩，經常給她的父母打電話。當然，她不會提她經常逛夜店的事。相信在她父母的印象中，她應該一直是一個乖乖女吧。依依在一個網絡的調查中看到，80後現在很多都是月光族。這個調查說，80後月光族的開支中，近40%都是房租，約15%是吃飯，約15%是娛樂，約24%是戀愛，還有約6%是購物。依依估計這份調查中北上廣這些大城市的人填寫問卷的比例要高一些，因為在西京房租占收入的比例一般是沒有這麼高的。最有意思的是這份調查中，戀愛的支出高達24%。如果假設「娛樂」這一項也都是和戀愛相關的，畢竟總不能戀愛了還自己一個人自娛自樂嘛，那麼戀愛相關的開支可高達40%了！看來還是單身更省錢啊。

　　這個調查還問了80後月光族最怕遇見什麼事。調查結果顯示，超過60%的人最怕朋友借錢，約20%的人怕還不了朋友的錢。然後還有將近15%的人最怕朋友結婚，另外還有約4%的人最怕聚餐。「前半月，飛一般的感覺；後半月，死一般的感覺。」宋曉琳這樣對依依說。她不是不想給父母寄錢，而是實在存不下錢來。房租開支確實很大，還想找體面一點的房子住，至少得在主流的居民小區吧。宋曉琳平時自己也很少做飯，

都是在外面下館子，這也是一筆不小的開支吧？然後化妝品和服裝，還有菸，又基本上把她剩下的收入占去了。宋曉琳的男朋友胡楊情況比她更糟一些。他比宋曉琳還小一歲。拿他自己的話說，自從畢業之後，他手裡就再沒有零花錢了。以前讀書時盼著工作，但工作了才發現還是讀書好，至少學校裡住宿和吃飯都比外面便宜多了。儘管他的著裝比在校時看起來更成熟了一些，但他的生活處境讓他覺得自己離成熟還很遠。至於給父母寄錢回去，胡楊不是不想，而是實在沒辦法。

　　胡楊在電腦城組裝電腦，開始的時候每個月還掙得多一些，好的時候能掙個四五千。但後來購買組裝機，也就是俗稱的兼容機的顧客越來越少，因為筆記本電腦越來越便宜了，使用和攜帶又更方便，所以兼容機的市場每況愈下。到現在胡楊一個月只能拿兩千多了。他的老板也在開始賣組裝的筆記本電腦了，但來問的顧客都少。為什麼這個市場就做不起來呢？他經常感嘆。胡楊剛入行的時候，臺式機是主流，筆記本相對小眾。但現在完全掉了個頭，筆記本成了主流，臺式機反而成了小眾。胡楊是很喜歡用臺式電腦的，筆記本的性能相比同價位的臺式機差了很多。他們所關注的電腦的最重要的指標就是 3D 性能，這主要體現在電腦的顯卡上。臺式機的好顯卡都很大，性能好的同時散熱要求也高，自然體積很難小得下來。筆記本的顯卡算是個什麼玩意兒？大多數都是集成顯卡，少部分所謂的高端獨立顯卡其實也就相當於臺式機顯卡的入門水平，最多中端水平，而且價格還貴很多。胡楊和他的同行們經常感嘆時代變了。目前，只有個別追求電腦性能的高端玩家才會考慮臺式機，但關鍵是現在電腦游戲本身也在走下坡路，人們更喜歡玩手機上的小游戲，而對電腦上的大型 3D 游戲的關注程度越來越低了。「游戲弱智化。」這是胡楊和同行們交流時的心得。

　　幸好前兩年胡楊還辦了一張信用卡，雖然額度不高，但畢竟可以緩解一下燃眉之急啊！但很快胡楊發現信用卡也不是個好東西。現在他每個月基本上都靠信用卡維持生活，不過每個月他還不起錢都只能還最低還款，約占欠款總額的 10% 的金額。後來胡楊聽一個懂金融的朋友說這樣不劃算，利息很高，還不利於自己信用記錄的維護。這個朋友建議他採用分期還款的方式。這分期還款可是個好東西啊！不僅最長可以分到

第二十四章　都是月光族

24期，甚至36期，就是兩到三年，而且利息比之前的最低還款要低。當然，分期還款那不叫利息，銀行把這個叫做「手續費」，但這對還款人來說有什麼區別呢？分期還款還有一個隱形的好處，就是可以幫助提高自己的信用額度。這不，本來胡楊的信用卡只有幾千元的額度，現在都可以透支兩萬元了！胡楊覺得分期還款對他來說，最大的意義就是可以把眼下最急迫的支出壓力分攤到兩到三年，慢慢還唄。但是眼看著每月累積起來的越來越高的分期還款金額，胡楊也是一籌莫展。自己會破產嗎？胡楊還真不知道。有時胡楊還會做夢夢見自己還不起信用卡被銀行起訴去坐牢了，醒來才發現幸好只是一個夢。

胡楊曾在一所不錯的理工院校讀本科，滿懷著人生的理想。他們學校的宿舍資源比較緊張，所以一個寢室擠了8個人。其實雖然擠一點，但8個人有說有笑其實還挺有樂趣的。每天晚上，汗臭、腳臭還有各種「黃段子」充斥著那個不大的房間，當然還經常有別的氣味。那是一個躁動的年齡。大二那年，胡楊的父親突然生病，治病花光了家裡所有的錢。雖然班上的同學為他發起了募捐，但是那和父親治病所需的錢比起來也只能算是杯水車薪啊。學校減免了胡楊的學費，但是他想打工掙錢，只能退學。後來父親的病情好轉，於是胡楊換了一個城市在一個專科學校繼續讀書。

在一個城市生存下來，吃飯其實都好說，大不了天天方便麵偶爾出去開個葷嘛，死不了人。最難的問題還是找個地方住，總不能睡大街吧？說起找房子，胡楊覺得這真是一場噩夢。房源其實很多，網上一搜一大把。但要找到位置好、條件好、價錢還便宜的可就太難了。胡楊工作的地點在電腦城，位於市中心。剛開始的時候他租了一個位於郊區的小房子，和另外一個同學合租。居住條件還算不錯，但太遠了，每天上下班單程得花一個半甚至兩個小時。路上堵就不說了，關鍵公交還特別擁擠，擠上去困難，擠下來更困難。那滋味，誰體會過誰知道。所以，在堅持了半年之後，胡楊決定在市中心靠近電腦城的地方找個地方住，他不想把人生的大好光陰浪費在上下班的路上。回想起來，這只是噩夢的開始吧。

在市中心要租一個靠譜的房子太難了。其實這句話說得不準確，應

該是說在市中心租個又便宜又好的房子太難了。開始胡楊還想找一個房子單獨住,但小戶型公寓很難找到月租金在2000元以下的,還不算物管費那些支出。看來只能合租了。無數次網上看信息,再去現場看房,然後又覺得各種不合適以後,胡楊已經覺得筋疲力盡了。後來他對地方已經不挑了,只要是一個離上班的地方近又能住的地方就可以了。最後,胡楊鎖定了一個就在電腦城隔壁的居民小區的一套房。這其實是一個比較老舊的小區了,估計是20世紀80年代左右的單位職工宿舍。這套房其實就是一個70來平方米的套二,居然被房東稱為「青年公寓」。這個房東自己也在電腦城做點小生意,這套房是他父母的老房子,現在被他用來創收。胡楊覺得這個房東很賊,因為他居然收10元一次的看房費!房東的解釋是他的時間很寶貴,人家律師還按分鐘收費呢。在胡楊表示不願意給這個看房費以後,這個房東說:「要不你先去看看別的地方吧,我這房源很緊張,不住的話隨時沒有空位,免得浪費大家的時間」。他說的話其實也有道理。這個房子的位置對於在電腦城打工的大量年輕人來說,屬於「剛需」。

在網上幫房東充值了10元的話費以後,房東帶著胡楊去看了房。這確實是一個名副其實的「青年公寓」!70平方米的面積被緊湊的安排了10張床位!這是什麼,學校宿舍嗎?兩個房間各自布置了4個床位,連陽臺也被房東布置了一張上下鋪的床。胡楊覺得這個房東還算有點良心的地方,是客廳他還留著,布置了一個老式的29寸電視和一套沙發和一張茶几。其實客廳他也完全可以再擺放4個床位的,估計是他怕被檢查吧。房東甚至還專門拿了一個房間當做「女生公寓」,據他說這樣可以增強住房的吸引力。不過暫時還沒招到女生來住,裡面目前依然被男生住滿了。房東介紹說這裡的鋪位特別搶手,一般他把房源放到網上一天之內就可以租出去。「你要清楚,你租的不是房子,是床位!」房東看到胡楊有些猶豫,語氣強硬地說,「年輕人不要那麼講究,在電腦城打工的都是懷揣著創業激情來打拼的人。」胡楊不得不承認他說的這話也有道理。畢竟便宜嘛,400元到500元一個的鋪位,你還能要求什麼呢?不過房東肯定還是賺了。他這個房子比較舊,全套出租的話一般也就2500元最多3000元,被他包裝成這樣一個「青年公寓」以後,他每個月可以多賺差

不多 2000 元。

　　反正也就是一個睡覺的地方罷了。除了床鋪是個人使用外，其余的設施如衛生間、洗衣機均是公用的，電費按人頭平攤。「選擇住在這裡就是想要省錢，說不定以後你就是呲詫 IT 界的大老板！夢想還是要有的，萬一實現了呢？」房東拍了拍胡楊的肩膀說。胡楊只能苦笑，先填飽肚子再說吧，哪有那麼容易當大老板的呢？由於能夠利用的空間有限，每個房間公用的小桌子上都放滿了各種日常用品，衣服有的堆在床上，有的放在行李箱裡。客廳的茶幾上擺滿了啤酒瓶和菸頭，以及沒有吃完的外賣盒子，其中有的已經發黑了。陽臺有防盜網，但與隔壁轉角處住戶的陽臺的距離非常近。由於不提供廚具，廚房的竈臺上擺了五六個電飯煲，有的積了厚厚的一層油，有的則已廢置而布滿灰塵。看了一圈，胡楊一咬牙說：「訂那張 400 元的！」其實也就只有陽臺那兩張床位是 400 元，其余房間裡的床位都是 500 元。「好眼光！這是整套房裡日照和採光最好的地方，剛空出來，再晚就沒了！」房東讚許地說。

第二十五章

憧憬

　　胡楊的生活是忙碌而拮據的。剛在電腦城上班的前半年處於考察期，月薪只有 1500 元，這能幹什麼？基本就是房租和吃飯、交通和通信這些基本生存花費就沒了。後來他搬到市中心的這個「青年公寓」來了，情況稍微好點，但錢總是不夠花。他每月除去房租 400 元，早上一個包子、偶爾一份粥，中午盒飯，晚上一碗麵，一天大概 20 元。但盒飯漲價漲得快，現在基本上一份稍微有點肉的盒飯要 20 元了，15 元的都少。也許那段時間最大的樂趣，就是下班後 10 個男人擠在客廳裡看片吧。電腦城買碟非常方便，有時他們看正規電影，但更多的時候是看他們稱之為「好片」的電影。10 個大男人擠在一起看好片的場景，胡楊只能說那畫面太美，讓人無法直視，想想也是醉了。

　　直到宋曉琳的出現。她就像個天使，一個只屬於黑夜的天使。胡楊也知道憑他自己現在的條件，是絕對配不上她的。那天在酒吧，一群同事起哄，他才鼓起勇氣向宋曉琳表白。雖然終於抱得美人歸，但代價也是沉重的。那天晚上買酒，他找眾人湊了兩萬多元。但怎麼還呢？自己每月還信用卡都艱難，他只得向家裡借了兩萬元，謊稱是做點小生意。胡楊家裡也沒什麼錢，這兩萬元都是從父母的養老錢裡扣出來的，這讓胡楊深感不安。但是已經這樣了，又有什麼辦法呢？這幾年他不僅一分錢都沒給父母寄過，還從家裡倒拿了這麼多錢。自己真是不孝啊！胡楊其實知道宋曉琳看不上她，每次去接她的時候她總是讓他在遠遠的地方

等她。看著酒吧門口迎來送往的豪車，開始的時候他也很生氣，但後來也想開了，站遠點就站遠點，有什麼關係呢？只要自己能和她好就行。至於買房、買車、結婚這些，胡楊覺得這些還都很遙遠，就連什麼時候能給她買個戒指都不知道。

  不過即使這樣，胡楊還是給自己買了一個iPhone 5S的手機，他用信用卡分期買的。起碼的範兒還是要有的。別人不知道自己住在什麼地方，也不知道自己有沒有車，但手機一掏出來別人就能看到這是一個iPhone。也許這就是很多年輕人傾其所有買iPhone的心態吧？至於和宋曉琳約會，偶爾也一起出去逛街，但較少購物，即使購物也基本上都是宋曉琳自己掏錢，胡楊雖然尷尬但也沒有辦法。他們很少去看電影，宋曉琳晚上喜歡去酒吧玩，他也沒辦法。說過幾次，但宋曉琳說她都是跟她的閨蜜們去，她就是喜歡，怎麼了？胡楊明白他只有兩個選擇，要麼接受，要麼分手。他也陪宋曉琳去泡過幾次吧，但他確實不喜歡她的那些閨蜜，而且去了不搶著買單又顯得不大氣，搶著買單呢自己怕是天天喝稀飯都不夠。所以後來胡楊乾脆不去了，等宋曉琳去泡她的吧，他自己則在家裡打遊戲。但是胡楊也擔心宋曉琳深夜回家不安全，所以經常凌晨掙扎著從床上爬起來去接宋曉琳回她家。他們倆這樣算是愛情嗎？胡楊不知道。宋曉琳住的地方還有一個合租的女孩依依，很多的事情都不方便，什麼時候他才能和宋曉琳有一個單獨的小窩呢？

  依依搬走了。聞道幫依依找了一個市區的小戶型電梯公寓，1300元一個月，其實就只有一間房，相當於酒店的標間那種戶型。這個公寓的位置是很不錯的，位於商業區，逛街買東西那肯定是很方便的。離地鐵站也比較近，交通自然算方便，不過去他們項目仍然不方便。他們項目太遠，住哪兒都不方便，這個沒辦法。美中不足的是，這個小戶型公寓裡夾雜了好幾家經濟型酒店。這在西京市也算流行的做法。很多投資了小戶型公寓的人把房間整租給經濟型酒店打理，獲取穩定的租金收入。這種投資方式的好處是方便，缺點是一般要簽10年的約，這十年沒法根據市場行情調節租金。依依還挺喜歡這個房子的，租金和以前比也提高得不多。但聞道說這種小戶型公寓由於有經濟型酒店進駐，人太雜，品質低，而且有安全隱患。不過由於依依急著搬家，所以暫時也只有先這

樣，聞道說以後再幫依依看。依依剛來西京不久，也沒多少行李，找搬家公司不划算。聞道就用他的奧迪 A4L 幫依依搬了家。幫依依把行李提上樓，聞道在房間裡幫依依檢查了一下，說這個陽臺是沒有封的，容易被人翻進來，晚上一定要把落地窗關好。依依說請聞道吃飯，但聞道說她這裡收拾還要花時間，改天吧，然後就走了。就像宋曉琳所說的，聞道真的是個很好的男人。可他最近越發心事重重了，有時甚至在走神。依依真想問問他到底怎麼了，但又不太好問。以後有機會一定要問！

依依搬走之前和宋曉琳好好聊了一次。依依覺得宋曉琳可以把晚上的時間好好利用起來，看點書考點證，這樣對自己的長遠發展也好。宋曉琳說她看幾行字就坐不住了，實在沒辦法。正好前段時間有新聞說夜店裡有人給女士下藥，依依出於好心就把這個新聞轉給宋曉琳看。宋曉琳看了後有點不以為然地說她知道，所以她一般不去包間裡喝酒的。依依嘆了一口氣說：「你知道就好，自己多小心。」

依依搬走了。宋曉琳覺得有些空蕩蕩的，她反覆回想依依的話，覺得自己是該多充點電，提升自己，不能總是這樣有事沒事都往酒吧跑。宋曉琳覺得有些沮喪和迷茫。宋曉琳沒有要讓胡楊搬過來的意思，這讓胡楊的不爽與日俱增。直到有一天宋曉琳準備又把依依那間房的出租房源信息掛到網上，胡楊終於發作了。他大聲對宋曉琳說：「我租你這間房！我每個月給你 1000 元的房租！」胡楊心想依宋曉琳的性格，肯定會對他發脾氣。分就分！誰離開誰還不是一樣的過嗎？沒想到宋曉琳不僅沒發脾氣，還低下頭溫柔地說：「我還不是想我們多掙 1000 塊錢啊⋯⋯」在胡楊的印象中，這是宋曉琳第一次用「我們」這個稱謂。最後二人說好胡楊搬過來和她一起住一間房，而依依那個房間還是租出去，但是胡楊每個月要給宋曉琳 1000 元的房租。別說 1000 元了，讓他給 1500 元也行啊！第二天胡楊就搬了過來，正式開始了他和宋曉琳的同居生活。離開那個「青年公寓」的時候，他得意地對其他人說：「哥走了，過二人世界去了，你們就繼續住吧！」

就這樣他們二人過了一段時間的「小夫妻」生活。那可能是胡楊一生中最甜蜜的一段時光。雖然宋曉琳住的地方離胡楊上班的電腦城有一段距離，但還在胡楊的電瓶車的「射程」之內。宋曉琳甚至學著開始給

胡楊做晚飯了。每天晚上胡楊下班以後就第一時間衝回家，和宋曉琳一起吃晚飯，而宋曉琳去泡吧的時候也越來越少了。胡楊覺得，一切都在向著好的方向發展。他開始憧憬以後的生活。他覺得隨著網上購物的興起，電腦城正在走向衰落。相反，社區服務的機會越來越大。胡楊準備存點錢以後就在宋曉琳住的地方附近租一個小的鋪面，一邊賣些電腦零配件，一邊維修電腦。胡楊想隨便你的電腦在哪裡買，這電腦總有壞的時候嘛。就算硬件不壞，軟件出問題也是常事，所以社區服務應該大有前途，這就是所謂的賺「最後一公里」的錢。當然，他的店鋪也可以做點手機貼膜的生意，聽說貼膜利潤很高的。

　　在這份樸實而美好的憧憬中，胡楊似乎看到了未來他和宋曉琳的家：一個不大的房子，一起做飯，一起看電視，簡單而溫馨。宋曉琳去酒吧明顯去得少了，但有時拗不過姐妹們的邀約，也去一下。有天晚上宋曉琳讓他不用去酒吧接她了，說她和一個住附近的姐妹打車回來。但似乎出於一種奇怪的直覺，胡楊站在小區門口等著，親眼看見宋曉琳從一輛奔馳跑車裡下來。宋曉琳解釋說另外一個姐妹被人接走了不回家，她就搭了一個和她們一起喝酒的人的車回來，那人叫的代駕。她以前偶爾也搭別人的車回家的，這胡楊知道。但那天他不知道就怎麼的醋壇子打翻了，一怒之下打了宋曉琳一個耳光。也許在胡楊的心裡，宋曉琳的行為已經觸碰到了他的底線。當晚沒有溫存，只有冷戰，胡楊睡的沙發。第二天宋曉琳睡了一整天，飯也沒吃就去酒吧喝悶酒了。胡楊也賭氣沒有去接她。但是，一直到天亮了胡楊去上班，宋曉琳也沒有回來。

　　白天，胡楊覺得整顆心都是懸起的。難道是宋曉琳賭氣跟哪個男人跑了？如果是那樣自己別無選擇，只有和她分手了。但越想越覺得沒對，於是胡楊給依依打了一個電話，看宋曉琳是不是跑到依依那兒去了，之前宋曉琳給過他依依的電話。但依依說宋曉琳沒有去找她。胡楊想了半天不知道該找誰，打宋曉琳的電話一直是關機的。終於，胡楊想起他還有一個宋曉琳的姐妹的電話。撥通之後，這個姐妹說昨晚看見宋曉琳和一些不認識的人一起走的，看樣子她是喝多了，走路有點歪歪斜斜的。胡楊開始緊張起來，要不要報警？胡楊計劃下班後先回家看看，如果宋曉琳還沒有回來他就報案。

後來宋曉琳回來了。第二天早上，趁著胡楊不注意的時候，宋曉琳跳樓了。

　　胡楊發現宋曉琳跳樓的那一刻，他明白什麼叫「萬念俱灰」，他雖然一無所有，但多想和這個叫「宋曉琳」的女人在一起，多想給她一個家，一個不大的房子，一個讓她可以依靠的肩膀……

第二十六章

有人悲來有人喜

　　宋曉琳的葬禮辦得很簡單。她的父母去了，胡楊去了，還有她的一個姐妹去了，依依在聞道的陪同下也去了。雖然只和宋曉琳合租了一小段時間，但畢竟她們還算遠房親戚，而且一個曾經熟悉的人就這樣突然消失了還是讓依依非常悲痛。宋曉琳的父母，早已哭得不成人樣。還有什麼比白髮人送黑髮人更悲痛呢？依依和宋曉琳的姐妹不敢去看火化，聞道和胡楊陪著宋曉琳的父母去看了火化。不管人活著的時候再美再帥再有錢再風光，進火葬場都是一樣的。人生就是這樣，來時一絲不掛，去時一縷青菸。聞道看著宋曉琳的遺體被送進了焚化爐，她的母親哭得昏了過去，被她的父親攙扶著勉強沒有摔倒。走出火化室的大廳，依依問胡楊有什麼打算。胡楊滿臉胡碴，一下子就像老了十歲，他低沉不語，後來他淡淡地說他打算回他老家，這裡已經沒有什麼值得他留念的了。

　　離開火葬場，聞道先把宋曉琳的父母送回他們住的賓館，胡楊也下來了，說再陪陪他們。聞道接著送依依回家。一路上，依依一言不發，心情很沉重。聞道安慰她說，人死不能復生，節哀吧。活著的時候就珍惜自己所擁有的。依依點頭，轉過頭來說，聞哥，你真好。聞道專心地看著前面的道路，但是還是轉頭看了一眼依依，她的眼眶還含著淚花。到了依依家樓下，聞道停好車對依依說：「好好回去睡一覺吧，明天還要上班，睡一覺就好了。」依依說：「嗯，你也要回去好好休息一下，今天起來得早。」依依確實覺得頭重腳輕的，渾身無力。生命之輕，還是瓦罐

之重？可能只有經歷過生死才能知道。昨天還是一條鮮活的生命，也許第二天就會陰陽兩隔。你永遠不知道命運會如何捉弄人。有人說過，和生死這個問題比起來，一切問題都是小事。但聞道覺得他把真愛看得甚至比生死更重要。每個人終其一生都在尋找自己生命的意義，這絕不是來人間看一看這麼簡單。遺憾的是，可能很多人還真的只是來看了一看。

把依依送到家後，聞道給糖糖發信息，問：「你還好嗎？」糖糖很快回了：「還好。」聞道說：「和生死相比，其餘都是小事。」「怎麼今天這麼哲理？」糖糖問。「我剛參加了一個葬禮。」聞道說。「朋友？親戚？」糖糖問。「都不是。正是因為站在旁觀者的角度來看，所以才更有感觸。」聞道接著說，「我今天也思考了我們的問題。時間終會衝淡一切，那些恩怨情仇，最終都會消散在風中。任何激情最後都會退去，能變成親情，就是一種幸運。我現在這種情況，也不敢對你有任何奢求，我甘願和你直接到親情。」「詩人，乘客要上來了。」糖糖說。「嗯，你忙。」聞道說。

聞道正在沉思，銷售經理王豔打來電話，向他請假，說是要到北京去提車。王豔可真夠瘋狂的，聞道想。反正最近暫時也不忙，聞道當然同意了王豔的請加。上次開盤以後，王豔就在計算今年的獎金。如果永生之城今年能再開一個批次並且也能賣兩億元的話，那她今年稅前的獎金可以拿到 120 萬元，扣了稅幾十萬元也是隨便有的。換車！王豔早就想換車了，家裡的轎車已經開了幾年了，這次想換輛 SUV。王豔之前的車是一個國產品牌，這次下定了決心要上一個豪華品牌。選車是個痛苦的過程。寶馬車呢，當然好，但覺得太張揚了一點，老公在機關上班，給予否定。奔馳 GLK 呢，感覺外表太硬朗，內部以撥片換擋代替傳統換擋杆也不習慣；奔馳 ML300 缺少大的全景天窗，後排空間和奧迪 Q5 差不多，當然主要還是太貴了。沃爾沃 XC90 很早時曾感覺不錯，但 XC60 出來後感覺內部還是趕不上奧迪。奧迪 Q7 感覺太大，Q5 又感覺後排空間偏小。王豔兩口子先是重點看了大眾旗下的途銳，車不張揚，試駕後感覺其動力、空氣懸掛、操控感、內部裝飾和後排空間都挺滿意。但問題是太貴，純進口車。最近新聞在說進口車的國內售價比國外的售價高得多，甚至可達幾倍。萬一哪天發改委對進口汽車進行反壟斷調查和罰款，那這邊剛提途銳幾個月那邊就降價十幾萬元，豈不吃虧大了。看了半天，

第二十六章 有人悲來有人喜

王豔兩口子鎖定了奧迪的 Q5，覺得後排反正很少用到小點也無所謂，又感覺 Q5 比途銳的外表更帥氣。

但奧迪 Q5 這個車其實也是很有爭議的。優點就不說了，那肯定是一大堆，缺點除了「燒機油」以外，主要是有一部分車主認為買 Q5 性價比不高。在 30 萬元以上 40 來萬元這個價格，除了傳統的配置和性價比之外，品牌是非常重要的考慮因素。豪華車在購買價格上必然是貴的，這屏蔽了大部分的買家。其次，豪華車在養護費用上也是高昂的。人們買車是有很多原因的，絕對不僅僅是為了當交通工具那麼簡單，車子和人們對社會地位的印象是密切相關的。說到底，買豪華車的人為了讓自己的座駕和社會身分、經濟地位來個匹配。社會上的人們看你開什麼車，車開差了會被認為沒有實力，特別是在生意場上尤其如此。但為了這個匹配，人們需要承擔高額的價格和日後的費用。雖然說一分錢一分貨，但豪華車並非完全可靠。相對那些構造簡單的車子，豪華車的大小毛病都特別多。發動機燒油，車身致癌這些事情都有報導，在豪華車上哪個沒有點毛病、沒有點脾氣呢？

有偏激的車友認為，買奧迪 Q5 反而會降低你的社會地位。這個道理和抽菸是一樣的。有點錢的人喜歡的香菸是中華，普通人可能抽雙喜之類的要多一些。中華菸很貴，雖然就菸本身來說，效用和雙喜沒有太大差別，但價格是其好幾倍。中華分為軟盒和硬盒的兩個品種，軟盒硬盒只是包裝不同而已，硬盒的要便宜很多。但做生意的人一般不會抽硬盒的中華。為什麼？香菸不僅僅是給自己抽的，也是給外人看的。在吸菸領域，中華軟包就是標杆，就好像奧迪的 A8 和 Q7 一樣。如果你用了硬盒中華，周圍人會覺得不對勁，那你還不如換成雙喜，瞎擺譜會被人笑話：「那個抽硬盒中華的人」。同樣的道理，既然奧迪 A8 和 Q7 是標杆，那你開奧迪 A4 和 Q5 就有問題了。這說明你實力絕對不夠，至少自信心也不夠，格調還比較低。其實就說明你還沒有那麼多錢和主流富人站在同一個位置但你又非常想向上發展。簡單地說，這就是裝。

這個偏激的觀點認為，深入剖析下來，奧迪 Q5 屬於貧民上層的最愛，夢想之車！買了這部車，說明這個貧民終於邁入了中產階級，實現了一個自我認同。據說，社會中的每個階層都會按照自己的想像去模仿

上一個階層。Q5 雖然也是奧迪，但這是一廂情願的貧民上層的想法，它不是 A8，也不是 Q7。就像一個剛入商海的年輕人兜裡揣著硬盒中華一樣，老練的人一眼就能看出他的稚嫩。這些車友甚至認為，買奧迪 Q5 不如乾脆買一個同價位的 A6，給人的感覺還實在一些。

王豔覺得這些偏激的說法其實也有一定的道理。平心而論，在目前國內的汽車市場，同品牌同價位的車型相比較，轎車是要比 SUV 的舒適性和配置都要高得多的，這明顯和國外不一樣。沒辦法啊，國人心中都懷揣著一個「說走就走」的旅行夢，所以 SUV 目前在國內的熱銷雖然有不理性的成分，但卻也很好地體現了國內消費者的一種情懷。說 Q5 是一輛貧民偶像的車也罷，說它有各種問題也罷，這並不能妨礙它成為國內車市的「神車」。「加 5 萬元等半年」，是當前西京車市上 Q5 的普遍行情。是的，加價 5 萬元！一般車商都會在廠家給出的指導價的基礎上按照一定的優惠折扣來銷售，但這不適用於 Q5。加價買車，這不傻嗎？但就是喜歡，想買，這又有什麼辦法呢？認宰！其實這就是一個簡單的供需經濟學原理，想買 Q5 的人太多了，就圖兩條：奧迪，SUV。這可能注定會載入國內汽車消費發展的史冊，成為國內車市發展的最瘋狂的註腳。

經過多方打聽，王豔瞭解到北京的一家 4S 店 Q5 有現車銷售，顏色都已經不重要了，能買到就行。最關鍵的是，這家北京的店雖然也要求加 3 萬元，但只是要求選 3 萬元的裝飾，而不是純粹的加錢。這簡直太好了啊！雖然選裝的報價很昂貴，但畢竟不是直接白給錢嘛，心理上還是要舒服點。電話詳細諮詢了購車流程以後，王豔決定去北京提車。但如果異地提車的話辦理按揭有點麻煩。和老公商量了之後，王豔準備一次性付款，反正年底就要發獎金了。有錢，就是這麼任性！但問題是老公這幾天走不開，於是王豔準備千里走單騎，自己去北京把車提了再開會西京！這是真正的女漢子啊！聞道聽說後對王豔說：「加價 3 萬元買車太不劃算了。」王豔回答說：「加價 3 萬元算什麼？你知道不？路虎也新出了一款 SUV 車型叫極光，比奧迪 Q5 還小一點，60 萬元的車直接加價 20 萬元還要等半年提車，一樣有很多人買。那你說這些人是怎麼想的呢？」聞道確實不知道該怎麼回答這個問題了。難道這就是傳說中的「有錢任性」嗎？或者也可以看成是「人傻錢多」呢？反正自己喜歡就行吧，買

東西不都是這樣嗎？一個願打一個願挨罷了。

　　第二天王豔就飛到了北京，帶著銀行卡。在 4S 店辦完手續驅車出來已經是下午 3 點過了。由於王豔的預算有限，只能買低配的 Q5，但這並不能減少她的熱情。根據朋友的介紹，王豔去了一個汽配市場給她的「新歡」Q5 涮胎壓監測，又調了別的隱藏功能，像什麼運動指針和鎖車自動收後視鏡之類的。奧迪 Q5 的外觀、動力、音響、內飾都不錯，油耗比較低，晚上行車燈光也很亮，有點意外的是在高速路上方向盤有點偏硬，但 Q5 的性價比王豔是很滿意的。

　　折騰完畢，已經到了下午 6 點，由於怕晚上開車危險，所以王豔在北京睡了一晚，第二天直接上京石高速。王豔自早晨 6 點出發，過石家莊、邯鄲、進入河南段，中午 12 點過到了河南鄭州，在鄭州服務區吃了中午飯並趴在餐桌上小睡了一會。日漸西沉，進入西安段了，當晚只有在西安住。第三天，王豔繼續開車往西京趕，終於在晚上回到了西京。看到高速出口的「西京」兩個大字時，王豔忍不住哭了出來。她這麼折騰究竟是為了什麼？正如一句電影臺詞：「喜歡，那就是放肆！」

第二十七章

美女的煩惱

　　初冬，也許是西京最美的時節之一吧。遍布全城的銀杏樹葉全變黃了，金燦燦的非常好看，用滿城盡帶黃金甲來形容也不為過。說來也怪，樹葉為什麼黃了反而比綠的時候更好看呢？每年深秋和初冬都會有那麼一片一片的金黃闖入人們的眼睛，比「亂花漸欲迷人眼」更能迷惑人們的心。一片片黃色的銀杏葉，猶如一串串金色的風鈴，掛滿樹梢，沙沙作響，搖曳生姿。這些深秋裡的可愛精靈，就如同風中金色的蝴蝶翩翩起舞，裝點著人間秋色，演繹著金色浪漫。西京的銀杏樹在全國可都是出了名的，因為西京的氣候、濕度、溫度和日照，使得銀杏樹會很頻密的、很大範圍的在市內出現。每年葉子黃了的時候，兩邊的銀杏樹在陽光的照射下，都閃著金光。也許在一個拐彎處，也許在一抹紅牆邊，也許在一攤活水裡。在西京，你不用刻意尋找，銀杏樹往往會與你不期而遇。

　　然而，令人驚奇的是，西京的銀杏樹葉並不是同時變黃的，這跟海拔、溫度和光照都有關。郊縣的銀杏葉已經變成一片金黃，而市區的銀杏樹葉變黃的節奏似乎非常緩慢，有的甚至還是綠綠的。進入秋天，銀杏樹葉變黃的速度主要和光照、溫度有關係，海拔越高溫度越低，銀杏就黃得早點；同一個道理，郊縣的溫度比市區要低兩三度，所以就黃得早一些；而有的銀杏作為行道樹在路燈光照下的時間過長，也會減緩其變黃的速度；另外，沒有低溫的連續刺激也會減緩銀杏葉秋天變黃的

進程。

永生之城地處郊區，此時銀杏早已一片金黃。項目為了提升綠化的檔次，栽種了大量的銀杏。目前，這些銀杏顯然已經成了一個重要的景觀。項目的售樓部周邊，其實已經被打造成了一個約4000平方米的銀杏園，以銀杏樹為主要景觀，栽種了銀杏樹50餘株，形成了西京城北最大的一處銀杏林。在項目入口處的道路兩邊全是銀杏樹，樹的直徑和臉盆口徑差不多，植株高大，枝葉繁茂。幾百米的距離密密麻麻地排列著直徑在四十厘米左右的銀杏樹，樹高十幾米，樹頂都連在一起了，搭成了「棚」。此刻，永生之城的銀杏已經變黃，加上路邊的草坪芳草萋萋，兼有多種植物，景觀層次很好。為保留美景，項目物管方並沒有清掃凋落在路邊和草坪上的銀杏樹葉。很快，這裡的地上就累積了一大片銀杏樹葉。風一吹過，銀杏葉隨之「翩翩起舞」，美得如痴如醉，浪漫指數那必然是滿滿的。

每到這個時節，西京市內只要是銀杏聚集的地方，那必然會雲集眾多「長槍短炮」的攝影愛好者，而支起畫板的「畫家」們也不少。即使不拍照和畫畫，在一片片金黃的樹葉下曬曬太陽，那也是一種愜意的享受。這麼好的機會，聞道自然覺得不能浪費了，聚集人氣是營銷的第一要務。先把人帶過來，買不買再說嘛。王豔從北京開著她新買的愛車奧迪Q5回來以後，第二天聞道就召開了一個會，部署了一下和銀杏主題攝影有關的活動。其實很簡單，稍微宣傳一下即可。本來這個時節人們就喜歡到處攝影，聞道他們需要做的，只是提供一個場所而已。相對於市區那些銀杏聚集的地點而言，他們項目的優勢是銀杏集中，而且環境比市區要好，停車也方便。當然，人們總是喜歡去更新的地方，這可能是一種獵奇的心態吧。

任何營銷事件都需要炒作，這次銀杏攝影的活動也不例外。找來廣告公司和活動公司商量以後，聞道決定把這次攝影活動取名為「很黃很好攝」，這名字當然還是非常吸引眼球的。除了給攝影愛好者提供場所以外，活動公司還找來了專業的模特供人們拍攝，這自然滿足了很多攝影愛好者的某些心理。據說，現在拍攝模特已經成了一種產業，俗稱「私拍」。有專門的人和公司召集美女供人們拍攝。這些美女大多是兼職的模

特，也有少數是專業的。這種拍攝有時在室外，有時也在室內，或者按次收費，或者計時收費。至於這些「攝影師」們，則大多數都不是專業的攝影師，就圖個好玩，或者是為了滿足某種特殊的需求。

　　當然，聞道項目售樓部舉辦的攝影活動肯定是正規的拍攝活動。在一個週末，永生之城的售樓部引來了人潮。這裡儼然變成了攝影愛好者的天堂，扛著「長槍短炮」的攝影愛好者們痴迷在金黃的「海洋」中。不少市民專程拿著相機來到售樓部外，踏著已經飄落的黃葉，感受落葉紛飛的景色。因為銀杏，人們在陽光下興奮著，在一行行的金黃大樹下穿梭，驚起一地落葉在空中飛旋。可以想像，在金色「蝴蝶」翩翩起舞的小路上，一個清純的女子從此處經過，那該是多麼動人的一幕畫面啊！除了提供場地供人們自由拍攝之外，售樓部也向人們開放，供人們休息的同時，也順便展示沙盤和戶型圖從而宣傳項目。

　　雖然前來拍攝銀杏的人眾多，但是大多數人只是找找感覺罷了。要想拍得好，拍出既文藝又有大片範兒的照片，那當然還是很考手藝的。聞道自己也算小半個攝影愛好者，知道銀杏其實並不是那麼好拍的。通俗易懂的說，銀杏拍攝是一種典型的戶外拍攝。這還不是最關鍵的。雖然人們都衝著銀杏金黃的樹葉而來，但銀杏只是背景，拍攝的主體還是在於人。戶外人像攝影是有很多小竅門的，比如要手動對焦、對焦點放眼上、用RAW檔拍攝、攜帶灰卡校出正常白平衡、學會處理較強較硬光線、注意被拍攝者臉上的光影呈現，等等。可見，要想把美景美人收入相中，拍攝出專業級別的「黃金大片」，沒有一定的技巧是不行的。當然，大多數來的人也就是湊個熱鬧。

　　除了市民拍攝，這次活動的亮點自然還有聞道讓活動公司請的專業模特，當然這是要給錢的，算是營銷費用嘛。這七八個女模特還真是敬業。雖然天氣很冷，但這些模特們依舊用暴露的穿著吸引著「攝影師」們的閃光燈。聞道真擔心她們今天回去以後都會感冒，為了藝術，她們還真是蠻拼的。

　　在這些模特中，有一個女孩吸引了特別多的「攝影師」圍著她拍照。將近170厘米的身高再配上前凸後翹的身材，不知道耗光了多少相機的電池。這些圍著她瘋狂拍攝的「攝影師」們也真是專業，有的抵得很近拍，

第二十七章　美女的煩惱

有的墊了凳子從上往下拍，有的趴在地上從下往上拍。聞道看在眼裡笑在心裡。但這個模特的表情卻非常的淡定，看來這種場面她也是見得多了。只見她目光落向遠方，臉上露出職業化的微笑。拍了一會兒也許是冷了，這個女模特回到售樓部的休息室，披上大衣坐著休息。這時依依正好看到她，就給她倒了一杯熱咖啡端了過來。於是兩個女孩就聊了起來。

「我其實很想靠自己的才華生活。」她嘆了一口氣說，「但沒辦法，這個社會就這樣。自己沒錢，就只有靠男人，不外乎就是靠一個還是靠很多個的問題。」她對依依說，她每天都得抵住來自各個方面的誘惑，真擔心自己有一天會被這些誘惑擊垮，真的去做第三者或者做情人了。靠當模特能掙多少錢？辛辛苦苦的賺錢總也抵不過那些男人開出的價錢。雖然很多時候她都裝作很高傲，很不以為然，但其實誰不缺錢呢，特別是她這種家庭經濟條件不好的女孩子，有時候她真的很苦惱。「那你有什麼打算呢？」依依問她。「走一步看一步吧。」她嘆了一口氣。她說她其實真的希望憑自己的能力去做成一些事情，不希望靠走後門或是潛規則。但在這個競爭激烈的社會，真的太難了。她很多時候都覺得，父母雖然沒有給她優越的家庭環境，卻給了她姣好的面容和身材，這也算是一種恩賜吧。她雖然不認同，但也許最後她還是會找個有錢的男人嫁了吧。她也追求真正的愛情，希望以後能找一個愛她的男人，不是因為她的身材，而是愛她的一切。「我去擺造型去了，你看那些男士在寒風中等著也不容易。謝謝你的咖啡。」看著她遠去的背影，依依覺得心情很沉重。漂亮女孩的生活真的會有這麼難嗎？

第二十八章

擇一城終老，遇一人白首

聞道舉辦的「很黃很好攝」的銀杏攝影活動再次取得了圓滿的成功。項目人氣爆棚，售樓部裡諮詢的人也很多，售樓小姐們口水都說干了，樓書戶型圖等資料也發完了，需要立即加印。「守望郡」的一批次物業的熱銷，給了聞道信心。畢竟，在當前的市場環境下，賣什麼、怎麼賣，其實不太重要。只要有供應，就不愁沒有人接盤。人們似乎都瘋了，迫切地想把手裡的現金變成房產。沒錢的人借錢都要買房。這樣做有什麼意思呢？本質上房子不過就是一個住人的地方而已。對接下來的銷售安排，公司產生了分歧。當然，營銷的節奏需要根據工程來安排，並不是想賣就能賣。在早年行情不好的時候，樓盤都是現房銷售的。後來行情越來越好，開發商根本不需要把房子修好就能銷售。這其實是從香港傳到內地的，香港叫「樓花」，內地叫「期房」，和「現房」相區別。

買期房當然是有風險的。畢竟你交錢的時候看不到房子本身，只能聽開發商說。而且不同性質的產品，其預售條件對工程進度的要求也是不一樣的。比如低層住宅需要主體斷水，也有地方要求封頂的；高層住宅需要地下室地面蓋板，也就是俗稱的「正負零」，等等。現在擺在聞道面前的問題是，從工程上看，高端的小獨棟組團和低端的小戶型組團都已經就緒了，但是先開盤哪一個組團呢？上次「守望郡」的開盤已經體現了市場對永生之城這個項目的認可和期待，如果順勢開盤高端的別墅，那無疑是再下一城，可以把項目的調性推得很高。但問題是別墅由於總

價很高，所以客戶數量肯定是很難提高的。目前永生之城的人氣很旺，非常適合走量，至於高端牌可以留到以後再打。幾番討論以後，聞道提出先開盤小戶型產品的建議得到了通過。

按理說小戶型這種產品更適合設置在市區，在郊區一般都是舒適居住類型的產品。但是近年房價上漲很快，「剛需」也在向郊區轉移。幾年前3000多元的單價就能在西京的市區買房，還是好位置，而現在這個價格在郊區都買不到了。年輕人的收入這幾年漲了嗎？也許有漲的，但工資上漲的幅度和房價上漲的幅度相比那可能算是龜兔賽跑吧？「剛需出城」，這也是很多購房者沒有辦法的辦法。無奈也罷，誰讓他們早幾年沒買房呢？現在只能以距離換時間了。

話說當初永生之城在規劃這個剛需組團的時候，那還真是費盡腦筋。一般來說，一個樓盤裡的產品不能太雜，要避免差別太大的客戶住在一起。比如有的業主開瑪莎拉迪，有的業主又騎電瓶車，這樣大家都不舒服，也必然會影響銷售。但問題是永生之城的規模太大了，「大而全」也是一個現實的選擇，企業都追求利潤最大化嘛。設置一個純剛需組團公司內部倒沒有太大異議，但問題是把這個組團擺放在哪裡合適呢？聞道他們修改了很多次方案以後，最後的解決辦法是把這個純小戶型組團擺放在項目的主入口處。一方面，項目的主入口處人員和車輛進出都很多，難免灰塵和噪音都大，把高端產品放在這裡肯定會降低品質。另一方面，項目也需要一定的人氣支撐，總不能每天晚上黑燈瞎火，連一盞燈都沒有嘛。對於郊區的項目而言，人氣的支撐尤為重要。沒有一定的人氣，就沒有人敢在這裡開店，附近的商業配套也就很難發展起來，於是就更沒有人願意來住，這是一個惡性循環。所以，永生之城把項目主入口處的10畝地拿來修了兩棟高聳的塔樓，每一棟都有將近500個住房單位，這樣加起來就是1000戶了。這1000戶人住進來，當然社區自然就熱鬧了起來。那他們為什麼會住進來呢？買大戶型的一般都是多次置業的人，房子多，也不急著住進來。但來這買小戶型的一般都是初次置業的人，買了就要住。當然，不排除也有投資型的客戶，買來先暫時放那兒。但這種房子相對好租，一般也不會空置太久。

除了擋灰、擋噪音和提升社區人氣外，小戶型產品對利潤的貢獻也

是很大的。正是由於面積小而總價低,所以單價其實可以賣得貴一點,也一樣會有人來買。聞道就這個問題請教過陸教授。陸教授回答說,一種商品是提價還是降價對賣家更有利,主要是看這種商品的彈性。彈性是一個微觀經濟學的術語,簡單地說就是銷量對價格的敏感性。如果一種商品的彈性小,那麼漲價可以帶給賣家更高的利潤。相反的,如果一種商品的彈性大,那麼降價可以帶給賣家更多的利潤。通俗的說,彈性小,就是消費者沒得選,儘管漲價他們還是只有買。彈性大,就是消費者買不買無所謂,或者他們有更多的選擇,那這個時候誰漲價誰傻。

由於之前永生之城的調性都定得很高,為了不嚇跑潛在的消費者,這一次小戶型產品的宣傳聞道準備走親民路線。「經濟適用」是現在很流行的一種說法,大概是源於「經濟適用房」,後來則衍生到了很多領域。雖然從字面上理解,「經濟適用」就是指夠用就行,但實際上「經濟適用」可不是亂說的哦,它有著很高的門檻。最早流行起來的概念應該是「經濟適用男」吧,咱們不妨來看看條件。第一,從「硬件」來看,身高必須要168厘米以上,不高於182厘米,太高了也不好,雖然換燈泡的時候會方便一點;體重也要合適,介於65公斤到85公斤之間,這其實就規定了身材要合適;長相要求不高,發型也要普通,那種發型特別怪異的就算了。第二,文化程度要求至少是本科以上學歷。第三,收入要求月薪3000元以上10000元以下,關鍵是要無償上繳給老婆或者至少是AA制吧,謝絕小白臉。這一條中,甚至對職業也有要求,指出一般是從事教育、文化創意產業等職業的男子。第四,性格要求要溫和,要謙虛、謹慎、穩重、大方,還要有愛心、有耐心、有上進心,不能說粗話、髒話。第五,生活習慣上要求不吸菸、不喝酒、不泡吧,還不能隨便關手機玩消失。第六,要適當地做家務,關鍵是要會燒得一手好菜,滿足老婆的胃。最後,還不能花心,對待愛情要忠貞不渝,還得有擔當。

網友們紛紛表示這個要求太高了,滿足一條或幾條容易,要同時滿足可能只有在小說或電視劇裡才有。對這個標準,爭議還是很大的。網友們覺得,雖然由於地域差異,各地女性對男方身高體重等「硬指標」的數據認同並不一致,但不變的是錢要交給老婆打理、燒得一手好菜等指標,看來這算是「經濟適用男」的基本標配吧。但也有很多女網友覺

得，這個標準估計是男人定的，否則如果月薪只有3000元的話，只靠自己哪裡來的首付能力啊？還房貸也不太現實。還有很多網友表示對職業要求的標準太過偏頗，照這種要求，從事金融、行政、設計等良好職業的男生都沒法入圍了，太不科學。

有「經濟適用男」，自然就有「經濟適用女」，這是相匹配的一對概念。經濟適用女的概念存在著明顯的模仿經濟適用男的提法，但卻更讓人噴血。除了對身高158厘米到169厘米的要求以及體重43公斤到58公斤的要求之外，還特別提出了對胸的要求，一定要是「B2C」，就是B罩杯或C罩杯，大了小了都不行。這確實……外形要求一定要披肩長髮，那人家短髮的女生怎麼辦呢？對學歷的要求降了一點，要求專科以上就可以了。工作上要求月薪3000元到6000元。可能不算高薪，但有穩定的收入。性格上要求知書達理、不拜金、不花痴。家務上要求必須要會洗衣做飯。此外，專一勤快、不離不棄是必需的。這個標準被不少女網友吐槽條件「太嚴苛」。很多女生對這份標準只想說「呵呵」，表示這哪叫經濟適用女啊？除了學歷那項標準略低之外，簡直是標準的「白富美」了！大多數女生表示按照這個「經濟適用女」的標準，「經濟適用男」完全配不上。這樣的女生，找對象起碼得是月薪1萬元以上，有兩套以上市區大戶型住房，父母最好是企事業單位退休，身高要180厘米，長相要中等偏上，座駕也要30萬元以上的才行。

這些爭議讓聞道非常頭痛，他可不想產品推出來迎合了一部分人而又排斥了另外一部分人，最好是能有一個大多數人都能接受的提法。而且，千萬不要讓客戶誤認為他們這裡賣的是「經濟適用房」，那可就慘了！不過聞道覺得追求「經濟適用」是一個很好的社會風氣。以前很多男性都喜歡漂亮的女性，可現在越來越多的男性開始選擇有持家能力、不奢侈的女性為伴侶。以前很多女性都喜歡找大款，現在覺得還是要綜合考慮，錢不是唯一的要求，關鍵是要找靠譜的人。「經濟適用」直接反應了人們看待問題的深刻性，也間接說明人們思想覺悟的提高及社會的進步。聞道給陸教授打了一個電話想諮詢下「經濟適用」有沒有什麼學術上的解釋。陸教授想了想，覺得這可以用「約束條件下的最優化」來解釋。他說，理性的消費者會根據自己的預算約束來進行消費，優化配

置各種資源，以實現自身效用的最大化。通俗地說，就是有什麼樣的錢就過什麼樣的日子，奮鬥但不做不切實際的奢求。「經濟適用」其實是一種生活理念，把這個理解應用在找對象上也是一樣的。不要非找「高富帥」和「白富美」不可，只要是對自己「合適」的就行，擇一城終老，遇一人白首。

　　聞道覺得陸教授說得太好了！這次的主推廣語就是「擇一城終老，遇一人白首，尋找你的經濟適用愛巢」。這樣既避免了說「經濟適用男」，又避免了說「經濟適用女」，用一個「經濟適用愛巢」就很好地體現了所需要表達的全部含義。陸珞竹覺得聞道的這個想法挺好的，發了條短信鼓勵聞道，說：「想像力比知識更重要（Imagination is more important than knowledge）。」

第二十九章

邊買房，邊相親

　　由於永生之城本身已經有不小的名氣了，所以這次小戶型產品的銷售並沒有做太多宣傳，只需要把「擇一城終老，遇一人白首，尋找你的經濟適用愛巢」這句主推廣語在各大媒體和戶外廣告牌中投放出來就可以了。同時，聞道意識到網絡推廣越來越重要了，於是找了網絡推廣公司把這個題材在網絡上再炒作一下，反正也花不了多少錢。聞道迅速聯合廣告公司的人一起討論以後，聞道覺得乾脆把這個小戶型組團的推廣做成年輕人關於尋找「經濟適用愛巢」的相親大會。這樣，年輕人們既把對象找了又順便把房買了，這不也是做了一件好事嗎？

　　很快，西京全城的各大論壇都是鋪天蓋地的關於經濟適用愛巢的討論。首先咱得有愛，其次還得經濟適用。現在單身的青年男女買房大多數需要或多或少的依靠父母贊助一點首付。但是他們如果在看房的時候就擦出愛的火花，然後大家搭伙一起把房買了，這肯定也是更有利於資源整合的。或者男女各買一套小戶型，以後再換個大戶型。甚至可以兩人買緊挨著的兩套小戶型，裝修的時候把隔牆打了就連成一個中等戶型了。反正現在都是框架剪力牆的結構，只要不傷及承重牆，隔牆是可以打掉的。萬一，當然只是萬一，以後哪一天兩口子鬧分手了，只需要把打掉的隔牆又重新用磚頭砌起來，那又可以各過各的了。總之，自由組合，靈活搭配。

　　目前相親交友類的電視節目十分火爆。並且相親本來就是一個社會

熱點問題。聞道迅速聯繫了一家知名的相親交友網站，由他們組織會員來售樓部舉行相親活動。這其實是一個一石二鳥的高招。首先，這節省了很多營銷費用。聞道甚至不用在各大媒體上打太多廣告，因為相親交友網站本身就有著龐大的註冊會員。更為關鍵的是，這些會員已經是被相親網站甄別了一遍的，他們來該網站的目的性很強，這效果肯定比滿城無特定對象的投放廣告效果好。其次，聞道甚至還不用給相親網站費用，他們來這麼高端大氣上檔次的售樓部裡做活動自然是求之不得。很快，項目就和相親網站達成了協議，他們每個週末來售樓部裡舉行青年男女的相親活動，如果能通過在售樓部舉行的相親活動認識、結婚併購買小戶型產品的，項目就送愛琴海蜜月之旅的雙人往返機票。

　　相親活動本來就有相對固定的參與人群，把他們的活動安排到售樓部來，這使得普通的看房活動具有了特定的功能性。聞道覺得這種方式很好，以後應該多嘗試。不要為了營銷而營銷，而是應該把營銷融入生活當中，使之成為生活的一部分。別人來交男女朋友，順便就可以看房，覺得合適就買了，多好！看著很多青年男女來售樓部相親，聞道覺得這真的非常有趣。以前自己不是很理解相親這件事兒，聞道很相信緣分，遇到就遇到了，這是自己的事，那又為什麼非要把不認識的人撮合在一起認識呢？但看過幾場相親活動以後，聞道改變了這種看法：眼下相親活動盛行，的確是有群眾基礎的。

　　這個例子就非常典型。來售樓部參加活動的人群中有一個姓黃的小伙子給聞道留下了深刻的印象。他身高174厘米，在西京工作三年，典型的工科男，日子如流水帳一般，每天上班、下班。功夫不負有心人，他經過三年的奮鬥，終於買了車。再加上家裡的支持，他也湊夠買房的首付了。但他轉眼到了而立之年，仍然單身一人，家裡早就催了，心急如焚。他單身的原因非常典型：由於平時工作比較忙，週末又只休一天，本身圈子也比較小，再加上在男人扎堆的軟件園工作，遇到女孩子的機會不多。雖然小黃很想擺脫單身，但他一直對感情比較執著，奉行寧缺毋濫的原則。小黃感嘆人的一輩子很漫長，要找一個可以過一輩子的老婆，真不容易，而要找到合適的就更不容易。他不抽菸，不喝酒，不視頻聊天，也無不良嗜好。由於大學在外地讀書，所以許多以前的老同學

第二十九章　邊買房，邊相親

都沒有聯繫了，現在聯繫人家都已經有了家室，就更不會聯繫了，不方便嘛。父母由於生活圈子的局限，給他介紹的女朋友大都是初高中生，小黃覺得缺乏共同語言，也不了了之。所謂，人在江湖，身不由己啊。有時，他也在想，由於種種原因，緣分就像趕火車，錯過了這班還有下班。平時下班之後，他一個人在窩裡宅著，很難受、很沉悶。「難道我就這樣一輩子孤單下去嗎？」他常常這樣問自己。最讓他委屈的是，別人以為他條件不錯，見面就問他啥時結婚，每次他都是笑笑，其實他還是單身，有時「皇帝的女兒也愁嫁」。這道理聞道也知道，最怕的就是別人以為你這樣的人不會是單身。

當然，現在條件還不錯的青年男女單身的一個重要原因就是：喜歡的人不出現，而出現的人不喜歡。要遇到一個喜歡你而你也喜歡的人，太難了。很多男人有這樣的想法：總想出人頭地以後再和別人好好談戀愛，一步到位。小黃就是這樣的人。但隨著時間的推移，他發現如果他不成功，那難道這輩子就不結婚了嗎？有時，還是需要適當的主動。據說，成功往往偏向主動者。這些年，小黃一直被動，他覺得要找到兩個相互珍愛的人確實很難得。現在，他也想通了，他要真實地面對自己的感情，可以失敗，但絕不後悔。他說等他老的時候，他也要有回憶。那時，他可以驕傲地說，哥生活過，工作過，戀愛過。正所謂，有花堪折直須折，莫待無花空折枝！

人這輩子就怕一直比較忙，而錯過了沿途的風景，那就成了瞎忙。成家立業和事業同等重要。人們都希望在對的時間遇到對的人，但那真的太難了！很多人歷經了生活的磨難，才漸漸明白平平淡淡才是真，工作與生活要保持個平衡點。俗話說：寧可低調發霉，也要大膽戀愛。其實，找對象不應該被這麼多的條條框框所束縛，條件再好，長得再漂亮，不跟你一起過日子，又有什麼用。兩個人過日子，就是要考慮柴米油鹽，生活就是由許多瑣事構成的。小黃說女方要是特別嬌貴的話，跟他在一起也不會幸福，畢竟他不是「富二代」。他想找個能一起相互珍惜、相互尊重，共同創造美好未來的人。聞道問小黃為什麼他這麼年輕就有這種想法。他說他30歲了，不是才25歲。小黃說他只是個平凡人，只想追求穩穩的幸福，平淡的生活，畢竟平平淡淡才是真。她若不離不棄，我必

生死相依。他說不以結婚為目的的戀愛，他耗不起。女人的青春寶貴，但男人的青春也同樣寶貴。對於這一點，聞道不是很認同。聞道也是30歲，但畢竟聞道結過婚，知道這圍城內外的感覺。雖然油鹽柴米是很現實的生活，但在聞道的內心深處，他還是希望能擁有轟轟烈烈的愛情，以及愛得死去活來的那種感覺。當然，如果是和最愛的她在一起，那即使天天油鹽柴米也是幸福的。

　　聞道問小黃想找一個什麼樣的女孩呢？他說他要找個可以相守一輩子的女孩，要求學歷大學本科及其以上，身高160厘米以上，對感情執著，有穩定工作，對愛投入，三心二意的請繞行。此外，他還希望雙方能一起做家務，可以增進感情。哈哈，這要求其實不低哦。來售樓部相親的隊伍中，聞道覺得有個女孩和小黃就蠻般配的。這個女孩叫菲菲，23歲，在一家外企工作。她身高165厘米，體重50公斤，本科畢業。由於剛工作不久，月薪3000元左右，除了不會做飯，其餘都達標了。雖然聞道也看過一些關於婚戀的科學分析，說是要進行一種精確的「匹配」，但其實找對象除了各種量化的分析之外，最主要的還是得看雙方的感覺吧。聞道看他們兩人還挺聊得來的，便走過去半開玩笑半認真地說：「要是你們倆能成，憑結婚證我給你們向公司申請最高折扣！」

　　感覺，這是很奇妙的。一見鐘情，這聞道是信的。電光火石之間，你深愛我而我也深愛你，這其實是一種化學反應。日久不一定能夠生情，但卻一定可以見人心。但是，要雙方同時一見鐘情，這個概率有點小。有人說，愛上一個人，那就是親手交給對方一把刀，捅不捅你就看運氣了。飛蛾撲火知道嗎？就是這樣的感覺啊！人生中大多數事情都可以通過努力獲得成功，但感情除外。至於他和糖糖，聞道真的不敢多想，他不知道他們會怎樣發展，或者應該怎樣發展。他只想一心一意地對她好，就算不能和她在一起，也要默默地關心著她、守護她。哎，要是人沒有七情六慾就好了，就沒有這麼多煩惱。聞道每天隨時都想給糖糖發信息，又隨時都在翻看手機希望能收到糖糖的短信。他自己都覺得自己有點神經質了。願得一人心，白首不分離。但如果有了一人心了，那又該如何去爭取和她在一起，又如何才能白首不分離呢？

第二十九章　邊買房，邊相親

第三十章

大學生就業難

　　永生之城的剛需組團的銷售情況還不錯。雖然沒有像「守望郡」那樣一開盤就被搶光，但銷量還是可以的。郊區的小戶型本來就不好賣，聞道也沒有指望一開盤就能清盤。能這樣四平八穩的走量就可以了。倒是每週末的相親會把售樓部的人氣帶旺不少，不僅真的促成了剛需組團的一些交易，還順帶把項目其他產品的銷售帶動了一些。畢竟，來相親的也不一定就是小青年，離婚的或者鑽石王老五之類的也有。

　　這天，依依找到聞道，問他需不需要實習生。原來她有一個小她一屆的學妹，明年要畢業了，也想來西京找工作。聞道這才反應過來，又到了一年的招聘季了，學生們為了找個好工作，往往先要爭取好的實習機會。這一方面可以更好地瞭解企業，也可以讓企業更好地瞭解自己，實習干得好能顯著增加找到好工作的籌碼。如果實習企業正好是自己想留下來的企業，那實習結束留下來也正好合適。聞道覺得這點小忙他肯定是可以幫的，於是給人力資源部經理美美說了這件事。美美說這種實習公司以前也有過，但一般是不給工資的哦。聞道說能不能多少給一點嘛，美美想了下說工資肯定是沒法給的，沒有簽勞動合同不能發工資，但可以發一點交通補貼。聞道問「一點」是多少，美美說500元，如果干得好你們部門可以報銷一點通信費什麼的，但總額不能超過1000元。好吧，聞道直接給依依回復說可以來實習，給1000元。聞道覺得500元有點說不出口。「哇，還給1000元！我以前實習的時候都沒有給工資

呢!」依依高興地說。聞道很想問問她以前是在哪裡實習的,但一忙又忘了。

　　自打上次舉辦完孝文化論壇以後,聞道經常向陸教授請教一些問題,兩人一來二往成了朋友。雖然陸教授經常在家閉關不出門,但聞道還是逮著機會就找他一起吃飯。據說陸教授是很反感飯局的,但是和聞道吃飯他看成是朋友聚會,所以一般聞道約他他都會欣然前往,兩人還經常搶著買單。這天,聞道接到陸珞竹的電話,問他晚上有沒有時間一起吃個飯,聊聊最近的房地產形勢。聞道當然高興啊,正好看見依依,便想叫上依依一起去,不然她晚上還得一個人回去。雖然聞道覺得陸教授對依依是有好感的,但出於禮貌,他還是先問了陸教授帶上依依一起如何。陸珞竹爽快地說了句「當然好啊」。不知為何,聞道承認自己是很關心依依的,但卻是那種大哥哥式的關心,也想她能有一個好的歸宿。依依的男朋友聞道也聽她提起過,總覺得不靠譜。嘿嘿,聞道覺得其實如果陸教授和依依要是能在一起還挺好的。於是聞道對依依說,晚上他要和陸教授一起吃飯,問依依想不想一起去。依依也高興地說「好啊!」哈哈……多給他們製造機會吧,怎麼發展還是看他們自己了,聞道心想。

　　由於聞道他們項目在城北,陸教授住在城南,所以他們約在市中心的一個地方見。陸教授找了一家私房菜,在一個高層電梯公寓項目的頂層,一邊吃飯還可以一邊俯瞰西京夜景。聞道帶著依依趕到這裡,發現這其實就是一個住宅樓盤,當然是很高檔的那種。這個私房菜其實就是一個約200平方米的大套四戶型的精裝公寓,被老板租下來以後布置了桌椅就開成了私房菜。他們到的時候,發現陸教授已經坐那了。聞道連忙走上前去說道:「哎呀,陸教授,還讓您先到了啊!」「我也怕堵,先過來踩點嘛,哈哈。這家私房菜是我在網上看到的,評價很高。我一看位置離我們都合適,所以就訂了。」陸珞竹說。「嗯,不錯不錯!環境挺好的。依依你說呢?」聞道看了一眼依依說。「陸教授好!這裡環境挺好的,就是不知道菜的味道是不是和環境一樣好。」依依看到陸珞竹高興地說。聞道能看出來那是一種發自內心的開心。「You kown?」陸教授高興的時候喜歡說英語,這聞道是知道的。看來今天陸教授的心情也不錯。在「豪宅」裡面做商業,真的可行嗎?這進進出出的人流所帶來的嘈雜和安全

隱患，對居住品質的損害自然是不言而喻的。但存在即合理，業主可以去投訴，但作為顧客來說覺得在這裡吃飯挺不錯的，反正顧客又不住在這裡。

　　三人找了一個靠窗的桌子坐下。這是一個標準的四人桌，聞道本來想讓依依和陸教授坐在一排，但又覺得太突兀了，怕他倆不自在，於是還是他和依依坐在一排，而陸教授坐在自己對面。自然就好嘛。這家私房菜的菜品主要是中餐，但是居然還能做牛排，大家只能說這裡的大廚真牛。混搭著點了幾個菜，上菜還算快，菜上來大家立即吃了起來，都餓了。外面早已華燈初上，聞道透過窗戶看出去，大街上滿是汽車紅紅的尾燈。西京市區上下班高峰期，太堵！陸珞竹問了問聞道項目銷售的情況。聞道說那當然是好啊，又順便問了下陸珞竹這個行情還能持續多久。陸珞竹想了想說：「不可能有永遠單邊上行的市場。目前國內的房地產市場處於供不應求的狀態，但隨著需求的不斷消耗，總會有一個拐點出現的，這就是供需達到均衡的那一個狀態。如果未來出現供過於求的狀態，那房價還會下跌。」聞道問那會出現供過於求嗎？陸珞竹說：「目前中國的經濟雖然高速增長，但從結構上看，主要依賴投資拉動增長。什麼是投資？概括地說，投資就是犧牲現在的消費從而換取未來的更多消費。落實到生產上來看，投資必然會增加產能。當產能累積到一定程度，就會出現產能過剩。」陸珞竹夾了口菜接著說：「如果現在的經濟結構不改變，那麼未來中國一定會出現全行業的產能過剩，房地產也不例外。」

　　依依認真地聽著陸珞竹講話，似懂非懂，但她覺得陸珞竹說得很有道理。她突然問道：「陸教授，那你覺得現在大學生就業難也是過剩的體現嗎？」依依心想自己找工作的時候就不順利，現在她的師妹找工作更艱難，感覺就業市場的行情一年不如一年了。依依看新聞說，明年夏天全國將有 700 多萬大學生畢業，號稱「史上最難」就業季。陸珞竹說：「這個問題你還真問對人了，我前一段時間正好在做這方面的研究。」陸珞竹喝了一口水，接著說：「其實現在大學生就業難的問題，並不是一種絕對的勞動力供給過剩問題，而是一種相對的過剩，這是一種結構性的問題。」陸珞竹反問聞道和依依：「我們一方面看到目前大學生找工作難這

個現象的確存在，但另一方面我們也看到農民工、保姆就業很容易，而且現在新就業的大學畢業生的工資甚至比農民工和保姆都要低。這些是我們能觀察到的現象，但你們覺得這反應了什麼問題呢？」「我覺得說明社會對農民工和保姆的需求比大學生多。」聞道覺得從供需來考察市場總是沒錯的。「依依覺得呢？」陸珞竹看著依依說。「嗯？哦，我想的和聞哥想的差不多……」依依有點臉紅地低下了頭，她剛才其實走神了，她太喜歡看陸珞竹分析問題時的樣子了。

陸珞竹和聞道都笑了起來。陸珞竹接著說：「這確實反應了中國經濟的結構問題。長期以來，中國經濟的增長方式創造更多的是生產性崗位，給農民工提供了大量的就業機會，而即使是在經濟增長形勢較好的年份，大學生的就業崗位供給也不是很好。這說明，我們的經濟結構還停留在比較低端的層次，所以就業市場往往出現農民工、技術工人的『用工荒』，大學生卻出現了『就業難』的現象。中國的服務業增加值占 GDP 總量的 45%，美國的這一占比接近 80%，而服務業是大學生就業最多的領域。」「那也就是說，大學生就業難主要是因為服務業沒有發展起來？」聞道問。陸珞竹說：「其實也不是說中國的服務業不多，而是現代服務業還發展得不夠好。民以食為天，你們說中國的餐飲業發達不？但是像金融、貿易、諮詢、顧問、設計等需要『白領』的行業發展得還不夠好。加入 WTO 以來的這十年中國飛速發展以加工貿易為代表的製造業，成為了『世界工廠』，這需要大量的產業工人，俗稱『藍領』。而城市化的飛速發展又需要大量的建築工人，這就是農民工。所以目前給人的錯覺是技工和農民工比大學生還吃香。當然，近十多年來高校擴招，造成大學生畢業的人數大大增加，也加劇了這種供需不平衡的狀態。」

陸珞竹說：「前段時間我還專門去沿海城市做了調研。在沿海城市的工業園區，不少招聘大專甚至職業中專生的熟練技術工種月薪高達 6000 元，並長期招工。相反，能提供給大學生或更高學歷的人的工作崗位卻相對較少。就拿我自己裝修房子時的裝修師傅來說吧，那個電工師傅的收入最高，就是裝修的時候改電線什麼的。他多做幾個項目，一個月收入兩萬多元。這可是純收入哦，還不交稅的。」依依吐了吐舌頭。陸珞竹接著說：「『Made in China』體現了中國製造業的全球性地位，也反應出

中國產業發展現狀所決定的對技能型人才巨大的需求量。所以高校畢業生的就業困境其實就是這個就業的結構性矛盾的突出體現。」

「那這種情況會一直持續下去嗎？」依依關切地問。「當然不會啦，我們國家經濟的發展不可能永遠靠低端的加工製造業和城市化的投資來推動啊，到一定程度必然會轉型的。經濟結構的轉型和升級才是從根本上解決大學生就業難的必然要求，不過可能在較短時間內這種供需矛盾都還會存在。」陸珞竹說道。「哎，好難……以前的大學生被稱為天之驕子，畢業不愁找工作學校包分配，為什麼我們都趕不上好時代啊？」依依感嘆道。陸珞竹和聞道都笑了起來。聞道說：「你現在的工作不是挺好的嗎？正在逐漸走上正軌。」陸珞竹也說：「就是，不要氣餒嘛，每個時代都有那個時代的特徵，有危機也有機會。我也覺得你現在發展得挺好的啊，加油！」他們三人一起笑著碰了下杯。陸珞竹不喝酒，一是酒精過敏，二是據說酒精會降低智商。所以他們點的是一種無醇的起泡葡萄汁，反正不論從瓶子的外觀還是液體的顏色都和紅葡萄酒差不多。「來，祝依依工作順利，也祝聞總的項目大賣！」陸珞竹說。「祝陸教授論文發頂級期刊，股票天天漲！」聞道說。「這個我喜歡！」陸珞竹說。「祝陸教授身體健康！工作勞逸結合嘛。」依依也說。「你看依依多會關心人啊？哈哈哈！」聞道調侃道。三人都笑了起來。

第三十一章

心動就像過山車

陸珞竹、聞道和依依三人邊吃邊聊著天，這頓飯吃得還有點久。依依問道：「陸教授，你說現在什麼行業最賺錢呢？」陸珞竹思索了一下說道：「你這個問題不太好回答，一般來說任何行業的老板都比打工賺錢。所以我只能從行業的平均工資來回答你的問題。」「對對，我就是這個意思。」依依說。陸珞竹拿起酒杯，把裡面的無醇起泡葡萄汁搖晃了一下，喝了一口，說道：「我前段時間和一家招聘網站一起做了一個調研，所以比較清楚現在西京市各個行業的薪酬分佈情況。」聞道的興趣也來了，說：「快，說來聽聽！」「你們都是在準備跳槽嗎？」陸珞竹笑道。聞道嘿嘿笑道：「瞭解一下行情嘛。」陸珞竹說：「專業服務和諮詢行業是平均薪酬最高的，就是財會、法律、人力資源這些。」「那就是律師事務所、會計師事務所這些嗎？」依依問，她想起她有個同學畢業去了四大會計師事務所，起薪都是 8000 多元。「是的，這些行業從平均來看收入的確很高。」陸珞竹回答。

「那陸教授，我賣房的時候覺得西京的人都像不差錢一樣的，而且平時路上看到各種豪車也多，到底西京的收入水平在全國來看如何呢？」聞道問了一個非常專業的問題。「西京的收入水平還真不算低，平均月薪差不多在全國前十的位置，大概 5000 元出頭的水平。上海的平均月薪最高，7000 多元。北京和深圳緊隨其後，接近 7000 元的水平。」陸珞竹說。「我拖後腿了。」依依噘著嘴說。「你哪裡拖後腿了呢？你轉正以後不正好

5000元嗎？而且還沒算銷售的獎金。」聞道反駁她道。依依有點小調皮地說：「人家說的是拿到手的嘛，而且這獎金不是還沒發嗎？」陸珞竹說：「我說的可是稅前工資哦。」依依微微吐了下舌頭。聞道說：「陸教授，你說咱西京的平均收入沒比北上廣深低多少，但房價可比他們便宜太多了啊，那他們那兒的人們日子可咋過呢？」「這的確是個問題，所以說西京比較宜居呢。和西京平均薪酬相近的很多城市，比如南京、廈門等，房價都比西京高很多的。」陸珞竹說，「當然也不能光看平均薪酬，決定一個城市房價的因素有很多，比如經濟規模、人口數量、城市面積、外來人口比例、產業結構，甚至地形地貌，等等。不過總的來說，在一個房價不高而平均收入較高的城市生活，性價比是很高的。」

依依問：「陸教授，那是不是真的學歷越高收入就越高呢？」「你覺得碩士畢業生找工作相對於本科畢業生找工作如何呢」陸珞竹笑著反問依依。依依很高興陸教授還記得她是碩士畢業的，想了想說：「我大四時主要在準備考研，沒有主要把精力花在找工作上，感覺可能差別不是很大吧。」陸珞竹說：「這個問題的確個體差異很大：有本科生找到七八千的，也有碩士生找兩三千的。但是從平均數據來看，碩士的收入是最高的，這個不僅在國內，在國外也一樣。」「那博士呢？難道碩士的收入比博士還高嗎？」依依不解地問。「是啊！博士的收入應該更高吧？」聞道也問。陸珞竹笑著說：「不知道你們聽說過一個說法沒有，叫做『讀博窮三代，科研毀一生』。哈哈……」聞道和依依都笑了起來，聞道說：「這個說法我倒是沒有聽說過，但是我聽說過『攝影窮三代』的說法。」「差不多嘛。」陸珞竹接著說：「讀個博士要花少則三年，多則五年的時間，雖然多學了東西，但是也少了很多工作經驗的累積，這就是時間的機會成本。從國內外就業市場的大量數據可以發現，碩士是學歷和工作經驗最平衡的一種學歷，所以不僅在國內，在國外也具有最高的平均收入。」

「以前不都是說學歷越高越好嗎？」依依問。「以前還真是這樣。」陸珞竹說，「但是現在的企業都很實際。用人單位的招聘觀念由以往『重學歷』到『重實用』的轉變也是促成就業率與學歷『倒金字塔』現象出現的重要因素。讀了博士以後，除了工作經驗不足以外，普通企業不需要用到多麼高深的知識，這也限制了博士的就業面。當然，科研院所、高

校這些地方很多時候博士是門檻條件，所以這也不能一概而論。」聞道問：「您剛才說的這個『倒金字塔』現在是普遍現象嗎？」「也不能說普遍，但還的確比較常見。學歷越高，就業率越低，這肯定不是一個好現象。就業供求結構失衡、畢業生擇業心理預期不同、企業招聘趨於理性化等都已經成為了助推這一現象的主要因素。一些企業反而更傾向於招收本科畢業生。不少企業從職位需求角度認為本科生已經能滿足崗位本身的要求，而學歷越高，招工成本越高。」陸珞竹說，「我經常給我的學生說要注重研究的實用性，指導他們寫論文時也盡量做一些和社會生活結合比較緊密的選題，而避免研究一些較空的題目。當然社會發展也需要基礎理論的推動，但就我們這個財經類的專業來看，總的來說還是實際一些的研究更好，畢竟學生都有現實的就業壓力嘛。現在受全球經濟環境影響，國內大型企業招聘需求明顯下降，而中小企業高精尖技術崗位偏少，銷售、基層管理等通用類崗位偏多。用人單位推出的崗位質量不高、規模不大、待遇偏低、壓力較大的情況普遍，大學生們就業主動性和穩定性都有所下降。」陸珞竹喝了一口飲料接著說道：「現在很多學生考研其實是被動的考研，是想迴避一下暫時的就業困難，也許等畢業以後經濟形勢會有好轉。這樣做當然有道理，但經濟結構轉型非朝夕之功。所以與其寄希望於宏觀環境的改善，不如努力讓自己去適應當前的環境，提高自身綜合素質。」

　　時間不早了，他們三人準備回家。陸珞竹把單買了，聞道也沒和他搶，畢竟今天是他約的嘛，這也是一種禮貌。依依住的地方在陸珞竹回家的路線上，所以陸珞竹送她更順路一些。下樓各自取車後，聞道就自己開車走了。陸珞竹把依依帶到車前，為她拉開了副駕駛的車門。真紳士！依依心想。陸珞竹今天開的又是那臺特斯拉純電動轎車。一上車，依依就說：「哇！好大的屏幕。」確實，這就是這車的特點之一，中控臺有一塊碩大的立式屏幕，占了很大面積。陸珞竹一邊發動汽車一邊說：「當時買這車就是看中了這塊屏幕，可以一邊開車一邊上網看股票。當然，我是在等紅燈的時候看哈。雖然這車有一定的自動駕駛功能，但人還是專心開車更把穩一些。這不僅是對自己負責，也是對別人負責。」「怎麼個自動駕駛法呢？」依依好奇地問。陸珞竹用手指了一下後視鏡那

第三十一章　心動就像過山車

裡的攝像頭說：「這裡有一個攝像頭，在車頭的正前方還有一個紅外掃描器，可以探測到前方的人或車。然後在車頭和車尾的左右都有雷達，以及車道偏離報警等功能。但我覺得這些還是輔助駕駛的功能，主要還是得靠人自己開車，畢竟道路上的情況是瞬息萬變的。」

緩緩駛出停車場，此時的街道已經很空曠了，依依坐在車裡覺得非常安靜。「那您現在是兩輛車換著開嗎？」依依第一次單獨和陸珞竹坐得這麼近，有點緊張，這話她自己都覺得問得有點沒話找話。「我其實現在進市區的話一般都喜歡開這輛車，純電動嘛，低碳環保，現在咱們西京的空氣已經夠差了，作為一個非重工業城市，還經常上全國城市空氣污染排行榜的前十名，也真是醉了。」陸珞竹回答道。這個陸教授說話還挺潮的，真有趣，這句「真是醉了」可是現在很流行的網絡用語啊，依依心想。「想聽點什麼呢？我這裡有流行歌曲，也有鋼琴曲，當然，你要聽電臺也可以。」陸珞竹問。「鋼琴曲吧。」依依頭腦有點懵，隨口說了句。「好品位！我這裡有李斯特的鋼琴曲。說起鋼琴曲，人們一般喜歡聽莫扎特的，但我偏偏喜歡聽李斯特的，有一種別樣的情懷在裡面。當然，肖邦我也喜歡，維也納也不要那麼悲傷嘛，哈哈。」陸珞竹微笑著說。鋼琴曲的聲音緩緩響起，陸珞竹安靜地開著車，沒再說話。「陸教授，您平時忙嗎？」就這樣坐了一會，依依打破了沉默。「反正就是天天在家寫東西嘛，有課的時候就去學校上課。」陸珞竹回道。「還要炒股！」依依笑著說，她想起陸教授家裡的顯示器陣列。「對，對！一邊寫東西一邊看股票嘛，也不是隨時都需要操作。所以每個交易日的下午3點以前我都不想出門。」陸珞竹也笑了起來。

「陸教授，能講講您以前的女朋友麼？」依依小心翼翼地說。她也不明白為什麼她這麼想知道這個問題的答案。這一次，陸珞竹沒有像上次一樣眼中閃過一絲尷尬，可能大家都很熟了吧。陸珞竹平靜地說：「以前我交往過一個女孩，我以為她是我的女朋友。但後來她告訴我她有一個女朋友，所以不能和我在一起。我用了很多辦法也沒能改變她的取向，所以只好作罷。我出國讀博可能也算是一種逃避吧。這10年來我一直忙於學習和工作，你說我一天十幾個小時對著電腦，哪有時間去談戀愛嘛。其實以前也給你提到過，我也希望遇到自己的靈魂伴侶，可能她還沒出

現吧？」陸珞竹頓了一頓又說：「其實這事對我的打擊挺大的，我一般不想提這事。後來我看了很多感情經驗、愛情雞湯之類的書，我覺得現在我都快成情感專家了。以後你有什麼感情問題可以找我諮詢。」陸珞竹擠出一個笑容，說：「我的故事簡單吧？其實也沒什麼好說的。」依依聽完後覺得，這個故事，太複雜了！

很快就到了依依家樓下。距離太短！此時如果能堵一下車，其實也挺好的。陸珞竹靠邊停好車，看了看依依小區的門口有一點暗，說：「上去要注意安全哦。」「嗯，沒事，裡面有保安的。謝謝陸教授送我回家！」依依說。「沒事啦，我反正順路。」陸珞竹說。「那您也早點休息。」依依說罷打開車門，又補了一句，「到家了給我發條消息。」「好！」陸珞竹微笑著說，目送依依下車向著小區大門走去。

話說聞道想到讓陸教授送依依回家就忍不住發笑，以後要多給他們製造點機會單獨相處！哎，不知道糖糖現在在做什麼啊？又在哪裡「飛」呢？只要聞道知道糖糖在哪個城市，他都會馬上查一下當地的天氣，看看氣溫是多少度，有沒有大風暴雨之類的惡劣天氣等。雖然他隨時都想給她發信息，但還是覺得不要打擾她太多，就這樣安靜地關愛著她就好。不打擾就是我的溫柔，不是嗎？當然，他隨時都要掏出手機或電腦刷下糖糖在社交網絡上發的狀態，那是必須的。想著想著聞道就打開了糖糖的頁面，一看，喲，她發了一條「萬米高空的思念。」下面配了一張從飛機機艙拍出去的有雲的畫面。這是用手機飛行模式拍的？不是飛機上連飛行模式都不讓開的嗎？先不管這個了，聞道看到這條信息很激動，是糖糖發給他的嗎？於是聞道用顫抖的雙手給糖糖發了一條短信，說：「我自作多情的問一句，你是寫給我看的嗎？」然後聞道又發了一條：「很想你……」

過了許久糖糖都沒回，聞道都準備洗了睡了。突然糖糖給他回了一條：「你自私！」聞道傻眼了，她不是發錯人了吧？沒想到糖糖又發了一條來：「真想不理你了！」這下聞道可真的傻眼了！心情瞬間從山頂跌到了山谷。這必須得問清楚啊！於是聞道給糖糖回了一條：「我怎麼了嘛？我哪裡自私了？」一邊發聞道一邊在想，自己沒做什麼啊，怎麼會和「自私」二字沾上邊呢？而且自己為了糖糖願意付出一切，這可真的是真心

話啊，他又怎麼可能會自私呢？這可太冤枉自己了！過了一會，糖糖回道：「你和你的前妻有兩年之約，你讓我怎麼辦？你不僅對你的前妻自私，對我也自私。」「我哪裡對你自私了??」聞道回到，用了兩個問號。「守在你的關愛裡，我就無法前進。」這下聞道徹底傻眼了，不知道該怎麼回她了。

第三十二章

公交車驚魂

　　糖糖的話讓聞道如遭雷擊。震撼之餘，他卻又無法反駁。正好公司要安排人到外地出差考察樓市，聞道便主動報了名。本來聞道是不喜歡出差的，哎，當散心吧。公司組織了一批人去青島考察，據說當地同行有很多值得學習的做法。這次考察由公司負責銷售的副總裁，也就是聞道的直接上級，小牛總帶隊。據傳小牛總是公司董事長大牛總的親戚。雖然小牛總經常否認這層關係，但這個姓無疑就出賣了他，要不然大伙兒也不會大牛總、小牛總的叫了。小牛總這人，怎麼說呢？他繼承了大牛總喜歡女人的特性，但相比於大牛總喜歡追求出名的女人而言，小牛總更「親民」一些。聞道早就覺得他對依依有意思了，所以這次特意給依依安排了很多事情做，不讓她一起來。依依還噘了下嘴。哎，她以後就知道自己的良苦用心了，聞道想。小牛總除了好色以外，還特別貪財。由於董事長大牛總專門安排小牛總負責營銷相關的簽約，包括廣告投放的媒體和合作的廣告公司什麼的，這讓自己沒有一點油水可撈。上次墓地鬧鬼那事兒，聞道引薦了一個網絡推廣公司的白總和他簽約。後來白總私下向聞道抱怨說：「你們那個小牛總索要回扣太狠了！如果不是想到你們的項目大以後單子多，真不想和他合作！」聞道聽罷只能聳聳肩。

　　聞道要出差一周左右的時間，如果小牛總玩高興了，估計還得再延一周。聞道走後，依依只有自己先坐公交車再坐班車了。依依以前搭聞道的車還不覺得累，現在連續擠了幾天公交車才體會到上班遠了確實很

辛苦。其實坐公交車本身挺好的，低碳環保，但在上下班高峰時段坐公交那就是另外一回事了。第一，上下班高峰期，街道上特別堵。雖然寬一點的大道上都有公交專用道，但如果路口都堵死了，那公交車也過不去啊。所以在公交車站等公交車，而公交車能不能有規律的到達，就全靠運氣了。經常坐公交的人都有這種體會，基本上是你要等哪路車，那一路車就總是不來，而你不等的車又一輛接著一輛的來。第二，即使公交車在你望穿秋水的注目中來了，你會發現在高峰期公交車基本上是趟趟爆滿的，除非你是在始發站。於是，在一大堆等候的人群中，能不能擠上本來就已經擁擠不堪的公交車，這又得靠運氣。如果你想保持矜持，那還是等下一輛吧。第三，當你終於擠上了公交車之後，真正的考驗才開始。先找地方抓緊站穩，然後祈禱不要遇到兩種人。第一種人當然是小偷，這幾乎無處不在，公交車上特多。稍微一不注意，你的包就被割破了，手機不翼而飛，錢包會在某個公共廁所的下水道出現。運氣好的時候小偷會打電話給你讓你拿錢去換回身分證等證件。第二種人，就是讓眾美女聞風喪膽的變態吧。擠一下摸一下的「鹹豬手」都算普通了，運氣不好的塗抹膠水在你的秀髮上。看來現在的社會壓力的確太大了一些。總而言之，在非高峰期坐公交那不僅低碳環保，還可以體會一座城市的美。但如果在高峰期坐公交，那真的是靠運氣了。所以說很多並不是很富裕的人也非要買一輛車去添堵呢，至少，你有一個屬於你的私人空間吧。

　　這天晚上，依依稍微加了一下班，坐班車到市區已經9點了，幸好公交還沒有收班，要不然就得打車了。坐上高架的快速公交，終於不擠了，依依找了一個座位安靜地坐著。不知道聞哥在青島怎麼樣？總覺得他心事重重的，而且還日益嚴重了。這次他回來一定要好好問問他。聞哥是個好人，希望他能過得快樂。坐了一會，突然一聲巨響，公交車的一扇窗戶破碎了，玻璃濺得到處都是。公交司機立即緊急煞車，乘客們前俯後仰的，好幾個人還摔倒在了地上。大家驚魂未定，待車停穩，發現一位中年婦女捂著頭倒在地上，血正從額頭流出來。大家馬上叫了救護車。只見地上有一個巴掌大的鵝卵石。難道是其他車輛駛過碾壓激起的飛石嗎？公交車車窗玻璃被砸的一邊靠外，而外側沒有車輛通過。大

家都懷疑是人為破壞,有人故意扔石頭砸了公交車。於是大家又報了警。

等救護車趕來把那位受傷的中年婦女接走以後,警車也趕到了。於是警察叔叔給車上的乘客做了筆錄。「當時天很黑,只聽得到聲音,根本看不清楚飛石是從哪來的。」「當時右側後門的玻璃破碎成網狀,出現了雞蛋大小的洞。」大家七嘴八舌地說。依依也做了筆錄,說她當時正在想事情,突然就聽到「砰」的一聲響,然後司機就急煞車了,幸好她抓了扶手,要不然頭肯定碰到前面的座位去了。做完筆錄都10點半了,受傷的公交車還能開動,時間也晚了,所以司機還是繼續開,把大伙送到站,但是就不繼續上客了。

依依回到家,還覺得驚魂未定。是什麼人會向公交車扔石頭呢?剛才進小區的時候,依依看到物管在單元門口貼了通知,說近期在西京多個小區都有人尾隨單獨行走的女性進入電梯搶劫和施暴的,讓大家注意安全。依依不禁打了一個冷戰,這個小區該不會有吧?晚上睡覺的時候,依依老覺得那個落地的推拉窗外有人影晃動,害得她把燈開了一晚上,人也沒有睡好覺。

過了幾天,依依漸漸淡忘了那件公交車的事。這天下午,依依突然接到一個陌生電話,居然是派出所打來的。原來那天依依做了筆錄,留了電話,這是派出所的警官來通報案情進展的。這麼快就破案了!依依不禁感嘆警方破案的神速。原來這幾天警方在那天公交車被砸的現場附近埋伏,看到一個男子向公交車扔了石頭以後快速離開,便將其抓獲了。據說,該男子是因為沒有找到合適的工作壓力太大,於是扔石頭發洩。依依不免感慨。正好聞道打電話來問工作上的事情,依依便向他大概說了這事。聞道也很感慨,不過好在依依沒事。依依又給聞道說了一下她小區的那個告示,聞道說要不你在陽臺上裝一個報警器吧,這樣如果真有人爬上來馬上就會響,可以把壞人嚇跑。依依說好啊,但怎麼安裝呢?聞道問依依還記得上次去陸教授家看到的那種紅外線安防系統不?依依說好像有點印象。「那你去問問陸教授吧?你有他的電話嘛?或者我先給他說一聲也可以。」聞道說。「噢,不用麻煩你,我自己給他打電話就好了,我有他電話的。」依依說。掛了電話,聞道怎麼覺得自己都想笑呢?抑鬱的心情好像也好了一些。

第三十二章 公交車驚魂

第三十三章

單身是會上癮的

　　公交車被石頭砸的事情算是暫時告一段落了，但是小區的告示還貼著，這讓依依很有心理陰影。每到夜晚，看著窗外搖曳的燈影，總讓她心裡覺得不踏實。你說現在的電梯公寓，不裝防盜護欄吧，小偷輕易就能從外面爬進來。裝了吧，又確實很影響美觀。而且這是出租房，房東才懶得給你裝呢，他還要增加成本。此外，像這種落地的推拉式門窗，也很難裝防盜窗啊。依依每天都把落地的推拉門關得很緊，但這樣既不方便室內換氣，心裡也不踏實，畢竟和外面只隔了一層玻璃。依依想：這種戶型在設計的時候考慮過住戶的實際居住感受了麼？雖然依依反覆對自己說「不會有事的，不會有事的」，但是幾天下來，依依覺得自己都有點神經衰弱了，老是睡不好覺。依依想到聞道說的陸教授家安裝的那套紅外線安防系統，於是想問問陸教授在哪裡可以買到。

　　這天上午，依依終於鼓起勇氣給陸教授打了一個電話。不知怎麼的，她有點不好意思和陸教授單獨聯繫。「陸教授，您好！我想向您諮詢一下您家裡安裝的那套紅外線安防設備的事。您現在有空嗎？」依依說。「我有空啊。依依，你怎麼了？」陸珞竹關切地問道。於是依依大概給陸珞竹說了一下情況。陸珞竹問道：「依依，你的房間是什麼形狀，有多大面積呢？」依依說：「就是30多平方米的單間嘛，一個落地的推拉窗，外面是一個小陽臺。」「明白了。你下午幾點下班呢？大概多久能回家？」陸珞竹問道。「我們可能要6點才能下班，回到家估計7點過了。我得先坐班車

再坐公交。」依依說。「要不這樣，我白天幫你把設備買好，今晚就來給你安裝。」陸珞竹說。沒想到陸教授的效率這麼高，但他可是大忙人。「這樣會不會太耽擱您的時間了啊?」依依問。「沒事的，你這比較急嘛。不如我到你班車下車的地方等你，接了你然後再送你回家，這樣更方便一些。」陸珞竹說。於是依依把班車下車的地點告訴了陸教授，雙方就掛了電話。

　　快7點的時候，依依坐的班車才到達市區的上下車點。路上很堵，依依有點焦急的不時看看手錶。陸教授可是大忙人，這次可讓人家等久了啊。一下車，依依忙問陸珞竹在哪兒，陸珞竹說他在旁邊的一家星巴克咖啡廳。陸珞竹從落地的櫥窗看見依依走過來，高挑的身材、飄逸的長髮、精致的臉龐，讓人看得也是有些醉了。陸珞竹推門走了出來。看著陸珞竹拿著一個紙杯裝的咖啡，依依笑著問:「陸教授，這兒的咖啡怕沒有您自己做得好喝吧?」陸珞竹看了看手裡的咖啡杯，輕微的聳了聳肩說:「確實……」「陸教授久等了吧，真是不好意思啊……」依依說。「沒事的。設備我已經買好了，但如果要等到別人上門安裝的話，最早都得明天了，而且你又在上班。所以我帶了工具，待會我自己給你安裝好就是了。」陸珞竹說。「啊……那可真是太麻煩您了啊!安裝這個危險嗎?」依依心亂如麻，這真是太麻煩陸教授了。「很簡單的，就是要在牆上鑽幾個孔，其他就是一些簡單的設置。」陸珞竹接著說，「剛才我實在找不到地方停車了，就把車停在了旁邊的一個商場的停車場裡。要不咱們先去吃飯吧，這個點兒街上正是堵得最厲害的時候，我們吃了晚飯再回去正合適。」「好啊，那我們去哪裡吃呢?」依依問道。陸珞竹看了看旁邊，說道:「要不咱們去那家吧，看起來還不錯。」「好!」依依回答。於是兩人向著旁邊的一家餐廳走去。

　　一邊走著，依依一邊說:「陸教授，這頓飯可一定要我來請啊，今天可真是太麻煩您了!」陸珞竹微笑著說:「行!」二人來到餐廳門口，迎賓的禮儀小姐把他們帶到電梯門口，說道:「請上三樓。」這裡裝修得還有點金碧輝煌的感覺。陸珞竹說:「早知道我就直接把車停到這裡來了，這家餐廳門口有停車位。不過也沒什麼，待會我們就當散步走回去開車就是了。」依依說「嗯!」出了電梯，又有服務員把二人帶到用餐區，二人

第三十三章　單身是會上癮的

選了一個卡座。沒有靠窗的位置了，二人就找了一個靠牆的位置。這是一家中餐酒樓，裝修還比較有檔次，適合拿來做婚宴。服務員拿來菜單，依依說：「陸教授，要不還是您來點菜吧？」「行，那我就不客氣了。」說罷，陸珞竹接過菜單。現在稍微好一點的餐廳都用 iPad 來點菜了，非常流行。陸珞竹大概看了一下，這家店的菜還有點小貴呢，動不動都是兩、三百的菜品。「要不我還是按照涼菜、熱菜、湯和小吃來點吧？」陸珞竹問依依。依依笑著說：「好啊！我都可以的！」於是陸珞竹點了一個涼拌菜，兩個熱菜，一份小點心，然後給兩人各點了一小盅湯。「我點了山藥燉排骨湯，天冷給你補一補。」陸珞竹微笑著說。依依對這份菜單很滿意。其實陸珞竹都挑的比較便宜的家常菜，總不能讓人家小姑娘請客請得心痛嘛，哈哈。

　　酒樓裡空調開得挺熱的，二人都把外衣脫了。依依還穿著一件毛衣，但陸珞竹只穿了一件襯衣。依依留意到陸珞竹好像挺喜歡穿襯衣的，都是那種英式修身風格的，而且每次見到他絕不重複。依依知道這種襯衣的式樣叫 extra slim fit，即緊修身型，身材稍微偏胖一點的人是穿不上去的。「陸教授，您是『襯衣控』嗎？好像每次見到您時您都穿著不一樣的襯衣。」依依問道。「我有嗎？哈哈，也許吧。」陸珞竹笑道。「您一定有很多襯衣吧？」依依繼續問道。「我想想呢？其實我也沒有仔細數過，但估計幾十件還是有的吧，哈哈。」陸珞竹笑著說。依依覺得雖然陸教授平時看起來都是酷酷的，但其實熟了之後還是有些萌的，特別是他在說「哈哈」的時候。他雖然總體來說話不多，但說的話都是那麼真誠。要是自己……唉……

　　二人邊吃邊聊。依依突然問了一句：「陸教授，那您這麼多年就一直沒有遇到過讓您心動的女人嗎？」問了之後依依又覺得有些唐突，便補了一句：「我是隨便問問哈，如果您不想回答就算了，咱們繼續吃飯吧。」陸珞竹停下筷子，說道：「可能單身是會上癮的吧。一個人時間長了，久而久之就會變成習慣。會懶得戀愛，對愛情越來越挑剔，對朋友越來越重視，比以前更珍惜親情，更愛父母，會越來越喜歡聽歌，或者做自己喜歡並且能讓自己專注的事情。對所有的節日大多沒什麼期待，覺得日子過得無拘無束且自由自在。這樣不也挺好的嗎？」依依沒有再問。她其

實也不知道她心中希望陸珞竹怎麼來回答這個問題?「那您……現在是還在想著您交往過的那個女生嗎?你們還有聯繫嗎?」依依心想反正都問開了,乾脆再把那些她一直想問的問題都問出來算了,陸教授感覺還是一個非常好說話的人。

這一次,陸珞竹完全放下了筷子。完了,依依心想,陸教授肯定是生氣了,準備好道歉吧!「哎……」沒想到陸珞竹嘆了一口氣,說:「其實我一直不想再提起她。已經都這麼多年過去了,我現在覺得很平靜了,當年心中確實是波濤洶湧的。這事其實對我造成了很大的傷害,我甚至曾經還去看過心理醫生。記得那個醫生說:『時間終會衝淡一切,那些愛恨情仇,最終都會消散在風中。』我覺得他的話說了等於沒說啊。後來那醫生又說:『忘記一個人最好的辦法,就是愛上另外一個人。』這句話我覺得還稍微靠譜一點。有時我覺得我可能沒勇氣再愛了,心死了。」依依小聲地說:「那應該也有很多人愛慕您吧?」依依此時不覺臉紅到了耳根。陸珞竹被她突然的嬌羞給弄懵了,一下子釋懷了,說:「倒是經常都有人給我介紹對象,有些我實在推不開的關係,我也去相過幾次親,但實在找不到感覺,愛不起來。為了不耽擱人家,我也沒有繼續發展下去。而且你也看到了,我確實很忙,真沒時間去談戀愛啊。」「好吧……」依依心裡很感謝陸教授對她這麼坦誠,這些可都是心裡話啊。「我只知道她在上海。沒有聯繫了,也沒必要再聯繫了。有時不打擾,也是愛的一種表現。」陸珞竹說。這句話讓依依聽了覺得感覺很複雜,五味雜陳的,難道他還愛著她?陸珞竹好像也覺得這句話沒說對,忙補充道:「我意思是說,愛不是佔有,而是讓對方過得更好。」這句話依依非常認同。她想到自己的男朋友,唉,說不出來的味道。依依小心翼翼地問陸珞竹說:「陸教授,那你這麼多年都一個人,會覺得『空虛寂寞冷』嗎?」陸珞竹知道這是現在網上流行的說法,微笑著說:「我借用《百年孤獨》裡的一句話來回答你的這個問題吧:生命中曾經有過的所有燦爛,原來終究,都需要用寂寞來償還。」「哈哈……」隨後兩人都笑了起來。

「陸教授,如果當年你們沒有分開,我想你們一定都在一起幸福的生活了。就像您剛才所說的,既然您為了她的幸福甘願放手,那您自己也應該走出來尋找屬於自己的幸福啊。」依依說道。「我走出來了啊,早走

出來了。這些年我還看了很多情感方面的書呢，快成半個情感專家了，哈哈哈！」陸珞竹笑道。「A man can fail many times, but he isn't a failure until he begins to blame somebody else。」陸珞竹又說，「所以我從不抱怨她或是其他任何人，這些都是命吧。」「真的嗎？那我可要考考您哦！」依依看到陸珞竹笑了起來，她也很高興。「歡迎！你想問什麼？今天咱們就來上 lesson one。」陸珞竹說道。「哎喲，陸教授您上課我可是請不起的啊！」依依知道陸教授給商學院講課是以美元計算課時費的，這是聽聞道說的。在西京業內關於陸教授的傳說有很多。依依還聽聞道說過，有傳聞說陸教授在美國讀書時，還有中東地區石油國家的公主追求陸教授，想招他回去當駙馬，但被陸教授婉拒了。後來聞道還向陸教授求證過這事，陸珞竹說這也太誇張了，他從來沒有過阿拉伯國家的同學，印度同學倒是不少。「你今天不是要請我吃飯嗎？正好我給你講課了啊，哈哈。」陸珞竹說。「好啊好啊！那我們今天講什麼呢？」依依有點興奮起來了。「要不，我們今天就來講講同性戀吧。」陸珞竹說。

「啊？好突然的話題。」依依傻頭傻腦地笑起來。「怎麼？老師教什麼，學生還挑來挑去的啊？」陸珞竹笑著問。「沒有沒有，陸教授講的依依都愛聽。」依依說。一股甜蜜的味道悄然而至。

第三十四章

安防系統

這時，服務員把帳單拿了過來，依依拿過她的包準備付錢。突然，依依說道：「遭了，我的錢包放公司了！中午付了盒飯的錢就忘了裝回包裡了……」陸珞竹微笑著說道：「沒事啦，我來付就是了。」依依尷尬地說：「哎，太不好意思了……」陸珞竹說：「真的沒什麼，幸好你的錢包不是掉在外面了。裡面有證件嗎？」「有。」依依回答。「那明天一早去了就趕緊把錢包收好。」陸珞竹說。這時服務員問：「先生，請問您是刷卡還是付現金呢？」「刷卡吧。」陸珞竹打開錢包，拿出一張信用卡。服務員接過卡片看了一下說：「先生，您的這張黑鑽信用卡在我們這裡是可以打折的，可以享受8.5折優惠。」「是嗎？那正合適。」陸珞竹看了一眼依依微笑著說。依依這時只能不好意思地笑了一下。

二人出了餐廳，走了一小段路才到旁邊商場的停車場。今天陸珞竹開的是那輛魚子醬色的捷豹XJL。依依笑著問他今天怎麼沒開電瓶車呢？陸珞竹笑說昨天忘了給電馬兒充電了。來到依依家樓下，都快晚上9點了。陸珞竹找了一個地方把車停好，從後備廂拿出一套紅外線安防設備，和一個小工具箱，就和依依一起上了樓。這裡是類似酒店的走廊式佈局，進進出出的人其實對住戶的影響挺大的。但這也沒辦法，價格和品質只能取一個平衡吧。依依打開門，領陸珞竹進了門。進到屋裡，依依慌忙把被子整理好，早上出門急了沒有理。邊理依依邊說：「熱烈歡迎陸大教授光臨寒舍，這裡和您的大別墅可沒法比啊。」陸珞竹笑著說：

— 161 —

「房子不論大小，也就是一個睡覺的地方罷了，最重要的是要有家的感覺。」環顧四周，這裡除了一張雙人床，一個小沙發和一個小茶幾以外，好像也沒有其他什麼家具了。電器就一個掛在牆上的電視，可能就32寸那種。此外進門那兒有一個電磁爐和小冰箱。幸好還有一個空調，不然依依天天晚上不開門不開窗的可太難受了。

「陸教授，我去給您燒點水喝哈。」依依說著去拿電水壺燒水。「好的，謝謝。」陸珞竹說著打開安防系統的包裝盒子，拿出一套裝備出來。根據依依在電話裡描述的情況，陸珞竹配置了6個設備，包括3個廣角式紅外發射器和一個幕簾式紅外發射器，以及2個門磁。當然，還有一個系統的主機和警報器。陸珞竹一邊看說明書，一邊組裝和調試著設備，這6個設備都需要先和這個主機進行匹配才行。看著陸珞竹在那忙，依依的心裡突然湧出一股暖意。都說男人專注地做事的時候最迷人，依依似乎看得有點發神了。接著，陸珞竹又變戲法式的拿出一個手機卡，插入到了主機後面的一個插槽中。他對依依說：「這個主機需要接一個手機的GSM卡，這樣你不在的時候如果報警，這個主機會自動給你打電話，播放你預先設置的語音。你可以看著說明書多操作一下。」「嗯嗯……」依依也覺得自己剛才有點失態了。這時水燒開了，依依忙給陸珞竹倒了一杯水。

陸珞竹開始安裝了，他在進屋的大門和靠陽臺的推拉門處各安置了一個門磁，只要門磁沒有合上，就會觸發警報。這個門磁可以用雙面膠條粘在門框上，所以安裝最簡單。接著，需要安裝紅外線發射器，這個當然直接放地上也行，但如果要保證最好的效果，則最好安裝在離地約2米高的地方並朝著斜下方向。這個就需要用電鑽了，稍微麻煩一些。但問題是夠不著，需要墊高才行。幸好依依家還有一個小凳子，陸珞竹站上去勉強夠得著。依依怕陸珞竹摔著了，過來扶著陸珞竹的腿。陸珞竹說：「依依，我要開始鑽孔了，你把頭轉一邊去，有灰。」依依聽話的把頭轉了過去。陸珞竹鑽了三個孔，然後把膨脹螺釘敲了進去，接著就可以把幕簾式紅外線發射器用螺釘安裝上去了。接著陸珞竹又打開推拉門來到陽臺，在兩邊牆上各安裝了一個扇形的紅外線發射器。最後一個好像有一點多余，但陸珞竹還是把它安裝在了室內對著進屋的大門那個位

置的牆上，說是雙保險。

這就安裝完了！「看吧，真的不複雜。」陸珞竹邊說邊揉眼睛。「怎麼了？」依依連忙關切地問。「好像眼睛進灰了。今天我也大意了，我家裡有個防風護目鏡，今天忘帶了。」陸珞竹回答。依依笑著說：「哈哈，你家裡的這些小玩意兒還真多。來，我給你看看。」依依讓陸珞竹在沙發上坐下，然後讓陸珞竹把眼睛掰開看看。「好像是有點粉塵。」依依彎下身子看了看說，他看到陸珞竹的眼眶裡都要有眼淚水出來了，一下覺得心疼。「別動哈，我給你吹吹。」「嗯……」陸珞竹「嗯」了一聲算是回答。依依輕輕地向陸珞竹的眼睛吹了一口氣，然後又吹了一口。她覺得自己很緊張，呼吸都急促了起來，她也能感到陸珞竹的呼吸也有一些急促。這氣氛……「好些沒？」依依問。「好像好些了，你可真厲害。」陸珞竹轉了轉眼球說，「沒事，我回去點下眼藥水就好了。」吐氣如蘭，陸珞竹的頭腦裡想到了這個詞。

「來，我給你演示一下這套系統怎麼操作吧。」陸珞竹說。「好啊！」依依也很高興。陸珞竹帶著依依走到陽臺的推拉窗那裡，對依依說：「你的這個陽臺是布防的重點，因為這裡最容易被人爬上來。」依依噘了一下嘴，表示擔心。陸珞竹接著說：「因為賊可能從這邊也可能從那邊爬上來，所以我在兩邊都設置了一個扇形的紅外線發射器，只要有人來，必然會觸發警鈴。」陸珞竹走進屋，指著這個門磁說：「假設那人設法從外面把那兩個發射器都破壞了，他只要來開門，這個門磁一開，警鈴一樣會響。這也會提醒你不要忘了關門。再萬一他敲碎你的玻璃進來，這個安裝在室內的幕簾式的紅外線發射器也會讓他無處遁形。」陸珞竹又指了指進屋的門，說道：「大門那邊的情況也差不多。」依依不停地點頭，覺得這些真奇妙。陸珞竹又說：「當然，我們的首要目的是把壞人嚇跑。所以我把報警器放在靠推拉窗這裡，要爭取讓壞人剛爬上陽臺，警報器就響，一般來說他就會被嚇跑了。」「嗯嗯，就是，可千萬別進來……」依依擔心地說。

接著，陸珞竹從包裝盒裡拿出兩個像是鑰匙扣一樣的東西，說道：「這是遙控器，其實主要就是布防和解鎖這兩個功能。來試試？」「好！」依依興奮地說，她也想看看這套設備的效果，很期待啊。陸珞竹按下遙

第三十四章 安防系統

控器上的「布防」按鍵,由於二人就站在推拉窗邊上,所以立即觸發了警報。只見紅外線發射器一閃紅光,然後同時警報器就嗚嗚嗚地響了起來。響聲之大,讓陸珞竹都覺得刺耳。只見依依「哇」的一聲,撲到了陸珞竹的懷裡,她被這警報器的聲音嚇到了!陸珞竹慌忙按下「解鎖」鍵,讓巨大的警報聲停了下來。「不好意思,我剛才忘了調整音量了……」陸珞竹說。「嗯……就是,響聲好大……」但問題還不僅僅是那個巨大的鈴聲,而是依依還在他的懷裡,淡淡的發香飄進他的鼻中,而他的手不知道該往哪裡放……於是陸珞竹輕輕地拍了拍依依背上披肩的秀發,輕聲說:「沒事,我把音量調小一些就可以了。」「嗯……」依依也輕聲說。

　　陸珞竹走到安防系統的主機前,調小了警報器的音量。然後陸珞竹說:「這下好了。」陸珞竹看了看表,說:「額,時間不早了,我得回去了,我還有點東西要寫……」「我在說什麼?」陸珞竹心裡在說。「好吧,好像是不早了,今天耽擱你太多時間了,真不好意思……」依依一邊送陸珞竹出門一邊說。「沒事。你知道怎麼用了吧?」陸珞竹已經走到了門口。「知道了。改天一定要請你吃飯啊!」依依說。「好啊!今晚你可以好好睡。記得還是要把門關好。再見!」陸珞竹回頭看了一眼依依,就走了。「再見!」依依關上門,覺得心跳得很快,這就是所謂的心如鹿撞嗎?

　　陸珞竹來到車上,收到一條依依發來的短信。依依說:「你真好!到家給我發條信息哈。」陸珞竹深呼吸一口,回道:「我以前以為我的心已經死了。不知道還能不能活過來。」「好好開車。」依依回了一條。陸珞竹發動汽車,駛入了夜色之中。他打開天窗,讓冷風吹了進來。今天月亮還不錯。

第三十五章

應酬

聞道和小牛總一行從青島考察回來了。據說他們這一次考察最大的收穫，就是看到有樓盤的售樓部請穿比基尼的模特來迎賓。一看到依依，聞道就關切地問：「怎麼樣，你家裡裝安防設備了嗎？」「都裝好了，陸教授親自來給我安裝的。」依依高興地說。「那就好，這下你可以睡安穩覺了。你可得好好感謝人家陸教授啊？」聞道嘿嘿地笑了一下。「就是啊，我還說找時間請他吃飯呢？」依依說著微微低下頭，自己都覺得有點不好意思。「還找什麼時間，就今晚，我請客，正好有事情要向陸教授請教。」聞道說。這是真的，他聽到坊間傳的一些風聲說可能政府快出調控政策了，想問問陸教授的看法。但他也想趕緊吃了找個藉口先走，讓他們兩人繼續吃，哈哈。

中午的時候，聞道正準備約陸教授吃飯，他知道陸教授上午一般都要專心做研究和看股票，中午是個空擋。沒想到小牛總召集開會，說今天有重要的客戶要來，晚上營銷策劃部全體人員參與接待。他特別強調了「全體」，還看了依依一眼。聞道突然有種不好的預感，以前小牛總幾次讓聞道帶著依依出席應酬的活動，都被聞道以各種理由推托了。「哎，也罷，該來的終究會來，一直躲也不是辦法，還是讓依依學會面對這個複雜的社會吧。」聞道心想。開了會聞道才知道，來的是輥州一個炒房團的幾個代表。輥州炒房團在全國可都是如雷貫耳啊！他們買房，不是以套計算的，而一般都是以棟來計算的，至少也是以「單元」或「層」計

算的。聞道也不敢怠慢，今年的年終獎就指望他們了。他馬上在西京最好的夜總會「西京天堂」訂了一個豪華大包間。

　　下午，小牛總親自開著他的白色寶馬7系和公司的奔馳R系商務車一起去機場接輥州炒房團的人去了。聞道叫上策劃部的孫磊和高蕾蕾，銷售經理王豔和今天值班的5個售樓小姐，當然還有依依，大家分別乘坐幾輛車提前去「西京天堂」等候。售樓部今天看來只有提前關門了。下午5點聞道一行就已經到了會所了，但6點過小牛總才到。一進門小牛總就對聞道抱怨說：「今天路上太堵了！」然後又轉過身一臉堆笑地對著身後的人說：「幾位貴客，你們看，為了迎接你們，我把我們售樓部的美女們悉數叫來了，今天各位就先吃好耍好，然後明天到我們售樓部現場考察！」只見6個男人，魚貫而入。聞道忙招呼他們坐下。

　　聞道訂的是可以坐20個人的大包間，一張碩大的圓桌擺放了20張椅子。聞道一邊引他們進屋，小牛總一邊笑呵呵地說：「我必須要把6位男士先分開一下。今天我們間隔著坐，我在你們每位的身邊配一位美女。」說罷他向聞道使了一個眼色。聞道把5個售樓小姐分別安排在5個輥州客人身旁，但還剩一個怎麼辦呢？眾人自然把目光投向了依依。聞道忙說：「這是我的助理，我待會還要問她工作上的事情，她挨著我坐方便些。」說罷把依依拉到自己旁邊。小牛總白了一眼聞道，說：「待會我也要坐依依旁邊，聽聽你們的工作。」聞道說：「好。」說罷聞道對著高蕾蕾說：「蕾蕾，你陪下這位先生，好好給他介紹一下我們的項目。」高蕾蕾張了一下嘴巴，但「啊？」字沒有說出來，她還是走到剩下的那位輥州客人身邊坐下。孫磊自己走過去坐到了高蕾蕾的另一邊，看來他似乎挺緊張高蕾蕾的。聞道帶著依依也坐了下來，小牛總跑到依依的另一邊也坐下，王豔則在他的另一邊坐著。

　　場面稍微有一點冷，那幾個輥州客戶總體來說還比較正常，但其中有一個矮胖的「張總」特別活躍，喊在場的每一個女生都喊「媳婦」，不停地說：「瞧瞧，我的媳婦們多俊俏啊！」大家只有當他在活躍氣氛。坐在他旁邊的高蕾蕾只有不作聲，偶爾陪幾個笑。聞道心想，他如果只是占一下口舌上的便宜，倒也無妨，怕的就是那種喜歡動手動腳的人。但還真的是說什麼就來什麼啊，這個張總剛坐下來沒多久就開始左擁右抱

的，一會兒摟下左邊坐的高蕾蕾，一會兒又摸下右邊坐的一個售樓小姐的手。他還說他特別會看手相，邊說邊拉著高蕾蕾的手來看，說高蕾蕾即將要走桃花運了，說她命中的貴人就快來了，等等。不僅是高蕾蕾，那5個售樓小姐的手被他全看完了，幸好依依這邊隔得遠一些。

酒，是飯桌上必不可少的元素。這是中國的文化，無酒不歡，似乎不喝醉就不是朋友，不是朋友當然就談不成生意咯。這種場合一般啤酒不怎麼上得了臺面，小牛總直接叫了高檔白酒。小牛總是副總裁，自然由他先代表公司敬這幾位貴客。小牛總酒量好，這在公司是出名了的，據說他喝1斤白酒都可以。太誇張了！聞道想，敢情他這副總裁是喝出來的？不過還真有這個說法。據說當年大牛總創業的時候，小牛總就跟著他鞍前馬後的，來酒擋酒，來人擋人，為大牛總立下了汗馬功勞。所以現在公司步入穩步發展期了，大牛總便給了小牛總一個肥差，這也算是一種獎勵吧。他的上司小牛總都去敬了酒了，聞道自然也只能去挨個敬這6個人一輪。之後王豔也代表銷售部去敬了一輪。然後這6個人身邊坐的美女們再各自敬自己「負責」的那個客人。

看來是美酒養了身子，美女又養了眼，這些人開始吹牛了。那個張總看來還是這6個人裡面帶頭的，口氣真大。他說：「哎呀，你們西部的房價就是便宜啊。我們在北京上海，4萬元一平方米的房價我們都是一層一層的買，你們這裡的房價才幾千元，那我們不是只有一棟一棟的買了，要不然這錢怎麼花得出去啊？哈哈哈！」小牛總聽了可不樂意了，說：「張總，咱們西京雖然房價低，但人們的收入可不低哦，我們每次開盤都是幾個億幾個億的在賣。是不是啊？依依，你來給張總說下我們這幾個月的銷售數字。」說完小牛總把他的手放在依依的大腿上拍。依依想起前幾天還在整理資料，便說：「兩個億吧。」但是小牛總的手還放在依依的腿上，依依推也不是，不推也不是，於是她看了一眼聞道向他求助。聞道接過話說：「加上前兩個批次開的盤，今年10個億是隨便有的。」其實根本沒有，吹牛誰不會呢？反正這幾個人又無法核實。

看到小牛總還沒有把手拿開的意思，聞道便舉起酒杯，對小牛總說：「小牛總，我敬您一杯，感謝工作上的指導和支持。」然後聞道另一只手摟了摟依依的肩說：「雖然依依是我的助理，但實際上我們都很感謝您的

第三十五章 應酬

幫助，沒有小牛總的關心我們是肯定完不成銷售任務的。這一杯我干了，您隨意！」聞道特地強調了「我的」這二字。說罷聞道雙手舉杯一飲而盡。小牛總也喝了一口酒，意味深長地看著聞道。聞道此舉等於是在向他暗示依依是聞道的人。群居動物中的雄性都會用各種方式劃分勢力範圍，搶地盤、搶食物等。人其實也一樣。聞道竟敢搶他小牛總看上的獵物？這是在宣戰嗎？剛才小牛總把手放在依依的腿上，一方面是習慣了，另一方面也是在試探聞道的反應。小牛總當然不怕聞道，但是眼下他也需要能幹的人來做事，聞道可是做營銷策劃的高手。算了，不就一個女人嘛？他小牛總染指過的女人還少了？這次就算讓給他，這也算是籠絡人心吧。小牛總沒有再把手放在依依的腿上，而是轉身繼續和張總他們交談去了。依依感激地看了一眼聞道。聞道剛才摟著她肩膀的舉動讓她也挺詫異的，認識聞道這麼久，聞道從未對她有過任何形式的肢體接觸。

在場的幾個售樓小姐裡面，有一個叫肖紫雯的，屬於特別放得開、會來事兒的那種女孩。其他幾個售樓小姐都不怎麼敢接那個張總的話，只有這個肖紫雯敢大方與他「實質性的互動」。後來她和張總乾脆就「老公」「老婆」地叫了起來。「放得開」是銷售成功的重要技巧，雖然不是唯一的技巧。肖紫雯在售樓部可是很有名的，一方面因為她的業績突出，另一方面就是因為她「放得開」。據說有一次，一個開著保時捷的「富二代」來看房，本來其實也就是看著玩的，也不是很想買。肖紫雯下午接待了他，當天晚上就在一起了。第二天那個「富二代」就帶著他的父母來買了三套房。「富二代」不停地給他的父母說這個樓盤怎麼好怎麼好，反正父母就掏錢了。有這麼既漂亮又放得開的下屬，小牛總必然是兔子先吃窩邊草的。反正他不吃別人也會吃，還不如他先吃，所以小牛總當然早就已經吃過的了。這次肖紫雯和張總「老公」「老婆」地喊著，也有想氣氣小牛總的意思。但小牛總什麼場面沒有見識過的啊，他壓根就沒往心裡去。

他們飯吃得差不多了，自然是下一輪，轉戰KTV！

第三十六章

耳光

眾人此時已經喝了很多酒。雖然聞道為依依擋了很多酒，但她多多少少還是喝了一些。聞道知道，作為應酬來說，吃飯其實還不算什麼，真正的考驗是在後面——KTV 這個環節。「西京天堂」是一個娛樂綜合體，裡面什麼都有。眾人從吃飯的包間走向 KTV 包間，很多人已經偏偏倒倒了。張總不知道是真醉還是裝醉，一路摟著高蕾蕾在走。孫磊眼睛都要綠了，他也走過去幫著扶了一下那個張總。聞道想，如果孫磊確實是喜歡高蕾蕾的，那自己今天安排高蕾蕾坐在這個張總旁邊確實有點對不住他。但他又有什麼辦法呢？難道讓依依去陪嗎？這不是羊入虎口嗎？至少，高蕾蕾相比依依來說更有社會經驗一些吧？這樣想聞道心裡稍微好過一些。

到了 KTV 包間，眾人中的大多數男人要維持得體的坐相已經有一些困難了，女人要好不少。這是一個豪華包間，光 60 寸的電視屏幕都有兩個。服務員又拿了很多酒上來，這次拿的是洋酒。聞道知道這些人「應酬」的標準步驟是「吃飯→KTV→開房」，當然酒是必須貫穿始終的。哎，這風氣。他個人無力對抗這種不好的社會風氣，今晚他能保護好依依都不錯了。一般這種場合都會有幾個「麥霸」，由「麥霸」領銜，其他人附和著唱幾首就行了，反正只要有「麥霸」在就肯定不會冷場。小牛總發揮主人家好客的精神，先吼了一首，雖然難聽，但至少還是歌。之後張總開始拿著麥克風連唱了三首。哈哈，聞道一看他就覺得他是「麥

霸」，還果不其然！他雖然是麥霸，但他唱得⋯⋯那能叫歌嗎？說是鬼哭狼嚎還更貼切一點！由於小牛總堅持要求「保持隊形」，所以剛才陪坐的售樓小姐們現在仍然陪著剛才的客戶在坐，有一句沒一句的閒聊著。客戶去唱歌的時候，她們就兩三個人的坐在一起，這也算是一種自我保護吧。小牛總今天沒女人抱了，只能和王豔坐在一起。王豔三十好幾快四十歲了，自然沒有這些二十幾歲的小姑娘們搶手，但也還看得過去。小牛總還和王豔對唱了兩首歌。

　　這種場合，其實不外乎就是幾個人守著麥克風唱歌，另外的人玩色子輸了的喝酒。摟摟抱抱那是難免的。聞道其實很不喜歡這種場合，但他也不是剛踏入社會的小青年了，也變得麻木了。他努力隔在依依和那些人中間，不讓那些人有機會碰她。哎，難，真的難！張總這時可能是真的喝多了，他靠在高蕾蕾身邊，頭不時地倒向高蕾蕾，然後高蕾蕾又只有扶他一下。孫磊雖然在一邊玩色子，但眼睛還不時地瞟向這邊。這個張總不時地說他一見高蕾蕾就喜歡什麼的，說他一個人就要買這個項目的一棟樓，他們炒房團的其他人還可以再買幾棟什麼的。小牛總那可是聽在耳裡喜在心裡。雖說現在的行情好房子不愁賣，但是如果遇到這種大客戶，那意味著可以大大地加快銷售速度，根本沒有必要面對散客了。錢是有時間價值的，越早拿到手裡越好！

　　高蕾蕾平時就比較喜歡穿低胸的衣服，人家條件好，沒辦法，就是任性。雖然她也不是天天穿，但恰好今天就穿了一件低胸的毛衣。雖然她也披了一個圍巾遮掩一下，但畢竟這包間裡空調開得太熱了，她不經意間也把圍巾鬆了一下。這張總的眼睛就時不時地盯著她的胸看。剛才吃飯時他還只是摟摟高蕾蕾的肩膀，現在在KTV的包間裡他就更加放肆了，借著酒勁雙手摟著高蕾蕾的肩，頭也倒在她的肩上。高蕾蕾也還算鎮定，每次他倒過來，高蕾蕾就把他的手掰開，把他扶正靠在包間的沙發上。然後過了一會兒他又倒了下來，高蕾蕾接著又把他扶回去。這樣一來二去的多來幾次以後，大家也沒當回事了，甚至高蕾蕾自己也在笑。這一次張總又倒在高蕾蕾身上，高蕾蕾又像前幾次一樣把他的一只手拿開。誰料，他的這只手突然順著高蕾蕾的脖子滑過她的胸口伸了進去！是的，他的整只手都伸到了高蕾蕾的內衣裡面去了！只見他還在囈語，

說：「哇！」這下眾人都傻眼了！

高蕾蕾臉色一變，一把把他推開，一個耳光扇了過去。「啪！」眾人又傻眼了。這下怎麼收場？高蕾蕾拿起包和外衣，哭著衝了出去。孫磊恨了張總一眼，也跟著衝了出去。張總挨了一個耳光，似乎也清醒了一些，但他舉著手還在喊：「我買你一棟樓！」這個人確實太過分了！別說高蕾蕾了，就連聞道都想衝過去抽他幾嘴巴子！聞道當然想趁機結束了，但小牛總似乎還沒有走的意思，可能他根本不在乎高蕾蕾怎麼想，他只在乎得罪了大客戶影響銷售。肖紫雯還算機靈，她主動坐到了張總的身旁說：「喲，張總，這就是你不對了啊，你怎麼能把手伸到人家姑娘的內衣裡去呢？」張總本來還正在懊惱，但一看又來了一個更漂亮的，還是主動型的，自然又高興了起來，笑呵呵地說：「呀，是我媳婦兒來了啊，還是我的媳婦兒好！來，把哥陪高興了，哥買你一棟樓！」於是他和肖紫雯又喝了起來。聞道轉過身去對依依說：「依依，你去看看高蕾蕾怎麼樣了？」這句話是說給小牛總聽的，同時他給依依使了一個眼色。依依本來坐在那就難受，這下心領神會，拿起外套和包就跑了出去。聞道看了一眼小牛總，他也沒說什麼，畢竟這個理由非常恰當。一會兒，依依給聞道發來短信，說：「聞哥，我沒有看到高蕾蕾呢？怎麼辦？」聞道回道：「沒事，肯定是孫磊帶著她離開了，他倆可能在談朋友。你先回去吧，自己打個車，好好休息。」「噢，好吧，那聞哥你也小心。今天謝謝你幫我擋了那麼多的酒。」依依回道。「我沒事，你快點走吧，路上注意安全。」聞道回道。依依走了，他在心裡舒了一口氣。沒人願意讓自己在乎的女人來應酬。剛才他還在盤算，要是再拖得久了，乾脆發信息讓陸教授來接依依。但他又覺得這樣太唐突了，也不好，畢竟他也不清楚依依和陸教授現在到底發展到什麼樣的狀況了。

就這樣又過了一會兒，張總說：「沒意思。小牛總，我覺得你們這兒的姑娘放不開。」小牛總不解地問：「為什麼呢？」他心想人太過分了，剛剛才占了便宜。張總說：「在我們那，一般喝酒的時候喜歡玩脫衣服的游戲，誰劃拳輸了除了喝酒以外還要脫一件衣服。」眾人這下又傻眼了。這時除了肖紫雯以外的其他幾個售樓小姐都看著聞道，一臉的求助。王豔到還是一如既往的鎮定，聞道早就覺得她是個狠角色。這次聞道實在是

第三十六章 耳光

看不下去了，他走到小牛總身邊，耳語了幾句。小牛總輕聲說了聲「行」，然後對著張總他們說：「張總，這樣，姑娘們明天還要上班，要不然我們售樓部沒法開張了啊。我們讓她們先回去，我們繼續玩點更刺激的。」售樓小姐們求之不得，一下子就都逃之夭夭了。肖紫雯也起身準備離去。張總拉著她的手說：「媳婦兒，你這就丟下哥哥走了啊？」肖紫雯轉過身在他耳邊輕聲說：「你在我這真買了一棟樓，本小姐就讓你行使老公的權利。」說罷轉身離去，留下張大了嘴巴的張總。小牛總也湊到肖紫雯身邊輕聲說：「乖乖，今天感謝你了哦！改天我們好好敘敘舊！」說罷他在肖紫雯的臀部輕輕捏了一下。「討厭！」肖紫雯輕推了小牛總一下，然後拿起她的 LV 手包和巴寶莉的大衣走了出去。

在外面，售樓小姐們七嘴八舌地說開了。有的說：「老娘今天真是被摸慘了！」有的說：「那個壞蛋把我背後胸罩的扣都按開了！」不過她們還是一致覺得今天高蕾蕾最慘，唉！王豔沒怎麼說話，出了門後她還得找代駕。

包間裡面，小牛總按了「服務鍵」叫來服務生，說：「把老板娘叫來。」服務生說：「明白！」少頃，風韻猶存的老板娘帶著一隊年輕女孩走了進來。只見她們在電視牆前站成了一排，造型風格各異，有性感型的，有清純型的，有「cosplay」型的，等等。眾人一人找了一個，聞道給張總安排了兩個，都是性感豐滿類型的，他就好這口！這種場合聞道自己不叫肯定也不行，於是他看都沒看就隨便指了一個。這下張總來勁兒了，不僅左擁右抱，還可以左邊親一口右邊吻一下的。那兩個女孩看來也是老手，不停地給他灌酒。隔了一會兒，聞道收到依依的短信，說她已經到家了。這下聞道放心了，就猛喝了一口酒，然後就靠在沙發上裝睡。迷迷糊糊耳邊不時傳來嬉笑打罵的聲音，劃拳的聲音，碰杯的聲音，還有干吼唱歌的聲音。

不知過了多久，小牛總把聞道推醒，他剛才還真的睡著了！原來他們終於要結束了，聞道一看表都凌晨兩點了。據說他們剛才真的玩了脫衣服的游戲，那畫面真的是不忍直視。小牛總說：「你結下帳哈，我把客人送出去。他們要帶女孩出去，記得給服務員說把女孩的費用開成餐飲發票，費用從你的營銷費用裡出。」不過後來他一想，這確實也算是營銷

費用，和打廣告的本質作用是一樣的，都是為了賣房嘛！隨後小牛總又對聞道說：「剛才你睡著了是對了的，那張總……我在那簡直太尷尬了。」聞道心想，你都覺得尷尬，那可能是有點過了。小牛總出門的時候又說：「我覺得這筆單很有可能做成，回頭你好好跟一下。」我跟？我怎麼跟？聞道在心裡罵小牛總。不過也沒關係，他可以讓肖紫雯去跟嘛，這些事情其實就是一個你情我願的問題。

　　結帳的時候，聞道看到陪張總出抬的那兩個女孩回總服務臺拿東西，便對她們輕聲說：「晚上把他往死裡整，小費我這給夠！」

第三十七章

「土豪」的世界你不懂

　　第二天聞道一覺睡到11點，起來簡單收拾了一下就往售樓部趕。依依早來了，正常時間上的班。王豔也來得比他早一些，聞道讓她安排一下，下午那幾個輻州炒房團的代表還要來項目現場參觀。孫磊和高蕾蕾也早來了。聞道安慰了一下高蕾蕾，說下午接待的時候你就不去了，免得尷尬。高蕾蕾表現得還算正常，沒有暴跳如雷的罵聞道安排她去接待那個張總之類的。在衛生間裡看到孫磊，聞道說：「昨晚……」聞道本來是想說昨晚不好意思，讓高蕾蕾去陪了那個張總之類的話。沒想到孫磊搶先說：「聞哥，昨天可感謝你了！」聞道一下愣住了。原來孫磊追高蕾蕾有一陣了，高蕾蕾一直對他愛理不理的，但昨晚這事以後，孫磊追著高蕾蕾出去好好安慰了她一陣，高蕾蕾在他懷裡哭了。然後，然後他們就到酒店去了！這樣看來孫磊確實應該好好感謝聞道，是聞道給他創造了機會啊！孫磊一臉滿足地說：「哎喲，昨晚可太銷魂了……」高蕾蕾其實人還不錯，以前對聞道表示過好感，但被聞道冷處理了。「好好對人家高蕾蕾！」聞道嘆了一口氣，孫磊是什麼人他太清楚了。「聞哥，我這次可是認真的！」孫磊說。哎，便宜了這小子！

　　下午小牛總帶著輻州炒房團的那幾個代表來到售樓部，聞道安排售樓小姐們夾道歡迎。其實昨天陪他們的這5個售樓小姐今天不當班的，有另一組人，但是總不能昨天陪了客今天換其他人來接待看房嘛，那不是被白占便宜了？所以雖然昨晚那麼累，但今天她們沒有一個人請假，

這就叫「跟單」。聞道看到輻州炒房團只來了5個人，沒看到張總呢？於是他「關心」的問了一下：「張總怎麼沒來呢？」小牛總咳嗽了一聲，說張總今天身體不適，就由其他5位貴客來項目實地考查一下。聞道差一點笑出來，昨晚找的這兩個「公主」可真厲害啊，不知道她們後來是怎麼「款待」張總的？其實看房相對來說是很簡單的，都是走流程的事情。聞道先用投影儀放了PPT給他們介紹了項目的基本情況，然後售樓小姐們帶著他們看沙盤、看樣板房。在售樓部這樣的公共場合，他們的舉止也都還算老實。不過那個張總沒來，真不知道要是張總在這裡會是怎麼一種情況？

　　下午看完樣板房，公司的商務車就送輻州炒房團的人去了機場，張總直接在機場和他們會合。據說他們先不回輻州，而是繼續去西部的另一個城市考察。這次公司也是拿出了最大的誠意，直接給他們九二折的團購價，這種優惠在當前的市場環境下是罕見的。小牛總讓參與接待的售樓小姐們一定要用心跟單，如果成了顯然她們的提成是相當可觀的。聞道私下對肖紫雯說：「那個張總的單，如果你願意的話，就還是你來跟吧。但他是什麼樣的人，昨晚你也看到了。」肖紫雯微笑著說：「沒事的，他這樣的男人我見多了。聞哥，要是這單做成了，我可要好好地感謝你喲。」「你請我吃頓飯就可以了。」聞道也微笑著說。他在心裡嘆了一口氣。不得不承認，肖紫雯的微笑是非常迷人的，但可惜他不是那種「放得開」的人，所以她的好意他也只有心領了。「那好啊，你想吃什麼都行！」肖紫雯說罷轉身離開了，還嫵媚地給聞道眨了一下眼睛。

　　輻州炒房團的事暫時告一段落，據說那個張總是小牛總的一個「土豪」朋友引見的，難怪他最近這麼得意。以前，大牛總是非常賞識聞道在營銷策劃上的才干的，但小牛總經常頗有微詞，覺得這些來得太慢，他總覺得營銷應該另闢蹊徑。現在看來，小牛總所指的捷徑，就是做類似輻州炒房團這樣的「『土豪』營銷」吧？這天，小牛總讓聞道舉行一個營銷策劃部全體人員參加的內部學習會，專門研究「土豪」營銷，說他也要來參加。於是聞道布置了下去，每人都提前做一些功課。他也不能否認小牛總的這一套方法還是有效果，反正房子能賣出去就行，怎麼賣不重要，都是拿提成，他又何必和小牛總這麼較真呢？

下午，營銷策劃部的全體人員加售樓小姐們齊聚公司的會議室，連今天休假的售樓小姐都被叫來了。不過，這事關她們的提成，這可是大事，她們也沒有抱怨。開會本來是很煩的事情，但和這麼多美女在一起開會，好像也不是那麼心煩了？大家閒聊著等了一會兒，小牛總帶著一臉倦容走進了會議室。聞道開始主持這個討論會，他說：「好吧，咱們開始今天的討論會。大家先來說說什麼是「土豪」？你們對「土豪」有什麼樣的認識呢？」於是大伙兒七嘴八舌地說開了。毫無懸念，大家一致認為「有錢」，必須是成為「土豪」的先決條件，沒錢裝什麼裝呢？但顯然光有錢還不行。如果光有錢但人很摳門，那也不是「豪」。要成為「土豪」，除了有錢，還必須「任性」。什麼叫任性呢？售樓小姐小麗說，她前陣子去參加初中同學會，她的一位初中同學給每個來參會的同學發了一個最新的「iPhone 5S」。大家都「哇」了起來，好羨慕，感覺要是有這樣一個同學就太幸福了。大伙兒一致同意這就是「任性」！小麗接著說：「以前他還追求過我，被我拒絕了。那時他成績又差，家裡也窮，長得也一般，哎……」有人安慰她說現在還有機會，同學會不就是「拆散一對是一對」麼？

另一個售樓小姐小娟說：「你那個送手機的故事還不算什麼，我這個案例才叫絕。」小娟說，前陣她有一個客戶來看大戶型，看了覺得很喜歡，但是覺得住起太孤獨了，本來就在郊區，不好玩。那天天氣特別冷，襯托著這個客戶的話，顯得特別應景。這個客戶對小娟說：「你看這種天氣住這麼大的房子，連個牌友都找不到，那多難受啊……」眼看就要失去這個客戶了。這時，小娟靈機一動，想起她以前接待過的一個客戶，好像也提過打牌的事情，便說：「哥，我有一個客戶也喜歡打牌，要不我給你們約約？」隨後，小娟抱著饒幸的心情給那個客戶打了一個電話，其實她也沒有抱希望這個客戶會來，畢竟這也太唐突了。沒想到這個客戶聽了很高興，馬上開著他的豪車就要趕過來。這連小娟自己都驚呆了，於是和正在看房的這個大哥在售樓部裡一邊喝咖啡一邊等。一會兒以前那個客戶來了，他們相聊甚歡，說「正好我也找不到牌友，以後咱們上下樓的方便！」於是兩人定了同一個單元的兩套房，刷了訂金以後這兩人互留了電話，開開心心地走了……看著他們離去的背影，小娟突然覺得牌

友是如此的重要啊!

聞道覺得小娟的這個案例非常好!他高度肯定了小娟的做法。聞道說:「雖然現在的市場行情很好,但咱們不能總是守株待兔,不然一旦行情下行就只有等死,一定要有憂患意識!」的確,現在國內的房地產市場行情那是高歌猛進,但聞道其實心裡一直是懸著的,他總覺得不可能有單邊上漲的市場,何況現在已經有國家將出嚴厲調控措施的傳聞了。未來行情如果變差,那又應該怎麼賣房呢?聞道接著說:「大家平時在接待客戶的時候,一定要注意這是一個雙向的互動過程。咱們不僅要向客戶介紹項目,也要瞭解客戶的需求和特徵。剛才小娟講的這個案例,就是一個典型的客戶特徵的匹配。雖然她可能只是無心插柳地說了一句話,但已經顯示出了客戶愛好匹配的威力,畢竟這一下子就促成了兩筆大戶型的成交啊!」大家紛紛向小娟表示祝賀,小娟自己也很得意,感激地看著聞道。

討論繼續。王豔顯然是做了充分的準備,只見她打開筆記本電腦,說道:「『有錢』和『任性』是『土豪』的基本特徵,但還不是唯一特徵。據一些社會調查顯示,『土豪』們最喜歡找公務員和老師當老婆,最排斥從事銷售、公關、模特職業的女性。」聽到這個售樓小姐們紛紛噘嘴,表示不滿,聞道示意她們保持安靜。王豔接著說:「至於要有多少錢才叫『有錢』?這個沒有一個定數,但一個通行的說法是至少要有幾百萬元的現金或等價的股票等流動性強的資產才行。光有房產等固定資產還不行。」大家紛紛表示不解,有個幾百萬元的房產不也是一回事嗎?王豔解釋說:「從家庭資產的角度看,有幾百萬元現金和有幾百萬元房產的確是一樣的。但站在咱們做銷售的角度來看,這可就大不一樣了。北京、上海的房價貴,那裡有一套房的人多了去了,家家的房子都值幾百萬元。但他們有多少消費能力呢?我們需要的是他們的消費能力,而不是他們帳面上的固定資產,所以現金或等值有價證券的價值更大。」聞道雖然不能完全認同王豔的觀點,因為也有賣了房來換房的人,但你不能否認她說得很有道理。聞道知道王豔說的其實就是所謂的「高淨值人士」,即有大量可供投資的流動性資產的人。「至於『任性』,這體現了一種消費的隨意性,簡單地說就是不把錢當錢。比如看到新聞說另外一個城市的一

家餐廳味道好，馬上就訂機票『飛』過去吃。顯然，『任性』的客戶對我們來說更有價值，因為你更容易打動他，讓他買單。太過精明的客戶什麼都要精打細算，他們來售樓部時其實什麼都已經想好了，你花再多時間給他介紹項目什麼的都沒有用。」聞道不得不承認，王豔信奉的就是超級實用主義。簡單地說，就是對她有用的，她才會花功夫。

　　聞道也補充了一句，他說：「現在的『土豪』的特點正在發生深刻的變化，這其實也能反應出我們這個時代的特徵。具體來說，有以下這麼幾點需要我們注意：第一，從戴金項鏈變成了戴佛珠；第二，從喝白酒轉變為喝紅酒；第三，從西裝領帶變成了麻衣布鞋；第四，從『搓』麻將改為打高爾夫。」聞道頓了頓接著說道，「大家別著急，還有幾條。第五，從開奔馳改為騎自行車；第六，從投資夜總會變成投資拍電影；第七，從結交狐朋狗友變成了參加 EMBA 同學會；第八，從流裡流氣變成得佛裡佛氣。」大家都鼓掌表示說得太精闢了！其實聞道在說的時候心裡一直想著大牛總，他不就是一個標準的新時代「土豪」嗎？

　　這時，小牛總發話了，他說：「你們說了這麼多，究竟怎麼才能促進我們的銷售呢？」小牛總環顧了一下四周，嚴肅地說：「我看這樣，就在我們售樓部旁的恒溫游泳池搞一個『土豪』派對，把西京的『土豪』們都請來！」游泳池……聞道心想：這個滑頭的小牛總肯定是想把在青島學到的經驗「移植」過來了。

第三十八章

一夜勁銷 5 個億

依依從回憶中回過神來。這一切仿佛就是在做夢啊!

晚會的自由活動時間自然是飲酒狂歡。在一堆穿著比基尼美女中,公司的售樓小姐們身著得體的職業套裝,認真的為客戶介紹著項目,並適時地催促其下單。期間,有的模特們跳下泳池玩游戲,有人一不小心把紅酒倒在了模特的身上,然後找來紙巾幫她們擦干,引來一陣陣的「討厭」聲。聞道覺得他讓售樓小姐們今晚穿正裝的決定太英明了,「土豪」們的注意力都在性感的泳裝模特身上去了。此時售樓小姐們的職業套裝就是對她們最好的保護,反正今晚聞道還沒有看到哪個「土豪」去騷擾公司的售樓小姐們。大牛總果然把那個 25 萬元拍下的手包送給了電視臺的女主持人,然後讓司機開著他的賓利先把她送走了。

那個開輝騰的大哥還真的下了訂單,認購了一套 500 平方米的獨棟別墅。但是當在確定兩個參加愛琴海豪華遊的人的名單的時候,大哥犯難了,因為他今晚可是邀請的兩條「美人魚」啊!好在聞道反應快,他對大哥說這個都是由旅行社負責統籌的,大哥自己可以再補一個人的錢。這下就把這事情解決了不是?大哥一左一右地摟著換好衣服的兩條「美人魚」走到門口,保安已經為他找好了酒後代駕。再高興也不能酒後駕車啊!只是不知道他們會開到哪裡去?聞道看到蜜蜜也在向售樓小姐瞭解情況,便走過去和她聊聊天。蜜蜜說:「聞哥,你們這個 400 平方米的小獨棟別墅我好喜歡,但是我還需要和我父母商量一下。」「那好啊,不

過這個限時優惠只限今晚哦，這是公司定的政策，我也不好隨便改變。」聞道這確實說的是實話，如果銷售政策隨便變，那不就亂套了嗎。「啊？這⋯⋯」蜜蜜好像有點不高興了。聞道又說：「如果你確實喜歡我們的這個小獨棟產品，我建議你今天先交訂金，反正如果不喜歡訂金是可以退的。」聞道知道蜜蜜也不是在乎今晚的這一點小優惠，但是小女生的心理就是喜歡占一點小便宜吧，這其實和錢無關，就是一種佔有欲的心理罷了。「那要交多少訂金呢？」蜜蜜問。「一般是 20 萬元，但你給 10 萬元就可以了，實在不行 5 萬元也行。」聞道說，這個訂金的金額他還是可以做主的。「那就 10 萬元吧。」蜜蜜從她的愛馬仕手包裡掏出錢包，拿出一張信用卡來刷了。「信用卡可以嗎？」蜜蜜又問。「可以的。」聞道微笑著說。他覺得這個蜜蜜挺可愛的，今晚一直很安靜地在看演出，有「土豪」和她搭訕她也沒有理。

把蜜蜜送到停車場，聞道又問了一次：「你沒有喝酒啊？要是喝了我幫你找代駕啊。」「謝謝聞哥，我沒有喝酒，我沒事的。」蜜蜜微笑著說。「那就好，今晚我實在太忙了，照顧不周啊。」聞道有點不好意思地說，今晚他確實沒有怎麼招呼蜜蜜，他自己忙得來暈頭轉向的。「沒事啊，我知道你忙。回頭一起吃飯吧。」說罷蜜蜜就走了。今晚這活動尺度有點大，不知道蜜蜜心裡會怎麼想啊？她會不會給糖糖說自己的生活很混亂呢？聞道還真有點擔心，那自己可就太冤枉了。

客人們陸續走了，今天代駕的生意太好了。聞道問了問財務今天收訂金的情況如何，財務興奮地比了四根手指頭說：「四十組！」天啊，一晚上賣四十套別墅，這注定將成為西京樓市的傳奇！如果按每套 1000 萬元算，40 套可就是 4 億元啊！當然，肯定會有人來退訂金的，特別是那些「土豪」今晚把模特辦了以後，明早起來後悔的人必然是有的。但就算有 30% 到 40% 的人來退訂金，這也是不錯的成績了。而且他們項目的產品本身不錯，估計退訂的人不會有那麼多。活動公司楊總的人留下來繼續收拾會場，他們也真夠辛苦的。不過辦這場活動公司給了他幾十萬元，這可遠超幾萬元一個活動的行業水平了。聞道今天也喝了一點點酒，雖然很少，但最好不要開車，於是他讓依依開車。依依有駕照，但開得不熟練。聞道讓她開慢一點。一路上，兩人都沒有說太多的話。聞道目

光空洞地看著前方，可能真的是太累了。依依問聞道：「聞哥，你喜歡這樣的生活嗎？」「喜歡？呵呵。」聞道轉過頭看了看依依說：「現實就是這樣的。我無力改變，我只能做到不參與罷了。」

來到依依家樓下，依依就回去了，聞道自己再接著開回去。依依問：「聞哥，沒事吧？要不我幫你找代駕？」聞道說：「我沒事的，其實就只喝了一口紅酒。你快回去休息吧，今天辛苦了！」「嗯，聞哥也早點休息。」依依說。她心想，工作能遇到聞道這樣的上司，真的是一種幸運！工作能力強，對下屬照顧，能幫助你進步；人帥卻又不拈花惹草，體貼你卻又不騷擾你，簡直可以說是滿足了一個剛畢業的女孩子對其好上司的一切想像。只是依依經常覺得聞道都在若有所思。在他俊朗的外表之下，似乎藏著一顆憂傷的心。雖然他有時也笑得很爽朗，但更多的時候他的眼神都很憂鬱，特別是在他忙完閒下來的時候。從這一點看，依依覺得聞道和陸教授真的很像。他們似乎就是兩兄弟，只不過一個去教書，一個去賣房。有好幾次依依都看見聞道靜下來的時候，一個人坐在辦公桌前出神。好一個憂鬱的男子！依依承認聞道憂鬱的樣子看起來真的很像偶像劇的男主角？她希望聞道能快樂，她也希望陸珞竹能快樂。如果說在這座她舉目無親的城市，有什麼人是她在乎的話，那就是他們兩個了。

聞道正慢慢地開著車回家，突然收到一條短信，一看是糖糖的。她說：「聽說你們今天的活動搞得挺成功的吧？」不用問，這肯定是蜜蜜給她說的。「還行吧。要是你在就好了。不過你在也不好，會被那些『土豪』騷擾，你這麼美的。」聞道是不是已經開始說胡話了？「呵呵，再美你還不是看幾年就膩了……」糖糖說。「不會的，永遠看不夠……」聞道趁等紅燈的時候回了條。「今天我一個人在家，覺得怕……」糖糖說。原來她的父母出去旅遊幾天，她晚上「飛」回來就只有一個人在家了。「我馬上過來陪你一會兒！」聞道今天特別地想見她，其實他每天隨時都想見她。聞道立即掉頭，加速向糖糖家開去。這下糖糖沒回消息了。

少頃，到了糖糖家的樓下。聞道給糖糖打電話，她沒接。發信息過去，說：「我到了，很想見你……」糖糖回道：「你還是回去吧……我累了，想睡了。」雖然聞道很想見糖糖，但是也不想因為自己想見她而耽擱她休息，他知道她「飛」得很累。聞道總是為別人著想，這算不算是一

第三十八章 一夜勁銷 5 個億

— 181 —

個弱點啊?「哎。那好吧……你好好睡,一個人在家更要把門窗關好。我走了。」聞道說,然後他又緩緩地向自己的家駛去。都開了一段路了,收到糖糖的短信,說:「其實我也很想……」「想什麼?你也在想我嗎?」聞道立即靠邊停車回了條信息。糖糖沒回。「我馬上回來?」糖糖還是沒回。「沉默表示同意哈!」聞道又發了一條信息,然後馬上掉頭。看來今晚……但是這條路要開比較長的一段距離才能掉頭,不過隔了一會兒總算是又到了糖糖家的樓下了。「我又到你家樓下了,馬上上來。」聞道一邊發了一條信息,一邊到處看哪裡可以停車。算了,不管了,偷就偷了,反正有保險。聞道熄火,拿包,準備衝向他的幸福。這時,糖糖發來一條短信,說「你還是走吧……我已經睡下了……」「哎,那我走了?……」聞道心疼她的疲憊在自己心裡占了上風。哎,來日方長?「嗯,你走吧……」糖糖說。聞道啟動汽車,又緩緩地向著自己家裡開去,心裡說不出的滋味。疲憊,聞道的身心都很疲憊,今天確實太累了。一會糖糖又發來一條信息:「你很好……但是我們不能……你到家了給我發條信息。」聞道回了條:「好。」人生總是處處是遺憾,不是嗎?

　　第二天,一到公司,聞道就聯繫了廣告公司,設計「邀功」的廣告,主推語是「人生贏家的夜宴:一夜勁銷5個億!」。然後配上一段小字:「典藏房源加推50套,再來晚了就真的沒有了。」配的主畫面是一個女人站在一個碩大的臥室的露天陽臺上看風景,手拿一杯紅酒。一個衣著紳士的男人背著手走向她,手裡藏著的是一支鮮紅的玫瑰。當然,既然是臥室,畫面中是肯定要有一張豪華的大床。廣告的小畫面是法式小獨棟的莊園式的外立面,當然大草坪是必備的。聞道其實心裡覺得打這些廣告的錢還不如搞一個昨晚那樣的活動的錢效果立竿見影。但有的錢也是不得不花的,這屬於「規定動作」。

　　這事兒就這樣過去了幾天,大多數在那天晚上交了訂金的客戶還是來把首付款給交了,當然也有「土豪」是一次性付款的。蜜蜜也帶著父母又來看了一次房,聞道還親自陪著他們去看了樣板房,又在項目裡逛了一圈。蜜蜜的父母也很喜歡這套房,於是就交了首付款,房子寫的是蜜蜜的名字。總價500多萬元將近600萬元的房,即使按照三成首付計算,貸款金額也要約400萬元啊,這對每個月的收入要求可是很高的,因

為銀行規定貸款金額是不能超過實際月收入的一半的。蜜蜜還這麼年輕，做什麼工作月收入能這麼高啊？聞道悄悄問了一下蜜蜜，他也是一片好心，擔心蜜蜜的貸款辦不下來。蜜蜜說沒問題的，她就在她父母的公司掛一個名，收入證明隨便開。好吧，這當然沒問題了。看房的時候蜜蜜的父母還誇聞道長得帥，聞道笑呵呵地表示感謝。蜜蜜私下問聞道現在和糖糖發展得如何了？聞道只能嘆一口氣，他真不知道該怎麼回答這個問題。

第三十八章　一夜勁銷5個億

第三十九章

開超跑的客戶

　　一天，公司的一個售樓小姐杜詩梅找聞道說想聊聊天。聞道有些詫異，便問她怎麼了。她說在那天的慈善義賣晚會上，她認識了一個開蘭博基尼的「富二代」。其實當時她也不知道那個人開的是什麼車，就是覺得他特有魅力。那晚他沒有去招惹那些泳裝模特，而是一直在她的身邊轉悠，並時不時地說兩句話。然後，在杜詩梅去上洗手間的時候，他也跟了過來，在洗手間的門口把她抱在懷裡來了一個激吻。當時場面混亂，也沒人注意到他們。杜詩梅說當時只覺得意識混亂，腦中一片空白。這一句確實有點讓她意亂情迷。然後他讓她跟他一起走，杜詩梅說好。他又說：「你知道跟我走意味著什麼。」杜詩梅說：「嗯。」然後活動結束後杜詩梅就坐進那輛蘭博基尼跟著他回了他的家。聞道聽得目瞪口呆！他那天晚上太累了，活動結束的時候也沒有注意到杜詩梅是怎麼走的。「然後呢？」聞道問，話說出口聞道又覺得這個問題問得挺傻的。杜詩梅既然都跟那人回去了，那啥是肯定的了，這還有什麼問頭呢？杜詩梅說：「第二天早上他還給我做了早餐，就是煎了兩個雞蛋，我和他一人一個。」「那還不錯。」聞道說。聞道知道杜詩梅前一陣剛和她的男朋友分了，現在遇到一個願意給她做早飯而不是天亮以後說分手的男人，這也挺好的。聞道始終覺得「富二代」本身並不是評判好和壞的標準。實際上現在這個社會太複雜了，非常多元化，已經很難得能找到一個簡單的標準來判斷好還是壞。

「他不理我了。」杜詩梅說。「噗……」聞道差點把咖啡噴到電腦屏幕上。剛才不都還好好的在做早餐嗎？多甜蜜啊！這才隔了幾天？聞道有點搞不懂現在的這些年輕人了。杜詩梅是85後，不僅人漂亮，性格也很開朗活潑，追求她的人很多，經常有看房的人來接她下班。聽杜詩梅介紹，這位兄弟曾是一項競技類電子游戲的世界冠軍，那輛蘭博基尼就是他用比賽獲得的獎金買的。這可太厲害了！聞道以前也喜歡打游戲，除了花錢花時間以外，沒想到還可以掙錢啊，而且是掙大錢！「等等……他那天晚上下房子的訂單沒有？」聞道突然想起這個問題。「沒有……」杜詩梅回答道。

　　「哎……」聞道不禁嘆了一口氣。他也不知道該說什麼好。他總不能說「什麼？那人訂單都沒有下你就跟他走了？」這種話嘛。只能說這人來參加這活動壓根兒就不是想來買房的，甚至連交個訂金這種舉動都不想裝。簡單，直接！哥就是來你們這兒泡妞的，咋了？「那他怎麼又沒有理你了呢？」聞道問。「那天之後他一直不怎麼理我。我說讓他做我的男朋友，他也一直沒有回復。」杜詩梅有點黯然地說。「這些事情，我覺得還是要隨緣吧，如果在一起覺得確實不合適，也不要勉強。」聞道說。其實他心裡大概能猜到那人是怎麼想的，只是不想給杜詩梅說得太明白罷了，怕她難過。

　　這事就這樣又過了幾天。有一天下班的時候，聞道看到杜詩梅把工裝換成了旗袍，當然外面還套了一件大衣。「今天心情好點沒呢？降溫了多穿點哦，你這是要去參加什麼派對嗎？」聞道問。「我把他搞定了。」杜詩梅開心地說。「哈哈，恭喜恭喜！……但是怎麼叫搞定呢？」聞道也替她高興。「他同意做我男朋友了，不過我還不能大意。」杜詩梅說，「要慢慢來，再逼他結婚。」上次好像聽她說，她想結婚，想快點有個家。「你和他在一起開心嗎？我覺得他如果真的愛你，會主動向你求婚的，否則結婚了也不長久是吧？」聞道問。「我和他在一起挺開心的，我每天下班以後都想給他做好吃的。」「嗯，開心就好」聞道說，「和自己愛的人在一起怎麼都開心。」不禁想到了糖糖，聞道忍不住嘆了一口氣。「要先讓他依賴我。」杜詩梅神祕的一笑，說：「他是工作狂，他說了基本陪不到我。」「這……還是要陪才行啊。」聞道有點擔心地說。聽杜詩梅說，他現

在自己在開公司，平時工作很忙，屬於能幹、聰明又有野心的那種人。「他很喜歡女人穿旗袍，所以現在我每次去見他都盡量穿旗袍去。」說完杜詩梅在聞道耳邊悄悄地說：「他說他喜歡先看著女人優雅的穿著旗袍，然後他再來把旗袍扯了的樣子……」好吧，這兄弟可真牛！

「追我的優秀的人很多的，他相比起來其實也不算是最優秀的，但我就是喜歡他了。他其實長得有點帥身材也很好，挺好的，我喜歡有能力的男人。」杜詩梅說。聞道其實也想瞭解一下這些85後的小姑娘們是怎麼想的。聞道說：「好吧……不過我要給你一個忠告，再牛的男人如果對你不好，那等於零。」「知道啦……他一直不見我，前天晚上我穿著旗袍衝到他家見了面，他就乖乖就範啦……」杜詩梅有點得意地說道。「好吧……希望他持續的對你好吧。你還是很主動的。」聞道覺得有點冒汗了。「我不主動就沒機會了。」杜詩梅皺著眉頭說。「還有其他女的追他?」聞道問。「很多啊！有很多『白富美』追他，甚至還有開著賓利的跑車在他家樓下堵他的。他桃花運太好了！」杜詩梅有點氣憤地說。帥、身材好、年輕、有錢、很多「白富美」追，聞道的腦海中浮現出了四個字：「人生贏家」。

「我擔心他條件這麼好，以後會不會對你不專一啊?」聞道有點擔心地說。「我也擔心，他不缺女人。不過我希望可以和他結婚，所以我會認真對他。」「他以前是不是有很多女人?」聞道有點好奇。雖然他在售樓部接觸過很多這種類型的人，但其實他也沒有深入瞭解過他們。「不計其數。他們這個圈子的人，沒有交往過一百個以上的女朋友，估計都不好意思拿出來說的。估計很多他自己都不記得了。」杜詩梅有點黯然地說。「哎，希望他能認真對你。」聞道說。「現在他的心不那麼飄了。」杜詩梅說。「不過我實話實說啊，像他這樣的，即使結婚了，也很可能一樣會亂來的，習慣了。而且找他的女人又多，隨時都有誘惑，你防不勝防的。」聞道說。「無所謂。我要當正室，其他人再折騰也是小三……他要找的就是這樣的老婆。其實我真不在乎，我只想要一個家。」杜詩梅的雙眼看著遠方說。「這個你還真想得開啊……你還是要讓他對你專一啊，不然以後你很難過的。」聞道擔心地說。

「反正他人是我的了。」杜詩梅又恢復了自信的神情，說：「結婚後要

馬上生孩子把他套住。」「好吧。我還是真心祝福你哦,和自己愛的人在一起總是開心的。」聞道說。他想:要是糖糖能像杜詩梅對那個人一樣對自己,那自己真是死了都值得了。「他雖然愛玩,但是很重視家庭的,最愛他媽媽。」杜詩梅笑著說。「嗯,那你就好好對他媽,和他媽搞好關係。」聞道也笑著說。「所以我要對他媽媽好,得到他媽媽的認可,就沒有誰可以取代我了。對待這種男人要很用心啊。」杜詩梅齜牙笑道。「嗯,你不錯。」聞道說。「要身體上徵服他,然後精神上共鳴,生活上依賴。剩下就水到渠成了。」杜詩梅說。「哈哈,好厲害!」聞道說。「這是我們的秘密哦。」杜詩梅說。「肯定嘛,放心。」聞道說。「我沒和任何人提過這些,現在關係還不穩定。」杜詩梅說。「謝謝你的信任啊。我肯定不會給其他人說的,我又不八卦。」聞道肯定地說。「我想等領證了再昭告天下,否則只會成為笑柄。」杜詩梅若有所思地說。「嗯,對的。秀恩愛死得快,這還是有道理的。」聞道說。「我只秀老公。」杜詩梅說。

這時依依走了過來。於是聞道就載著依依和杜詩梅一起回城裡。杜詩梅直接坐的後座,而沒去搶副駕。是不是公司的人現在都默認了聞道和依依的關係啊?哎……一路上,聞道和杜詩梅都沒再提她男朋友這事了。

又過了幾天,杜詩梅傳了一個視頻給聞道看。聞道點開一看,原來是他男朋友打游戲的視頻,那確實是玩得好啊,高手!聞道對杜詩梅說:「我覺得你應該多瞭解點游戲,這樣和他更有共同語言。」「他現在幾乎不打了,他說他要成為更牛的男人,沒時間做其他的,所以像什麼看電影這種戀愛必做的事情不會發生在我們之間。」杜詩梅回答。「哎,但是談戀愛應該做的事也應該做啊。我擔心他用工作忙來搪塞你。」聞道說。「他確實很忙,至少看起來是那樣的。」杜詩梅說這句話的時候聲音小了不少,感覺她自己都不是很自信。「嗯,你要清楚他到底在做什麼。你可以不干涉他,但你一定要清楚。否則你太被動了。」聞道說。「我知道他公司的地址。」杜詩梅說。「我也不是讓你隨時管他,這樣男人容易煩,把握一個度嘛。」聞道說。「我不管他,我給他絕對的自由。我要做的就是對他好,超越其他人在他心中的地位。他心裡有我了,自然會冷落其他人。」杜詩梅微笑著說,「男人不是管出來的,管得住人也管不住心,

— 187 —

所以要攻心。」「好吧,還是很羨慕他啊,有你這麼好的女孩這樣愛他。」聞道打趣地說。「我們還沒到愛的地步,只是非常喜歡。」杜詩梅想了想說,「愛其實更多的是一種付出,可是我要回報。真正的愛可以不要回報,我要的回報就是一個家。所以對他的好也有自私的成分,我想嫁人。」

「嗯,嫁吧,祝福你,到時一定給你送個紅包。」聞道喝了一口水說。「哈,早著呢。要想讓他就範,需要持久戰,除非懷孕了。」杜詩梅說,這個問題她似乎看得很透澈。「那你懷起了?不過這個還是有風險啊,萬一你懷上了他也不結婚那怎麼辦呢?」聞道擔心地說。「我倒是想懷了,可是他防護措施做得好,就是不想惹來麻煩吧。」杜詩梅說,「如果一個男人很想得到你,他會想故意把你肚子搞大來拴住你。」「就是,所以我才說你這樣有風險。」聞道說。「如果真有孩子,他會負責的。他就是因為有責任感才一直不結婚,因為沒玩夠。」杜詩梅說。「但要等他玩夠,那你不是很吃虧啊?」聞道說。「他現在其實也想安定下來,只是能受得了他的人少。他很挑剔的,他喜歡漂亮的、身材好的、沒野心的、顧家的,還要可以容忍他所有缺點的。」杜詩梅說。「你很符合啊。」聞道嘆了一口氣說,「容忍他的缺點,是不是就是要容忍他在外面亂搞女人嘛?」「各種,不只這點。」杜詩梅回答。「比如呢?」聞道心想那還要有什麼缺點啊?「他也不會玩浪漫,不會花時間陪你。」杜詩梅也嘆了一口氣說,「這倒不是大問題。只要能結婚,什麼都不是問題。這就是我的態度。我就是要個我愛的人和一個家,他是否愛我無所謂,只要不拋棄我。」

聞道覺得這個對話越來越沉重了,他說:「哎…妹妹,結婚了也可以離婚的啊!」「如果你對他百般呵護,又有孩子了,男人就算愛上別人也不會輕易離婚的,離婚通常是女人不能忍。」杜詩梅肯定地說。「我覺得你對這個問題還是想簡單了,這個還要看男人的人品。」聞道說。「我就是覺得他人品不錯才喜歡他的,他有責任感。我也是比較挑剔的人,光優秀吸引不到我。遇到喜歡的人很難,所以不想輕易放棄。」杜詩梅說。「看得出來。」聞道很想多瞭解一下現在的這些女孩子,便問,「你以前的男朋友多不呢?」「交往過五個,算他六個。」杜詩梅回答。「還是不少了。」聞道說。「不多啦。我身邊很多女性朋友都有十幾個、幾十個男朋

友」。杜詩梅嘟著嘴說。「幾十個太誇張了,眼睛都挑花了吧?」聞道驚訝地說。「哈哈,男生就更誇張了,我認識的有交往過幾百個女朋友的。」杜詩梅淡定地說。「這太誇張了吧?」聞道嚇得來杯子差點掉在地上,「人生贏家」幾個字又浮現在了他的腦海中。「哈哈,我男朋友就是。他在他們的超跑圈很出名,長得帥,還開著蘭博基尼。他有過好多女人……他根本不記得數量了。」杜詩梅說這句話的時候神情還算平靜,也許她早已接受這個事實了吧?「哎……那你好難駕馭他啊!」聞道說。「我就是喜歡難駕馭的。」杜詩梅齜牙笑道,「我發現我就是喜歡這種男人。」

「看來還真是男人不壞,女人不愛啊!」聞道不禁感嘆道。「我喜歡叛逆的。」杜詩梅撇嘴說道,「我喜歡叛逆、聰明,有野心的男人,但這樣的男人通常花心,我見過太多了。」「哎,我覺得像我這種從小到大好好學習天天向上的,最後只能成為失敗者。我這種男人估計你是肯定不會喜歡的吧。」聞道說。這當然是一句開玩笑的話,但的確也說出了聞道的心酸。「呵呵,那可不一定哦,人還是需要多瞭解的。我們全售樓部的女生都說聞哥你好有魅力的。不過目前還是很少能有人比他更吸引我的注意力。」杜詩梅笑著說。「好吧,謝謝你的鼓勵。」聞道說。每個人都有自己的活法,不一定別人的生活方式就是最好的。

第三十九章 開超跑的客戶

第四十章

有種瘋狂叫買房

　　如今不僅在西京，恐怕在全國的任何一個大城市，買房已經成為人們在街頭巷尾談論的最主要話題之一。西京有很多茶樓和咖啡店，隨便在一家坐坐，可能你的鄰桌正是房地產相關的甲方乙方正在談生意。就算不是房地產的從業人員，也可能是普通居民在談論哪個樓盤的價格最近又漲了，哪裡又要開盤了，那誰誰最近又買了房，諸如此類。好像每個人在每個場合都在談論房子。有早買了房得意的人，有正在到處看房甚至不惜通宵排隊搶房的人，有拿著錢心慌的人，有拼了命給了首付而不知道如何花二十年甚至三十年還按揭的人。當然，還有更多的是眼看房價飛漲而買不起的人。只要是位置稍微好一點或者價格低一點的樓盤，基本上都是一開盤就被搶光，通宵排隊早已屢見不鮮了，求人托關係才能選到房的例子也是不少。

　　聞道最近去參加了一個特殊的葬禮，讓他連續幾天都情緒低落。有一個出租車師傅老王來售樓部看了很多次房，從開始的「守望郡」到後來的剛需組團，最後他還是準備買「守望郡」的尾房，為了他的兒子，作為婚房。當然，湊首付是一個痛苦的過程。雖然西京的房價遠低於國內很多一線城市的房價，但是畢竟買一套面積大些的房子總價也不低。幾十萬元的首付款對於一個普通家庭來說並不是這麼容易拿得出來的。而且據聞道後來瞭解，老王的兒子收入不高，滿足不到銀行對於三成首付的月收入要求。所以，他們只能選擇五成首付比例，這顯然壓力更大。

出租車師傅的工作強度是很大的，一般每天換兩班，個別甚至會換三班。但老王為了多掙錢，經常不換班一個人開，最多的一天他連續開了24小時的車。那天他剛好碰到倒班，就連續開了24小時，然後他昏倒了，就再也沒有起來。雖然這事其實和聞道他們公司沒有直接關係，但聞道聽說這事以後還是去參加了老王的葬禮。他沒有代表公司，也不能代表公司。他以一個旁觀者的身分獨自去的，參加了葬禮並給老王的親屬湊了一份份子錢。他顯然沒法幫助老王實現他的心願，但這算是略表一下心意吧。

另一個令聞道印象深刻的案例，是一位買他們項目剛需組團的三十來歲的男青年。他幾年前在西京房價剛要開始漲的時候，咬咬牙其實也可以買房的。當時他都已經三十歲了，這是作為婚房打算的。由於全家都是工薪階層，當時總價幾十萬元的房子對這個家庭而言，並非絕對高不可攀，但也肯定會讓他們的生活質量下降幾個檔次。因此他當時想申請兩限房，也就是限房價、限套型的普通商品住房，這其實是一種面向低收入群體的保障性住房。那時他也確實符合「相對低收入人群」的條件，於是就報名申請了。這些年，為了保持「收入符合要求」的條件，老板要給他加工資，他拒絕了，他的老板都覺得他是神經病。可這一排就是很多年，申請的人太多了。但問題是時間不等人啊！這幾年他親眼見證了西京房價的飛漲，他對「高房價」的心理承受能力也上升了好幾個檔次。如今他終於申請到了，但兩限房的價格也水漲船高了，目前的價位已經超過了幾年前同一地區的商品房價格。這幾年的等待不僅讓他付出了比當年直接購買商品房更多的資金，還白白搭上了本可以住新房的一段青春，當時的女朋友也分手了。最關鍵的是，他現在可以購買的兩限房的位置還不好，所以他看了很多樓盤以後，決定放棄兩限房。由於他在城北上班，所以離永生之城的位置還算比較近。幾番比較以後，他買了永生之城的剛需產品。他希望這次，他能和他在永生之城的相親會上認識的新女朋友結婚。

上天欲讓其毀滅，必先讓其瘋狂。任何商品的價格都有漲有跌，這很正常。但是，一旦人們認為一種商品的價格會一直漲下去，那問題就很可怕了，因為追漲殺跌是人們的本性，或者說是人性的弱點之一吧。

第四十章 有種瘋狂叫買房

這就是「預期」的力量。聞道曾到一個一線城市去觀摩過一個熱銷樓盤的開盤。相比之下西京的通宵排隊購房那就根本不算什麼。這個樓盤僅有不到 200 套房源，卻有近 1500 名購房者參與角逐。交了十萬元的「誠意金」只是獲得了一個選房的資格，而能否買到房，這真的是和彩票中獎一樣。這家開發商規定選房時間是 3 分鐘，但實際上根本沒有這麼長的時間。購房者進入選房區域以後，前後選房的時間總共也就 10 秒鐘。那真的是就跟搶一樣，完全來不及想。參加選房的人基本都沒有放棄，只要一進去幾乎很快就選完了。由於這個樓盤規定是按照交誠意金排號的順序來選房，所以如果排號超過 200 人，那幾乎就只能來看看。聞道隨便找了一個排在 100 號左右的購房者聊了聊，恭喜他選到房。這個兄弟說他本來排在 300 號左右，私下給了售樓小姐幾萬元錢才調到了 100 號左右，說是走的「內部通道」。這種「潛規則」聞道是有所耳聞的。在一些熱銷樓盤，有銷售人員找親戚朋友來提前交誠意金排了很多「號」，然後再把這個號賣給真正想購房的人。這個「號」，當然就是指一個選房的資格。對很多人來說，這代表著一種對未來美好生活的希望。

　　「丈母娘」，被認為是推高國內房價的重要因素之一，甚至國外的媒體都對這個問題做過報導，稱作中國的「丈母娘經濟」。這當然是一種調侃，但不完全是無中生有。為什麼非要買了房才能結婚呢？這可能和中國的傳統文化有一定的關係，「安居樂業」中的「安居」二字表示了有固定的居住場所，而且要是自有的；而「樂業」二字則表示了有穩定的工作，也就是說有穩定的收入來源。所以「安居樂業」這四個字加起來就意味著居有定所且有穩定的收入來源，簡單理解就是「靠譜」。當然，這只是「靠譜」在物質上的一些體現，光有物質還不行，人本身還必須靠譜才對。說到這個結婚和買房的問題，那故事可就太多了。聞道看過太多的購房者，概括地說可以把他們分成三類人。第一類就是婚前不以結婚為目的的買房。有一句話說「不以結婚為目的的戀愛都是在耍流氓」？那不以結婚為目的的買房又是什麼呢？這顯然是一種「純粹」的買房。或者是子女的父母自身配置資產的需求，只不過寫上了子女的名字；也或者是年輕人自身的置業需求，可能還沒有想好結婚與否。前者的住房產品多樣，而後者基本上是小戶型。第二種當然就是以結婚為目的的買

房，簡稱「婚房」。這種置業需求目的性非常強，一般來說，三居室的住房產品最適合這種需求，因為要考慮到生小孩的問題。當然，這也得由家庭的經濟條件決定，實在不行套二也可以，但套一或單間就確實不太合適了。第三種自然就是「婚後」的置業需求。這主要有兩點：一是「換房」，就是改善型的置業需求，換更大的、更好的房子；二是「投資」，這對產品的要求就很多樣性了，既可以是小戶型，也可以是大戶型，甚至有買別墅來投資的。

對上述的第一種情況來說，通常是青年才俊的樓市初體驗或父母一輩的「代際轉移」；對第三種情況而言，那往往是屬於「錦上添花」或者「升級換代」。問題往往出在上面提到的第二種情況中，這往往帶有一定的緊迫性甚至強迫性。在極端情況下，甚至以悲劇收場。有這樣一個故事是聞道聽說的，發生在另外一座城市。有一對小青年，準備結婚。但女方的父母認為這小伙子既沒穩定工作也買不起房，於是堅決不同意他們的婚事。於是兩個年輕人準備殉情。他們到菜市場去買了一大包老鼠藥，加入到煮好的飯菜裡吃了，然後一起躺在床上等死。半天過去了兩人安然無恙。原來他們買到假藥了！這本來是好事，說明他們命不該絕。但是偏偏他們已經不準備再活在這個世界上了。於是他們決定乾脆一人一刀捅死算了。他們真的捅了！結果小伙沒死，姑娘卻真的被捅死了。一個悲傷的故事！

還有一個故事，也是聞道聽一個業內同行說的。同樣是一對年輕人，相戀幾年後準備結婚。女方的父母先是讓小伙的家裡出首付。小伙的老家在一個小地方，這個大城市的一套房的首付對小伙家裡來說是天文數字，家裡給不出來。後來女方的家裡做了讓步，說一人出一半首付。小伙的家裡還是給不出來，而且小伙不想讓父母承受那麼大的壓力，讓他們沒法安然養老。本來這個姑娘是站在小伙這一邊的，但是看到小伙家裡本來可以拿一點出來給首付而不願拿，覺得他很沒有誠意，於是兩人的矛盾越來越大。終於，在一次爭吵之後，小伙在衝動之下捅死了這位準新娘。在審判的法庭上，原本要成為親家的兩家人，此時已形同陌路。

買房，真的就那麼重要嗎？

第四十章　有種瘋狂叫買房

第四十一章

糖糖的心事

　　工作經常會讓人覺得浮躁，特別是賣房這種工作。而愛情，又會讓人沉浸在自己的世界裡，哪怕這是一個虛幻的世界。

　　這段時間聞道都忙著項目上的事情，和糖糖見得很少。其實他們一直也見得不多。這天，聞道問糖糖在做什麼。糖糖給他發來一張照片，是她穿著藍色的晚禮服，就像仙女一樣。聞道說穿得這麼好看要去哪兒啊？糖糖對聞道說，她晚上要去參加一個朋友的晚宴。聞道問什麼樣的晚宴啊？糖糖說是朋友的公司要搞一個發布會，邀請她去，她都不認識那些人，覺得可能會很無趣。聞道一聽就知道肯定是那人想找些美女去撐場面嘛，他們售樓部舉辦活動也經常這樣干。聞道說：「如果你覺得可能會很無聊的話，你可以帶一個女伴一起去啊？」聞道特意強調了「女伴」。「行，我問問看蜜蜜晚上有沒有空。」聞道知道她的這些「朋友」們，很多其實就是飛機上的乘客。她這麼漂亮是經常有乘客要電話或留電話的，自己不也是這樣和她認識的嗎？當然還有很多人是「朋友的朋友」，聞道知道糖糖喜歡參加派對，聚會上很容易認識朋友的朋友。「要我來送你過去嗎？」聞道問。「不用了，朋友來接。」糖糖說。這讓聞道有些緊張了，該不會這人就是打著邀請糖糖參加活動的幌子來泡她吧？這種人聞道可見得多了。「那回去呢？我來你活動的地方接了你然後送你回家吧。」聞道又說。「蜜蜜可以送我吧。你那麼忙的，沒事的，你不用擔心我。」糖糖說。「好吧。」聞道只能作罷。

晚上，聞道擔心糖糖，問她蜜蜜來了沒有。她發來一張端著紅酒杯的照片，說蜜蜜有事沒有和她一起來。聞道問她活動好玩嗎？她說沒什麼意思，她和那些人沒有什麼話說。但是她說做活動挺有意思的，她很想嘗試一下。聞道又有點緊張起來，問：「你想嘗試什麼？」「我不想做空姐了。」糖糖說。「為什麼呢？」聞道很驚訝，雖然以前糖糖給他提過，但他以為她是鬧情緒說著玩的。「不干一件事情的理由可以有很多種吧。」糖糖說道，「一個香港朋友開了一家公關公司，想讓我去一起干。」「公關公司？」聞道更吃驚了，內心非常的擔心。公關公司是幹什麼的？不就是勾兌關係的嗎？甚至很多時候還是在灰色地帶用灰色的方式。「你吃什麼驚啊？」糖糖問聞道，又說道：「我覺得挺好的啊，又好玩又可以結識很多人，這不挺好的嗎？」「哎，這不是你想的這麼簡單。公關公司就是幫客戶勾兌關係，你覺得美女能用什麼去勾兌關係？」聞道心裡很不高興，這話說得有點不客氣。「你怎麼那麼狹隘呢？我難道就不能用我的專業服務去幫助客戶疏通各種關係嗎？」糖糖也不高興起來。

「我不是這個意思。我也接觸過很多類似的公司和機構，這個行業亂得很，我是擔心你嘛。」聞道解釋道，又說：「你那個香港朋友是你的乘客？」「嗯……」糖糖回答得有些支支吾吾的。「他不會是找這個借口來接近你然後泡你吧？」聞道擔心地說。一旦等糖糖把空姐的工作辭了，就回不了頭了，然後這人再逼得她就範？他這人太壞了！「你想多了。他的年紀都可以當我爸了。」糖糖回答說。「當你爸又怎麼？就算他的年紀可以當你爺了，不一樣可以打你這樣的小姑娘的主意嗎？這樣的人我可見得多了！」聞道是真的有點急了。這是真話。聞道的項目在接觸一些高端幼兒園的時候，老夫少妻的現象屢見不鮮。幼兒園的老師們根本不敢亂喊。曾經就有莽撞的新老師問一個小孩來接他的是不是他的爺爺，惹得孩子的家長很不高興，人家明明是爸爸嘛！至於那種「爺孫戀」的情人或者說不清楚是什麼的關係就更多了。「你想多了，我不和你說了！」糖糖說罷就沒有再回聞道短信了。

過了幾天，聞道又給糖糖發了一條短信，說：「親愛的，還在生我的氣啊？」糖糖很快回了：「你想我怎麼說？」聞道回道：「你知道我是在為你好，我是關心你嘛。」「我知道，不然我就不理你了。」糖糖回道。「你

第四十一章 糖糖的心事

知道我一直都對你好的……」聞道說。「我知道。要是你沒有那個約定,我也會百分之兩百地對你好……」糖糖說。「我們見一面吧,一起吃頓飯。」聞道說。「好。」這算是一個肯定的回復。

第二天,糖糖不「飛」,但她要在乘務部備份,下午晚點才結束。聞道和糖糖約好在市區的一個餐廳見面,離糖糖家不遠。糖糖說她還有些事,讓聞道先去。聞道說他可以來機場接糖糖。糖糖說她得先回家放下東西。這一去還等得有一點久,聞道找了一個卡座坐下,等得肚子都餓了。但是當糖糖姍姍來遲,出現在聞道的視線中的時候,他又立即覺得為了她,任何的等待都是值得的。糖糖說剛才在家門口打不到車。聞道知道下班這個點兒的確是很難打車的,不僅打車的人多,而且出租車師傅們還要交班。「餓了吧?想吃點什麼好吃的?」聞道看到糖糖總是不自覺的有點害羞。雖然他平時是很健談的,但在糖糖面前有點不知道說什麼。在自己的「女神」面前,聞道覺得自己的心態又恢復成了小男生的那種感覺。這是一種很奇怪的感覺,在其他人身上都沒有過。糖糖拿過服務員遞過來的 iPad 菜單,點了幾個比較辣的菜。聞道問糖糖是更喜歡吃素菜還是吃葷菜,糖糖說:「肉」。聞道笑著說:「還是要多吃一些蔬菜。」糖糖的手機還連接著充電寶,感覺有點忙的樣子。

糖糖今天似乎心情不太好。聞道關心地問她怎麼了。糖糖說她和她們乘務組組長關係不好。她們的乘務組長是一個中年婦女,在工作上有些刁難她。「哎,女人何苦為難女人?」聞道想。聞道問空姐怎麼會有中年婦女呢?糖糖解釋說,空姐這個職業的上升通道就是乘務長,否則到了一定的年齡就只有退。聞道問糖糖:「那你想當乘務長嗎?」「不想。」糖糖噘了一下嘴說。她的一顰一笑都是那麼美,她的每一個姿態都是那麼得優雅。其實和糖糖在一起真的不需要做什麼,就這樣看著她,聞道都覺得特別滿足。看不夠,真的看不夠。可惜,見她一面卻總是這麼不容易。

糖糖的心情聞道也理解。很多做空姐的女孩子也不可能一輩子干下去,畢竟這個職業還是有一點「青春飯」的感覺。空姐們的從業時間大都比較年輕,很多人20歲出頭就開始從事空姐的職業的,干上30歲的都不算太多了,一般要麼轉行要麼嫁人不干了。這不像國外的一些航空公

司有很多「空嫂」。其實這也很正常。空姐們一般都比較漂亮，追求的人多，而這些人普遍來說條件還可以，結婚後不用再上班的空姐也很多。當然，每個人的情況都不一樣，這也不能一概而論。

「其實我覺得空姐這個職業挺好的，起碼單純。」聞道喝了一口水，看著糖糖說道。他當然知道公關公司是幹什麼的，有些什麼「潛規則」。其實人在社會上立足，最終還是要靠一門手藝的。聞道曾和陸教授交流過這個問題。陸教授說：「一個普遍適用的原理是，任何事物的價值都取決於其稀缺性，越稀缺的其價值就越大，人也不例外。現在人們所普遍強調的人際關係雖然重要，但不是絕對的。」陸教授又說：「人際關係更像是一種潤滑劑，而不是生產力本身。如果把人際關係當成最核心的競爭力，人的發展容易走偏。市場經濟最終還是一個商品社會，你能向社會提供一個什麼樣的產品，決定了你在社會中的地位。這種產品可能是一種具體的物質化的，比如開發了一個什麼東西；也可以是一種抽象的服務，比如提供了一種諮詢或者能夠做什麼獨特的事情，哪怕會做飯下面。」聞道非常認同陸教授的觀點。我們經常聽人說，「我認識某某人」，也許這只是你聽說過這個人，或者打過一個照面。但這有什麼實質性的意義呢？當你真有困難時別人會幫助你嗎？

當空姐起碼工作內容單純，飛得多就掙得多，下班就是下班，不需要應酬，也沒有什麼業績之類的壓力。畢業後工作這些年，聞道的感受很明顯。拋開各種「二代」不談，普通人的職業道路其實就只有兩種模式，一就是專業技術類，二就是人際關係類，所有行業都是如此。對女孩子，特別是漂亮女孩子來說，走第一條路顯然更辛苦一些，寫報告、財務分析、人力資源什麼的，通俗的說是很多行業的「後臺」。朝九晚五，打卡上下班，工作內容枯燥。第二種道路看似輕鬆，一般不用上下班打卡，工作時間彈性大，經常出入高檔場所應酬，娛樂和工作結合在一起，接觸的都是高端人士，談成業務有高額的提成。乍一看，第二種職業發展道路是很有吸引力的，通俗地說就是一邊玩耍一邊就把錢掙了，而且還很可能是掙大錢。拿讀書來做類比，第一種方式就是循規蹈矩的死讀書，而第二種方式就是貪玩的另闢蹊徑。但問題是，你的客戶們，當然這通常是男人們，都不是傻的。同樣一筆業務，憑什麼交給你做而

第四十一章 糖糖的心事

不是給另外一個人做？業務開展順利與否，除了你公司的實力和產品自身水平這些基本條件之外，很多時候談到最後就要看談業務的人是否能「放得開」了。對於美女而言，其實大家都知道這意味著什麼。

　　當然，如果你「想得開」，那這樣的生活的確會是愉悅的。每天睡到自然醒，出入的都是高檔場所，追求者眾多，和客戶約一次除了把業務談成了換回高額的業績提成，對方也許還會贈送很多禮物，包包、衣服、首飾等等，帶出去旅遊一下也不是不可以。但如果你「想不開」，這樣的生活就會變得很痛苦。每天在你不喜歡的男人之間遊走和周旋，被摟摟抱抱都是小事，還得處處提防不被占便宜。而不順從對方往往就意味著對方會在業務上對你各種刁難，業績做上不去自己的收入就會下降，甚至飯碗不保。這還不是問題的全部。關鍵是，二十來歲的小姑娘這樣折騰一下倒也無所謂，但以後怎麼辦？運氣好在談業務的同時，找到一個靠譜的成功人士，把自己嫁了，從此脫離苦海，安心做個全職太太。運氣不好的，干了幾年下來，經常熬夜喝酒、唱歌把身體也損害了，運氣不好還得去做幾次手術。有了男朋友甚至結了婚，哪個男人能忍受自己的女人天天在外面陪酒應酬？除非他是吃軟飯的，或者他根本就不在乎你。應酬，呵呵，不就是陪笑、陪吃、陪喝、陪玩，甚至陪睡嗎？這能有什麼新意？也有可能熬了一段時間以後，職務提升，你成了經理或副總之類的，個別能幹的人甚至成立了自己的公司，這樣你可以讓你的下屬去應酬，這和「媳婦熬成婆」是一個道理。但這樣的人畢竟是少數啊，這個職業發展通道能夠容納的人數是極其有限的。對於這條路上的大多數人來說，要麼運氣好找個靠譜的人嫁了；要麼，則留在欲海中繼續沉浮。幾年下來，你會覺得自己很空虛，什麼都不會，什麼都不是，除了認識這個局長、那個老總。的確，這也是一種社會資源。但是，這種資源你能用嗎？你怎麼用？你敢用嗎？

　　從聞道自己身邊的同學和他認識的人的經驗來看，對女性來說，普遍「後臺」的發展道路優於「前臺」，踏實幹幾年以後，很多都成了所在單位的中層幹部，或者當了一個小領導。而且就算不能，起碼你能有一個正常的家庭生活。所以，當他聽到糖糖想辭職去公關公司的時候，心裡那是一萬個不樂意，也是非常擔心的。但是，他又有什麼辦法呢？他

又不是大款，不能砸錢把糖糖包養了，讓她不去折騰。他什麼都不是。想到這裡，聞道一下覺得非常沮喪。他除了給糖糖一些建議以外，他還能怎樣呢？

「我覺得你可以去教藝術體操啊，教小孩或者教成人都可以。」聞道說。「呵呵，誰來學？而且我也不喜歡教別人，沒這耐心。」糖糖迅速否定了這個提議。這頓飯吃得有點沉悶。兩人似乎都沒有太多的話說。結完帳，聞道從包裡拿出一個盒子遞給糖糖，說送給她一個小禮物。這就是那條國際大牌的水晶項鏈。雖然不是鑽石的，但這串水晶項鏈光彩奪目，非常漂亮。聞道想像這串項鏈戴在糖糖的脖子上那一定是非常美麗的。糖糖說了聲謝謝，收下了。出了餐廳，聞道為糖糖打開車門讓她坐了進去。但是糖糖沒有直接回家，而是讓聞道把她送到了一個咖啡館。她說她的一個朋友在做醫療健康產業，她想去聽一下，說不定能幫忙介紹些業務。看來她還沒有去公關公司就已經進入狀態了。她本來就挺喜歡聚會、社交，也許她去公關公司也很適合呢？

路上，糖糖說：「說說你的前妻吧？你們為什麼離婚？」然後糖糖又說：「算了，當我沒問。」聞道有點詫異糖糖突然問起這個來，不過他對糖糖一直都很坦誠，也沒什麼好隱瞞的。聞道25歲碩士畢業就立即和相戀兩年的女友結了婚，現在一晃已經5個年頭了。婚後他的前妻去了英國讀書，後來留在英國工作。他自己則留在國內，先是在一家房地產代理公司工作，後來逮著個機會跳到了開發商這裡來。聞道的前妻經常讓他去英國發展，早日結束兩地分居。為此兩人發生過不少爭執。聞道覺得國內挺好的，英國他也去過，短期旅遊可以，但要生活總感覺很難融入進去。於是兩人就這樣拖著。那時，他的前妻每天都要打電話回來「查崗」。他其實覺得她可以放100個心。聞道自己天天忙得暈頭轉向，房地產這個行業就是天天開會，大會套小會，不加班就是萬幸。他身邊的美女雖然多，但聞道也知道自己是圍城中人，一直恪守本分。只是長期的兩地分居，越來越多的「時差」讓分居兩地的夫妻倆感情越來越淡，最終累積了大量的矛盾。有次聞道的前妻回國時，吵架之後兩人一衝動就去了民政局，屬於典型的衝動離婚。也許是離婚後又有點後悔，二人覺得還是再緩衝一段時間，於是商定了一個「奇怪」的協議：兩年內誰

和別人談戀愛，誰就賠償另外一方 100 萬元。

「呵呵……」糖糖聽罷說。其實聞道也很想問糖糖以前她在感情上究竟受過什麼傷，但是看到她沒有想說的意思，也就作罷。聞道一直都很尊重糖糖，她不想說的事情聞道絕對不會追著問。到了咖啡館門口，聞道問：「要不我在外面等你？待會你完了我送你回家。」其實聞道就是想多陪陪她，多一秒是一秒。「不用了，你先回去休息吧。」糖糖說。晚上，聞道給糖糖發了一條信息，說：「嘗試過才分開幾個小時就想念一個人的感覺嗎？哎……」糖糖回道：「好好照顧自己。謝謝你的項鏈。」「你想我嗎？」聞道忐忑地問。「想不想都一樣。」糖糖回道。這當然不會是一樣的，區別可大了！「今天發現不和你聊感情，是很愉快的，感覺你像顆定心丸。」糖糖說。聞道只能苦笑一下。

兩周以後，糖糖給聞道發來了一條短信，說她已經把空姐的工作辭了，去了她那個「香港朋友」開的公關公司，做大客戶經理。

第四十二章

全民放債

這天,大牛總召開了一個只有公司高層參加的內部會議,聞道也參加了。大牛總專門問了聞道銷售回款的問題。聞道回答說,首付款首款順利,下定後退房的客戶很少。銀行發放的貸款正在逐步到帳,但是一些公積金貸款的基本都還沒收到,公積金中心那邊說要等半年。大牛總說現在行情好,以後盡量少推公積金貸款的金融方案,必須要加快銷售回款速度。聞道知道公司的這個項目雖然號稱有數千畝的土地儲備,但實際拿到手的也就將近一千畝。要是花了這麼大力氣把這一片區域做起來了,但地被別人拿去開發了,那可真是為別人做了嫁衣,成了冤大頭了。土地升值在當前的市場環境之下,那可是肯定的事兒,所以湊錢拿地的動作還必須抓緊。大牛總雖然是個「土豪」不差錢,買個包甚至買個車眼睛都可以不眨一下,但在拿地這個問題上還不一樣,這可都是以億為計量單位的。所以大牛總現在對銷售回款的焦灼心情也是可以理解的。畢竟那些地還沒有拿到手上,他的心就是懸著的。這可真的是在和時間在賽跑啊!

這個週末,聞道回家和父母吃了頓飯。父母說隔壁老王家把攢下來的一點錢投到了一家理財公司,年回報率給的18%。「這麼高?」聞道不禁放下了手中的筷子。「可不是嗎?那個理財公司的老板每個月還親自開著寶馬車停到小區門口給老王送利息來了。你說我們家要不要投資一點呢?據說現在去理財公司開戶還送一大瓶菜籽油呢。」聞道的媽媽問。

「先不急，我去請教一下專家。」現在銀行存款的利息才多少？這 18% 的年回報率可趕得上房地產開發了，真的有這麼好的事嗎？從父母家出來，聞道立即給陸教授打了一個電話，想約陸教授喝杯咖啡。但陸教授說他下午有個電視臺的採訪，走不開。聞道說那他去陸教授家找他。聞道其實心裡有點著急，他怕他的父母禁不住高利誘惑把錢投進去了，他心裡總覺得這事兒有點不妥。

到了陸教授家，電視臺的人也剛來，由於室外冷，所以沒有在花園，而是在客廳。陸教授家的室內很暖和，裝了地暖就是好啊。聞道問陸教授為什麼不在書房做採訪呢，陸珞竹說書房有點亂，還是客廳整潔一點。電視臺一行來了三個人，兩個男的一個女的。女生自然是外景主持人。兩個男生一個是攝像師，一個可能是助手。攝影師搭好攝像機的三腳架以後，調試了一下，就開始錄節目了。陸珞竹和女主持人坐在客廳的沙發上，女主持人拿著話筒遞到陸珞竹的面前，陸珞竹問她他應該看攝像機還是看她，她說看她就可以了。聞道站在攝像師後面看著他們錄節目。其實主持人也就問了幾個小問題，沒花多少時間這個節目就錄完了。聞道看到錄節目的時候，那個女主持人的眼睛都在放光，陸珞竹確實很有風度和魅力，回答的問題不僅答得非常到位，而且處處閃爍著智慧的光芒。陸珞竹對她說，其實打個電話他就可以回答這些問題的，還麻煩他們幾個跑這麼遠來錄一下，多不好意思的。主持人說本地的外訪專家是必須要當面進行現場錄像的，不然他們臺的領導會說他們工作不認真。陸珞竹哈哈地笑了起來，說：「我都經常去你們臺裡做節目的。」主持人說：「是的，那是專訪嘛，需要演播間。」「上次我有事趕時間，所以約在路邊和你們做採訪，效果肯定不好，噪音大。這次專門邀請你們來我家裡做節目，好請你們喝杯咖啡啦。」陸珞竹說。「沒事啦，是我們老是麻煩您啊。今天我們還得趕去採訪另一個專家，咖啡只有留到下次喝了。」主持人有些遺憾地說。「那行，我送你們出去。下次可一定要把時間留寬裕點哦。」這時攝像師和助手已經把設備收拾好了，於是說罷陸珞竹送他們三人出去。

等陸珞竹回到屋裡，聞道說：「陸教授週末都這麼忙啊？」「主要是因為周五晚上央行突然宣布降息，所以今天媒體的朋友們都忙著找專家解

讀。」陸珞竹一邊回答，一邊做了兩杯咖啡，他和聞道一人一杯。「為什麼央行喜歡周五晚上發布這些重要消息呢？」聞道有些不解地問。「應該是為了給資本市場更充裕的時間消化吧，資本市場總是反應過度的。」陸珞竹喝了一口咖啡說。「那下周的股市會受影響嗎？」聞道又問。「必然會。這對地產股是利好，我準備週一早上一開盤就搶入小盤地產股，多半會大漲。」陸珞竹看著聞道又說，「對了，你們上次那個別墅項目開盤後賣得如何呢？」「還可以，那些『土豪』們太有錢了，還有一個在西京周邊開礦的老板一口氣買了兩套，說他自己住一套，再給父母住一套。」聞道說。「呵呵，他還挺有孝心的。」陸珞竹笑著說。「陸教授要不也來買一套？我給你我能給出的最大優惠。」聞道說。「算了，我可不是『土豪』。再說，我比較追求資產的流動性，我還是炒我的股吧。」陸珞竹搖了搖手說。

　　「上次依依說她住的地方怕有小偷，我想到你家裡安裝了安防設備，就讓她來聯繫你……」聞道說。「是的，我已經幫她安裝好了。呵呵……」陸珞竹似乎有點不好意思起來。聞道便也沒有再問這個，他總不能直接問他們兩個發展到什麼程度了吧。聞道說：「今天我來，主要是想請教一下現在這些理財產品的問題。今天我媽都在問我這個，所以我趕快來諮詢一下。」「月息多少的理財產品？」陸珞竹問聞道。「說的年化下來18%的收益率吧，具體是什麼品種我也沒仔細看。」聞道回答。「年化18%的收益率其實就現在的行情來說還不算什麼，我知道的很多理財產品的收益率都是按月計算的，月息兩分甚至兩分五。」陸珞竹說。「那年化下來，不是有24%到30%？」聞道吃驚地說。他其實一直以來都沒有怎麼關注這些金融類的投資品種，他只是專注於房地產行業。「你覺得很高是吧？」陸珞竹笑著問聞道。「那當然高啊！誰借了這錢能還得起啊？」聞道回答。「你們房地產經常被認為是暴利了，你們做一個項目的收益率大概是多少呢？」陸珞竹問聞道。「這個影響因素可太多了。」聞道想了想說，「拿地的成本，資金的成本，等等，公司之間和項目之間的差異很大。開發的成本只要不過於偷工減料什麼的，相對來說都差別不大。如果項目操盤得好，那目前的行情下30%的利潤率還是有的。」「哈哈，不是說輕易可以翻倍嗎？」陸珞竹笑著問道。「哪有那麼高啊？那除非是地價非常

第四十二章　全民放債

— 203 —

便宜，也有可能。但地價便宜往往意味著其他成本高，這個大家都懂的。」聞道說道，然後二人都笑了起來。

「而且，我剛才說的還是一個項目的整體收益率。而一個房地產項目的資金回收週期往往是比較長的，從開發建設到銷售完成需要較長時間。如果時間拖個幾年，那這個年化的收益率算下來就低了。」聞道補充道，他想到了大牛總開會時說的要加快資金週轉速度的問題。「是啊，所以我經常也在想，這麼高的資金成本，總是需要有下家來接盤的。這些理財公司，其實也就起到的是一個平臺的作用，把資金的供給方和需求方連接起來。但是，最終，還是需要有人為這個高額的收益率買單的。」陸珞竹把杯子裡的咖啡喝完了，問聞道還要不，聞道搖搖頭，於是陸珞竹接著說道：「你對各行業的平均收益率熟悉不？」聞道說不知道，這個可能有高有低吧。陸珞竹嘆了一口氣說：「我們國家工業行業的平均利潤率只有6%。」「這麼低？」聞道吃驚地說。「是啊！以製造業為代表的第二產業長期占中國GDP的一半左右，所以說當前絕大多數行業是無法承受這些理財產品的高額融資成本的。」

「那誰用了這些錢呢？」聞道問。「這個問題問得好！」陸珞竹讚許地說，「誰投了錢進來其實並不是問題的核心，而誰用了這錢才是問題的關鍵。」陸珞竹繼續說：「其實這些理財產品的問題，說大一點，就是中國民間金融的問題。隨著民間金融的迅速發展和各種金融創新工具的出現，居民手裡越來越多的金融資產將配置在收益更高的金融資產上。民間金融在中國的蓬勃發展有著必然的原因。在中國，大企業融資渠道很多，如自有資金充裕、銀行貸款、公司債、股票，等等…但中小企業融資難是一個老難題和新困境。」陸珞竹繼續說道：「中國中小企業融資現狀是融資渠道比較狹窄，從銀行貸款的難度較大，它們只能依賴非正規金融渠道。除商業信用外，民間借貸等各種非正規金融活動也是中小企業融資的重要補充。有這麼一種說法：民間借貸就像一杯毒酒，中小企業可以暫時解渴，但卻注定逃不過死亡的命運。不借錢開不動機器，借了錢又還不起利息。」

「這是不是就是高利貸啊？」聞道聽得有點暈。「你不要說得這麼直接嘛，哈哈。」陸珞竹笑了笑，然後又接著說：「民間金融屬不屬於高利貸，

這是一個相對的概念，也可以說這是一個灰色地帶。高利貸不受法律保護，但是目前也沒有哪條法律規定放高利貸的行為是犯罪。現行法律規定民間借貸中超出銀行貸款利率4倍部分的利息不受法律保護。也就是說，高利貸行為中，出借人的本金以及『銀行利率4倍』以內的利息是受法律保護的，超出部分利息不受保護。」「4倍是多少啊？」聞道問。「比如說以貸款基準利率6%為例，超出24%的部分就是高利貸。如果一個人把錢以月息兩分五，也就是年利率30%出借給另一個人，當這個人拒不還款時，出借人的本金以及24%以內的利息受法律保護，法院會判決借款人償還，但剩下6%的利率則不受保護。」陸珞竹解釋說。「但我印象裡為什麼總是說高利貸是違法的呢？」聞道又問。陸珞竹說：「人們一般認為高利貸是犯罪，是因為在催收過程中常會有暴力等違法行為。還有，非法集資是違法的，個人放貸不算違法，所以高利貸其實也並不違法，只是超出銀行利息4倍的部分不受法律保障而已，簽了借款合同也是白簽。」

「那陸教授，您說現在這風起雲湧的民間借貸，會如何發展呢？」聞道有點擔憂地問，他想到了他的媽媽問的那個問題。就一點養老的錢，要是真投進去了取不出來怎麼辦？陸珞竹說：「現在的民間借貸最近幾年在融資難的背景下持續火爆，你可以看看內蒙古一些城市的情況，那裡基本上都是在全民放債了。我仔細觀察了一下，這些民間借貸的資金基本都進了礦產和房地產這兩大行業。目前來看也只有這兩個行業勉強能夠支撐這麼高的資金成本，普通的製造業根本不得行。」陸珞竹頓了頓又說：「在當前的宏觀經濟形勢下，房地產和煤炭這樣的礦產的價格都在走高，所以資金的供給方和需求方都是皆大歡喜的局面。但問題是它們的價格不可能永遠漲下去。一旦價格轉跌，這張多米諾骨牌就會倒下。」「那不是風險很高啊？」聞道很擔心地問。「呵呵，這還不是問題的全部。」陸珞竹接著說，「現在的很多錢甚至沒有投到房地產和礦產的手上，而是在這些金融機構之間空轉，比如一家公司把錢借給另外一個公司，這個公司又把錢借給第三個公司，等等，相互之間就是賺個利差，根本沒有真實的資金需求項目。」「啊？這……」聞道覺得這些玩金融的人太嚇人了，這都想得出來，還真是撐死膽大的，餓死膽小的啊。「是啊，這就是

第四十二章 全民放債

擊鼓傳花吧。金融上這叫『槓桿』，可以放大收益，當然也可以放大風險。」

「那您說我媽能不能投錢進去呢？」這才是聞道最關心的問題。「我剛才說過了，這就是擊鼓傳花的游戲。如果你有信心不成為最後一棒接盤的人，當然可以進去玩。否則還是迴避一下吧。」陸珞竹微笑著說。陸珞竹又對聞道說：「你自身也是房地產的從業人員，你知道在當前的市場環境之下，房地產的老板們都想用有限的資金去滾動開發更多的項目。如果開發商們開始大規模的借助民間借貸的資金來為項目融資，那我確實是非常擔憂的。」「那會怎樣？」聞道擔心地問道。「一旦房價下跌，開發商這條繃緊的資金鏈條就很容易斷裂，你知道利滾利滾雪球下去是非常恐怖的。」陸珞竹回答道，然後他又補充了一句，「甚至還不用等到房價下跌，只要房地產的銷售陷入膠著狀態，開發商的銷售回款變慢，這個高度繃緊的資金鏈條都會容易斷掉。」看來，只要房價一直漲下去，一切都是很美好的。但房價會一直漲下去嗎？

第四十三章

租房還是買房？

這一段時間，北京的一個專家頻頻出現在各大媒體的財經版頭條。雖然轉述的版本有很多，但其實他的核心觀點只有一個：房價必然暴跌，誰買房誰傻。他說中國的高房價必然崩盤，未來下跌50%都是少的，有房的中產階級將紛紛破產。有媒體解讀成「買房不如租房」，也有人乾脆解讀成「買房不如拿去吃喝嫖賭」，更吸引眼球嘛。這下可急壞了全國各地的開發商，要是他說的是真的，那他們還賣什麼房子呢？西京市當地的媒體也在熱議這個話題。西京電視臺準備邀請在西京地產界赫赫有名的陸教授，和幾個開發商的老總，一起搞一個圓桌論壇，討論一下這個北京教授的觀點。電視臺的節目編導給陸教授打電話邀請，但陸教授聽了情況以後覺得不妥，婉拒了。陸教授和媒體的關係向來很好，但這次他為什麼要婉拒媒體的邀請呢？原來陸教授其實不認同這個北京專家的觀點，但如果和幾個開發商的老總一起做這個節目，陸教授把自己的觀點一說出來就會讓人覺得是在幫著開發商說話，這可能有失學者的公允性。義憤填膺的網友們肯定會說他收了黑錢等，那自己可太冤枉了！陸珞竹把自己的這個想法和編導做了坦誠的溝通。編導說：「我和這檔節目的主持人都是您的粉絲，非常想邀請您來參加我們的節目。如果您覺得這樣不妥，我們可以單獨邀請您來做一期專訪。」盛情難卻，這還有什麼好說的呢？

於是約好了一個下午，陸珞竹來到電視臺。編導將陸珞竹帶進演播

室，女主播已經恭候在這裡了。女主播笑著對陸珞竹說：「陸教授，久仰大名啊，今天終於見到您本人了，看起來這麼年輕啊！」「我也不年輕啦，你才年輕嘛！」陸珞竹笑著說道。上次來問他問題的外景主持人可能就是剛從學校畢業入行不久的小姑娘，非常可愛。但這位演播室的女主播明顯感覺要專業很多。她穿著職業套裝，一頭卷發，舉手投足之間都散發著一股優雅的氣息。「我叫章曉婷，這是我的名片，請多指教！」陸珞竹接過章曉婷的名片，這名字覺得熟悉。他以前參加過西京臺的其他頻道的節目錄制，雖然和章曉婷是第一次見面，但以前肯定在電視上看到過她。陸珞竹也拿出名片遞給了章曉婷，二人簡單寒暄了一下，陸珞竹戴好麥克風，就開始錄制這期關於樓市的節目了。

這次訪談的話題是「租房還是買房」的問題，作為對最近大熱的那個北京專家說房價即將大跌讓大家不要買房的話題的回應，主持人首先就詢問了陸珞竹對這個問題的看法。陸珞竹笑了笑說：「我也不認為房價會一直漲下去，從來沒這樣說過，但是下跌50%這個判斷我確實不敢認同。」「而且，下跌50%這個說法也很模糊，沒有一個明確的時間限制。是明年嗎？兩年內嗎？五年內嗎？還是十年或者更長的時間？這個從最近流傳的說法來看我們並不清楚。」陸珞竹補充說。「那很多媒體把這個專家的觀點解釋成『買房不如租房』，說不如把買房的錢拿去好好享受生活，提高生活質量。您是怎麼看這個問題的呢？」「我覺得這個問題不能孤立地從某一段時間來看，而要從人的一生來看。」陸珞竹說道，「經濟學中有個生命週期理論，講的是理性的消費者會在其一生的視界內來平滑其消費。比如在年輕收入少的時候，可以通過貸款等方式提前消費一些大宗商品，而在中年收入高的時候又進行儲蓄來還貸或應對老年收入減少時的消費。」

「您說的『大宗商品』就是指住房嗎？」章曉婷問。「汽車消費也是。現在很多家具家電也可以分期，性質是一樣的。但因為住房的總價高，所以這個問題在住房消費上體現得更明顯一些罷了。」「那人們應該全款買房還是貸款買房呢？」主持人又問。「我們不妨來看看各自的利弊。」陸珞竹說道，「全款購房者湊款的時間更長，當然，我這是指普通人，『土豪』隨意。但是從消費者的生命週期來看，沒有利息支出，相當於購房

的總價少，然後要麼可以購買更多的其他商品，要麼購買更大更好的住房。貸款買房當然可以早買早享受，但是從生命週期來看需要承擔更高的購房成本。」「這個貸款的總成本有多高呢？」主持人問。「這個我只能估算一個大概的數，因為貸款利率是經常都在變化的。」陸珞竹回答。「嗯嗯，是的，利率經常都在調整，而且通常是在週末。」主持人說。「呵呵，是的。」陸珞竹笑著說道，「我根據目前市面上常見的房貸產品大概估算了一下，年化下來的房貸利率大約在4%左右。」章曉婷不解地問：「常見的商業房貸利率不都是6%左右甚至7%左右嗎？怎麼會是4%呢？」陸珞竹解釋說：「我說的是『年化』後的利率，就是根據貸款期限內的總利息支出再參考貸款本金所折算出來的利率。」陸珞竹又補充說：「那根據這個年化利率，如果購房者選擇20年的貸款期限，總的利息支出就是貸款金額的80%了。而如果購房者選擇30年的貸款期限，總的利息支出就是貸款金額的120%以上了。」

「這麼高啊？」章曉婷吃驚地說道，「那如果貸款100萬元，20年下來利息支出就是80萬元？30年下來就是120萬元？」「是的。」陸珞竹平靜地說道，「購房者在貸款買房的時候一般只會注意到每個月的還款夠不夠多，但卻往往忽略了貸款所支付的利息總金額。從生命週期來看，貸款買房的總利息支出是相當驚人的。」「那我覺得還是不要貸款買房了，盡量全款吧！這麼高的利息支出太不劃算了。」章曉婷噘著嘴說，心想這個節目做完了就趕快去把自己的房貸提前還了。「哈哈哈！」陸珞竹笑了起來，說道，「總的利息支出高，是因為時間長嘛。貸款期限動輒20年、30年的，累積起來的房貸利息當然就高啦。但是如果單從房貸的利率來說，在目前市面上的各種貸款和金融借貸產品來看，房貸的年化利率水平應該是最低的了。」「那您的意思是還是應該貸款買房了哦？」章曉婷問，她注意到陸珞竹笑起來的時候嘴角還有淺淺的酒窩，真迷人。「這個問題就得因人而異了。」陸珞竹又恢復了理性而冷峻的表情，說道，「首先，不是所有人都能全款購房，畢竟要一次性地拿出幾十萬元到幾百萬元的資金來，對普通家庭來說是很有難度的。國外發達國家大多數家庭也是貸款買房。其次，如果購房者想買房時手裡有全款支付購房款的錢，那就要好好規劃一下自己可能的資金用途了。如果有明確的投資渠道並

且年化下來的投資收益有把握大於房貸的年化利率,那就貸款買房,再把錢拿去做投資就是值得的。這在經濟學上叫做『機會成本』。」

「現在很多購房者,當然主要是年輕人,覺得與其把房租交給房東,幫房東養房,還不如自己早點貸款買房,這樣每月還按揭的錢就相當於交房租了,而房子還是自己的,所以就急著要盡早買房。陸教授您對這個問題是怎麼看的呢?」主持人問道。「如果涉及租房的情況,這個問題就更複雜一些。因為消費者此時就必須把對住房消費的租金支出也計算到生命週期的開支裡去。」陸珞竹說道,「但其實基本的道理還是和前面說的是一樣的。買不買房以及何時買房,除了取決於購房者自身的收入和積蓄等條件以外,也取決於購房者對房價漲跌的預期。如果購房者覺得房價要持續上漲,那只要自身條件允許,當然是早買比晚買好咯。但如果預期房價要下跌,那就可以先租房再等等,觀望一下市場行情的變化再說。」「所以買房還是租房的這個問題,除了自身是否買得起這個因素以外,主要取決於購房者對於房價走勢的判斷?」主持人總結到。「是的,可以這樣說。」陸珞竹肯定地說。

「那房價究竟是漲還是跌呢?」章曉婷關切地問道。「哈哈,咱們又繞到這個問題上來了。」陸珞竹笑著說,「之前我在一個電臺做節目時專門分析過中國房價高的問題。概括地說,原因之一就是人口多,而且分佈不均,在特大城市過於集中。比如北上廣三個城市群就用中國2.8%的土地集中了18%的人口,也貢獻了36%的GDP,所以北上廣深的房價高也不足為奇。其次,目前中國很多家庭還是把房產當做主要的投資品種加以配置,這也大大增加了對房產的需求。此外,像寬鬆的貨幣政策和較高的金融槓桿等原因也都是推高房價的因素。這些因素目前看來在短期是很難消除的,所以要想房價迅速下降較大幅度,我覺得有點難。」「所以現在人們就急著買房是吧?」章曉婷笑著說。「正是因為這幾年房價漲得快,所以買了房和沒買房的人在家庭總資產上差異在變大。特別是借助貸款這樣的金融槓桿,更是會放大這種差異。」

「現在有種說法叫做『有房沒房兩階層』,是不是說的這個道理啊?」主持人問道。「『兩個階層』的說法感覺有點誇張了,但當前有房的家庭的家庭資產增值速度更快倒是真的。」陸珞竹說。「我這裡有一個案例,

說是同一個單位，同樣拿五千塊錢工資的兩個人，前幾年一個買了房，一個覺得房價要跌，再持幣觀望一下。現在有房跟沒房的那兩個人完全是兩個階層，當年買了房的那個人身家都幾百萬元了，而沒買房的那個人感覺沒什麼太大變化，錢也沒有存多少下來。」主持人說道。陸珞竹點了點頭，說道：「你說的這個案例非常典型。我這還有一個更有趣的案例。也是說的兩個人，好幾年前他們手裡都有差不多 20 萬元資金，然後一個人買了一套 100 平方米的房，繼續騎自行車上下班。另外一個人拿這 20 萬元買了一輛高配的桑塔納，然後交了一個女朋友。」「哈哈，那時車好貴的噢。」主持人也笑了起來。「是啊，那時國內的汽車市場剛起步，小汽車品種少，而且都很貴，一輛桑塔納都要 20 萬元的樣子，在那時可是身分的象徵啊！」陸珞竹說。「那後來這兩個人的結果呢？」主持人好奇地問。「具體我就不知道了，大家可以自己想啊。」陸珞竹說，然後他和主持人兩個人都笑了起來。

「這些年房價一直在漲，這對人們心理引發的焦慮是很大的。沒買房的人很浮躁，買了房的人後悔沒有買更大的。」陸珞竹繼續說道。「那假設現在兩個條件完全相同的人，一個人買房而另一個人選擇租房，那 20 年後買房的小夥伴房貸還完以後他們兩個會有什麼差別呢？」章曉婷似乎對這個問題相當感興趣。「其實 20 年後這兩個小夥伴就是擁有房產和擁有現金的區別。」陸珞竹回答道，「理論上說只要不買房的人善於理財，其資金回報率能夠至少不低於房價的增幅，那這兩個人買不買房是沒有區別的。」「現在問題來了……」章曉婷微笑著接過話說道。「從目前的情況來看，要想在 20 年的時間內穩定的獲得不低於房價增幅的投資回報有點難。而且要投資就得有本金。這個不買房的人也很難保證每月就一定能攢下錢去投資，很可能在沒有償還按揭貸款壓力的情況下亂花錢就用掉了。」陸珞竹又說：「而且我們的很多隱性的福利其實是和住房綁定的，比如買房落戶，子女入學，等等。有的時候甚至辦一張額度大一點的信用卡銀行都會要求你有自己購買的住房。這些因素又會加劇沒有買房的人的焦慮情緒。」「還有在婚戀上，可能租房和買房也會有差別。」章曉婷補充道。「的確，我最近剛剛看到一個社會調查報告，顯示西京地區的適婚女性有七成都看重房產。」陸珞竹回答。

第四十三章 租房還是買房？

由於時間關係，今天下午的訪談到這裡就做完了。陸珞竹和章曉婷都覺得聊得非常愉快。章曉婷說：「陸教授您這麼帥的，我們節目的收視率肯定會大幅上升啊。」陸珞竹說：「呵呵，如果你們節目的收視率真的提高了，我還是希望是因為我們兩個人說得好，觀眾聽了覺得有道理，有收穫。」「陸教授，您一定是很多女生的夢中情人吧？」章曉婷打趣地說。「哪有，你太抬舉我了。」陸珞竹不好意思地說。章曉婷一邊送陸珞竹走出演播室，一邊說道：「陸教授，以後我們可要經常麻煩您啊！」「沒問題啊！只要題材合適，我肯定大力支持！」陸珞竹笑著說道。「行，回頭我請您吃飯表示感謝！」章曉婷說。「那肯定得我請你嘛！」陸珞竹回答。「和您這樣的名人一起吃飯肯定好有壓力啊！」章曉婷吐了吐舌頭說。「我哪算什麼名人啊，你才是吧？我還是你的粉絲呢，哈哈。我信奉認真做事，踏實做人。至於是不是名人，其實我不在意啦。」陸珞竹說罷走出了演播室。

第四十四章

漸行漸遠

人世間最怕有緣無分。那到底是緣重要呢還是分重要呢？

愛不是去狹隘的佔有。佔有的愛，那是 20 來歲的小男生和不懂愛的人做的事。愛的真諦是不求回報的去為對方付出，從佛祖的大愛到父母的關愛都是這樣。愛也有很多種表現形式，不一定非要天天纏綿在一起卿卿我我。對糖糖無微不至的關心就是聞道對她的愛的一種表現形式，像個親人一樣關心她就好了。聞道想說的是，只要他人還活著，他對她的關愛就永遠不會停，這就是他對她的負責。戀人可能會分手，夫妻也可能會離婚，但他這份親人一樣的關愛永遠不會停。

聞道覺得這一段時間以來，他對人性的理解又有了一些昇華。他覺得他現在的看法既經典又抽象。人進化這麼久，已經不是動物了，而是社會的人。因此，人的肉身會受到各種各樣的約束和束縛，比如其他人看你的眼光，社會道德，自己的責任和義務等。也許只是每天給她發幾條信息，這僅是一種方式，但更多無形的關愛還需要她自己透過文字去體會。而她對這種關愛的態度，聞道希望是去享受它，而不是抗拒它。她接受一個親人的關愛有何不可呢？當然，前提是她對自己也至少是有好感的，否則自己的關愛反而會讓她心煩。

自從糖糖辭去空姐的工作去公關公司上班之後，聞道和她的聯繫也越來越少了。以前聞道還時不時地去機場接她，但現在看來也沒這個必要了。聞道經常發信息給糖糖她都不回了，或者回簡單的幾個字，說

「開會」「應酬」「在忙」等。聞道天天瀏覽糖糖的社交網絡看糖糖過得好不好。開始的時候，聞道還愛評論一下，或者點個讚什麼的，但後來也不太想評論或者點讚了，只是默默地看。

　　有一天，聞道在網上看到一條「女性常穿高跟鞋的危害」，想到糖糖愛穿高跟鞋，於是發給了她看。這個信息說，常穿高跟鞋雖然可以給女性增添優雅和自信，但對身體而言卻不是什麼好事。經常磨損腳跟不說，還會損害健康，導致病痛，可謂危害多多。長期穿高跟鞋的女性可能患錘狀趾、拇外翻及跟腱損壞。女性穿上高跟鞋後，身體前傾使全身重量落於腳掌，鞋跟越高腳掌所受壓力就越大。同時，膝部及背部也可能受到影響，並由此產生病症。發完這個，聞道還補充了一句，說如果遇到壞人，高跟鞋脫下來還可以當做武器。這一次，糖糖終於回了聞道的信息，她說：「你是不是就是想感動我？」聞道說：「你說錯了。我從沒想過要感動你或者要讓你心動，我沒想那麼多。我又不參加中央電視臺《感動中國》的評選，我也沒那麼偉大。我其實也只是一個平凡的人，我只是在為我喜歡的人做一點小事而已。就像以前我去機場接你，我就只是想你在這種情況下，拖著疲憊的身體回來的時候，能早一點回家睡覺。就這麼一個簡單而樸素的願望，僅此而已。」

　　這陣子網上在流傳一則「小王的故事」，大意是說一個叫小王的年輕人交了一個女朋友，天天跑很遠的路去給她做飯等她下了班回家就可以吃到新鮮可口的飯菜。這樣堅持了半年，後來有一天突然「女朋友」跑了。原來小王的這個「女朋友」一直有男朋友，在外地，她一直把小王當做備胎，現在她則跑到外地去和她真正的男朋友結婚去了。聞道把這個故事發給了糖糖看。糖糖問他：「你想說什麼？」聞道說他好羨慕這個小王，還可以給他最心愛的女人做半年的飯。糖糖說：「人家小王沒有你那個兩年的約定！」

　　聞道想，他不會阻礙她去尋找她的幸福。他想好了，如果他沒有福氣得到她的愛情，他就安心做她的備份，拿現在的網絡流行語來說叫「備胎」。雖然有點難聽，但這是他自願的。誰叫他愛上了她呢？他自己就要承擔這個後果。他就站在她身後默默地關心她、支持她就好了。她不用考慮對他公平不公平的問題，這個社會本來就是不公平的事比公平

的事多。如果和她一起花前月下這些事他無福享受，但是像來接她這些下苦力的事，只要她願意，他在能安排出時間的情況下一定來。聞道說：「我當你的『備胎』。」糖糖回道：「算了吧，你這個『備胎』隨時漏氣……」

聞道說：「我會像一支蠟燭一樣，燃燒自己來愛你。」他心想，他會用他無微不至的關懷來溫暖她的心，他願燃燒自己的生命來照亮她的黑暗。「說那麼嚴重，我得離你遠點，不然燒著我。」糖糖回道。「我燒我自己，你只會覺得溫暖而已，不會燙傷你。」聞道說。

聞道知道糖糖的父母在讓她去相親。她身邊那幫姐妹們更是經常給她介紹一些「高富帥」認識。人家單身漂亮，憑什麼不去呢？一天，糖糖說她要去和別人約會了，她想談戀愛了。聞道竟然無言以對。「如果不是你，我大可以高高興興地去約會。現在有你，我反而很不自在，去也不是，不去也不是。」糖糖說道。敢情聞道現在成了障礙了？「適婚女性去約會很正常。你知道他們在追我。這個社會很現實，我是不會等你兩年的。」糖糖又說。「你給我一點時間……」聞道也不知道這句話是如何說出口的。「你愛我嗎？」這也許是聞道最想知道答案的一個問題吧？只需要一個肯定的答案，讓聞道為她去死他也會在所不辭。「我不愛你。」糖糖平靜地說，「我沒法愛你。你這樣和你的前妻藕斷絲連，你把我往哪裡放？我們也是不會得到別人的祝福的。」她其實也說得對。追她的男人那麼多，不乏既長得帥的、又有錢的，最重要的是這些人沒有他這麼複雜的情況。她有很多選擇，她又何必因為選擇他而給自己憑空增添這麼多麻煩呢？既然有選擇，那她又何必惹得後患無窮呢？結過婚的男人就像地雷，不管有沒有離婚，稍不注意就踩爆了。理解萬歲！

「希望你能做到：當我談戀愛的那天，你能衷心祝福。」糖糖說。

聞道說：「只要你和那個人在一起幸福，我肯定祝福你。」他不關心最後誰能贏得她的芳心，只關心那個人會不會對她好，會不會像自己一樣對她好。

就這樣結束了嗎？是否聞道應該安靜地走開，這才是對大家都是最好的結局呢？她想找個結婚的人，而她認為聞道會耽擱她。她想得其實也無可厚非。但太多的案例告訴我們，那張紙和幸福畫等號只是巧合，

第四十四章　漸行漸遠

是運氣。據權威統計數據顯示，西京市的離婚率高達40%。最愛她的人不一定能馬上娶她，而能馬上娶她的人也不一定是最愛她的人。也許很多年後她會明白這個道理，而那時他可能已經離她遠去了。

這一段時間糖糖更新狀態還有一點頻繁，也許是剛換了一個新工作，新鮮感還比較強吧。可以看出她幾乎每天出入高檔場所，還經常喝醉。毫無疑問，她的喜怒哀樂都能牽動著聞道敏感的神經。有幾次聞道看她喝醉了說去接她，她都說有朋友送她回去了。看得出來，她很受大家的歡迎，不論是她所在的公司，還是其他各種社交或者應酬的場合。她身邊的人把她稱為公主，當然是正規的公主。不論是她的同事、朋友或者客戶，在人們的追捧之中，她儼然就是一個派對女王。她時而出席慈善活動，時而又出現在時尚秀場，抑或是什麼新產品的發布會，大有成為西京社交圈名媛之勢。聞道注意到她除了結交了很多老闆以外，還認識了不少搞藝術的、搞音樂的、拍電影的人。「也許她本來就很有藝術氣質，喜歡認識這個圈子的人也很正常吧？」聞道心想。最讓聞道難以接受的是，在一些聚會的場合，糖糖喝酒喝高興了，甚至會運用她小時候練過藝術體操的曼妙而柔軟的身體，在KTV或酒吧的包間裡表演一字馬劈腿的才藝，或者表演一個向後的下腰，博得圍觀人群的滿堂喝彩。這讓聞道很傷心，簡直是心如刀割。

她能擺出完美的S型造型，她的身體就像是一件精美的藝術品，雖然聞道也沒有看過衣服裡面。她本身美得也就像是一件藝術品。聞道很想給她留言，說：「你從小刻苦練習，學習的藝術體操是一門高貴的藝術，而不是在KTV的包間裡表演才藝供這些臭男人們取樂的。」但是他忍住了，沒有把這句話發出去。管他什麼事呢？她願意選擇什麼樣的生活方式是她的自由，他無權干涉。真愛？呵呵。聞道覺得心在滴血。傻男人，你真是傻啊！智商情商都很低啊！其實聞道在心裡很反感抽菸、喝酒、應酬的這一類女人，但是偏偏他此生最愛的那個女人就是這樣的。還真是造物弄人啊！

聞道隨時都在關注糖糖在她的社交網絡上發布的狀態，但再也沒有給她留過言了。從她更新的動態可以看出，這段時間她好像先後交了兩個男朋友。聞道也沒有找她核實。核實有什麼用！關他什麼事呢？

聞道真羨慕那些電影和小說中的情節，可以一晃就是「XX 年後」。他也真想哪天一覺醒來，發現已經很多年後了。但問題是現實中這日子不論再苦，它還是得一天一天地過。熬。知道這個字是什麼意思嗎？生活不是翻書，可以直接跳到最後一頁。你每天都得過滿 24 小時，雷打不動啊！雖然覺得很冒失，但有一次聞道還是忍不住發了條短信給陸教授，問他當年是怎麼走出感情的痛苦的。陸珞竹回道：「Use pain as a stepping stone, not a camp ground。」

　　聞道不明白自己上輩子是不是欠糖糖，讓他這輩子這麼受折磨？

　　每天對她的思念都像潮水一樣。

　　每天早上醒來聞道都會在腦海裡想她一會兒再起床。每天最幸福的時候就是半夜醒來和早上醒了但是起床前自己在腦海中冥想她的時候。

　　聞道幾乎天天夢到她。夢裡她對他很好，他們是那麼得幸福。

　　人生最痛苦的事，不是遇不到你愛的人，而是遇到了卻不能在一起。

　　遲來的愛，它注定是一種傷害。

　　這段時間，聞道根本不敢聽那些情歌，一聽就覺得自己淪陷了。那些歌詞怎麼都寫得那麼好呢？聞道開始看一些俗稱「心靈雞湯」的文章，以前他從來不看這些。這天，他看到一段「早安人生」的話，是這樣說的：「人生，沒有過不去的坎，你不可以坐在坎邊等它消失，你只能想辦法穿過它；人生，沒有永遠的傷痛，再深的痛，傷口總會痊愈；人生，沒有永遠的愛，沒有結局的感情，總要結束；不能擁有的人，總會忘記。慢慢地，你不會再流淚；慢慢地，一切都過去了……適當的放棄，是人生優雅的轉身。」

　　聞道一大清早看到這段話，眼睛又有點濕潤。還能不能好好過日子了？聞道也知道這個道理，但是他就是愛她，就是想她，這沒辦法啊！如果醫院能有個手術，把他大腦裡想她的那些腦細胞全挖了，聞道一定會毫不猶豫地去做。聞道覺得他是在浪費自己寶貴的愛情，果斷放棄、不再執著，也許對他和糖糖兩個人都是最好的結果。但是有一句話又是這樣說的：「就像體重應該只增長在喜歡的食物上，愛情就該浪費在你愛的人身上。」

　　聞道到底應該怎麼辦呢？

第四十四章　漸行漸遠

第四十五章

招商的「規則」

　　對於一個市區的項目來說，配套不是樓盤的主要訴求，因為市區的各種配套本身就比較完善了。這是國內城市的特點：主要的商業、學校、醫療等配套基本都集中在市區。然而對於一個郊區的項目而言，配套的多少及好壞往往關係到項目的成敗。簡單地說，你得解決業主的衣食住行購這些生活的基本問題。業主買菜買醬油，總不能還要開車回到市區吧？永生之城是一個號稱數千畝的大盤，自然不能以小超市、便利店之類的商業配套來要求，這和項目自身的定位嚴重不符。「城市級別的配套」，是永生之城所追求的目標，也是重要的營銷賣點。像永生之城這麼大體量的項目，不配相當比例的商業物業是肯定不行的。但商業地產的開發對很多開發商來說都如同燙手山芋。雖然商鋪通常賣得貴一些，甚至可以說比住宅的單價貴多了，但商業物業賣起來麻煩得多。住宅可以賣了就不管了，空置率高也無所謂。但商業物業如果空置率高，這個項目就死了。而商業能不能做活，還涉及後期的經營。

　　其實商業物業的開發模式從最終的歸屬來講，不外乎就是銷售和自持。對於開發機構而言這完全是兩種不同的概念。銷售自然就是一錘子買賣，和賣住宅差不多，但由於已經把商鋪零散的賣了，所以很難掌控後期的經營。自持就是不賣，開發商自己擁有開發出來的商業物業的產權，並加以經營。雖然不能馬上回收銷售的資金，但自持能獲取長期較穩定現金流，並享受資產持有所帶來的增值。是銷售還是自持，這就

看開發機構的偏好了。不過也不完全是這樣的。有時，開發機構會被動的持有商業物業，因為很難銷售出去。從商業物業的形態來說，一般可以分為社區底商、商業街、購物中心這些形式，當然還有專業市場。社區底商往往最受投資者的歡迎，因為靈活方便。既可以租給開面館的，也可以租給開理髮店的，靈活，風險低。購物中心和專業市場這種形態的商業物業需要整體營運，萬一整體營運失敗，那你裡面買的鋪子難道還能開門嗎？所以購物中心這種大型的商業物業面向散客的銷售往往較為困難，開發商自持的比例通常較大。

　　對於永生之城這麼大規模的項目來說，顯然不能只修幾個底商就完事了。實際上，永生之城在商業上有著相當的雄心，不僅規劃了一個大型購物中心，還沿著購物中心展開了一條商業街，還有一棟酒店和一棟寫字樓組成的雙塔，據說還規劃有一個歌劇院，項目總的商業體量相當驚人。公司董事長大牛總曾說過，永生之城不僅僅是一個郊區的樓盤項目，而是一個新城的中心。如果項目號稱的這幾千畝地確實能開發完成，那這個規模的商業配套是合適的。但如果僅開發目前的幾個組團，那這個商業配套就顯得太奢侈了，擺明了給別人做嫁衣嘛。但是大牛總這麼精明的人，顯然有著他自己的如意算盤。這個新城核心級別的商業配套，是需要大吹大擂的，把其價值炒作起來。住宅銷售往往有其價格天花板。比如一般的住宅賣 1 萬元一平方米，你要賣兩萬元一平方米那會非常的吃力。但商業項目只要有一個好的炒作概念，那價格炒上天都是有可能的。目前西京市區的商鋪價格動輒數萬元一平方米，而在市中心最核心的商圈，甚至可以賣到幾十萬元一平方米。

　　就永生之城目前的狀態來說，酒店和寫字樓還在圖紙上，什麼時候動工還不知道呢。歌劇院雖然打了圍，但大牛總的意思是慢慢修。歌劇院這種物業，對一個樓盤來講擺明了是賠錢的，就算能夠提升項目的整體調性，但和其花費的成本相比可能得不償失吧。這個項目規劃歌劇院最根本的目的是做給政府看的，這是溝通政商關係的重要一環。歌劇院、會展中心之類的物業政府是最喜歡的了，形象工程嘛，特別是在新區，這對一個新的開發區形象的提升是很重要的。但是和前面幾種物業的「拖」相比，項目在購物中心和商業街的建設進度上來說則可以用「神

速」二字來形容。目前，購物中心已經封頂，而商業街局部甚至已經開始外裝了。

　　大牛總給聞道的團隊制定了很大的銷售壓力。不過萬幸的是，大牛總只要求聞道迅速地把商業街的商鋪銷售出去，購物中心他壓根兒就沒想賣。這是為什麼呢？首先，購物中心這種集中式的商業業態很難賣，體量太大。雖然也可以打散了賣「分割產權」型的內部商鋪，但這很不利於後期的營運。其次，商業街可以看做是普通社區底商的升級版本，這裡既有底商類型的商鋪，也有更高級的小獨棟式的商業體，面積有大有小，銷售以後可以迅速回收現金流，作為投資的回款。第三，也就是最關鍵的一點，購物中心雖然不賣，但是可以包裝得天花亂墜。包裝給誰看？當然是銀行啦！把購物中心的物業吹上天，價格有價無市一點關係都沒有。這個估值是做給銀行看的。大牛總可以拿這個購物中心當抵押物又從銀行獲得貸款，去滾動開發其他項目。由於這個購物中心在西京北郊暫時還沒有競爭對手，所以稀缺性相當突出，到時評估的時候打點一下做一個高估值出來也是完全可以的。

　　聞道從這個操盤手法足以看出大牛總的老道。用歌劇院吊政府胃口，用酒店和寫字樓畫餅充饑，再賣住宅和商業街迅速回款，而購物中心則抵押給銀行獲得天量的資金來滾動開發。這實在是在下很大的一盤棋，不得不佩服啊！至於這些項目的設計，那更是吸引眼球，全是國際知名的大牌設計機構做的設計。你說銀行評估的時候能不給一個高估值嗎？

　　但是要把這個購物中心開起來，的確還是不容易的。首先，你得用商家把它填滿；其次，你還得讓這些商家做活，不然購物中心很快關門了必然會影響其估值。現在購物中心加主力店這種模式，是非常流行的模式。什麼是主力店？在不同位置的購物中心所要求的主力店是不同的。在市中心，最適合的主力店形式就是大型的時尚百貨。而在新興的居住區，特別還是在郊區，最適合的主力店形態就是帶有一定百貨性質的大型超市，這會極大地提升其所在片區的成熟度和生活的便利性。主力店一開業，必然會有很多小商家跟風入住開業，這樣一來項目的商業自然就做活了。

　　一方面，商業物業的開發機構都有招商部門，專門負責把商家吸引

到項目裡面來開業。另一方面，不同的商業機構也都有自己的拓展部門，負責新店的選址和開業。照理說這二者應該是一拍即合的合作關係，但就和任何做生意的一樣，雙方往往存在著一個誰求誰的問題，這就是市場的力量。那開發商和商家這對歡喜冤家到底是誰來求誰呢？其實更準確地說這應該是物業的業主和商家之間的關係。但由於購物中心的業主就是開發商自己，所以這就變成了開發商和商家的關係了。

據相關統計數據顯示，目前全球在建的購物中心面積最多的 10 個城市中，有 7 個位於中國大陸，西京就位居其中。而且，西京的商業物業體量號稱可以擠進全球前三！作為一個中國的二線城市來說，也不知道這究竟是好事還是壞事。據說西京的購物中心面積是巴黎的 20 倍，這……不過從全國來看，這些年購物中心的確呈現出了井噴的局面，每年全國都在以 200 家至 300 家的速度在新增購物中心，能做活多少還真不好說。

在短時期內大量購物中心項目集中面世，而且在一些城市局部集中，使得購物中心出現了一些供大於求的市場態勢。如何填滿這些購物中心成為了一個難題。商家資源，特別是優質的商家資源成為了大家爭搶的香餑餑。「彈性！」聞道想起陸教授說過的市場彈性，一般來說供需雙方誰的彈性小誰就更吃虧一些。在住宅的開發上，開發商拿到地以後就可以說是支配整條產業鏈。然而在商業地產的開發上，能讓開發商受制於人的地方那可就太多了。對一些知名度特別高的主力店來說，開發商得求著它們入駐。那還真是傳說中的「客大欺店」。畢竟，免租金、倒貼裝修錢這種慘案也不是沒有的。但對大多數的開發商而言，自己主要就是修房子的，所以沒有能力也沒有必要去又開商場又開酒店。於是，招商工作就變得舉足輕重，而招商部攻關的重點對象就是主力店。特別是這些主力店的區域拓展總監或者大區經理，更是成了眾人爭相巴結的對象。雖然公司有專門的招商部，但由於招商和營銷密不可分，所以聞道實際上也參與了招商的很多談判和應酬。

對主力店招商的潛規則是很多的，有見得光的，也有見不得光的。見得光的潛規則其實就是「店中店」，俗稱「二房東」。「店中店」這種模式其實很簡單，就是開發商把很大的商業面積一起租給主力店，然後

第四十五章　招商的「規則」

主力店再分割出很多小的商鋪又租給其他較小的商家。顯然，對於開發商來說，這要犧牲很多租金收益。但是為了吸引主力店進駐自己的購物中心，有時也不得不做出利益上的讓步。畢竟，如果無法招商或者經營失敗造成商業物業的空置，這也是有巨大的成本的。兩害相比取其輕吧！其實開發商對主力店都是又愛又恨的。愛的是大型超市這些主力店可以吸引來大量人氣，把項目帶活；恨的是它們往往把租金壓得很低，一般只能租30元到50元每平方米每月。更氣的是還要搭配大量的可租面積給它們，而它們分割後一轉租就可以獲得一百元甚至數百元的租金！大型超市動輒要求1萬平方米到兩萬平方米的營業面積，一般會把其中的25%到40%不等的面積轉租給其他商家，這是怎樣一筆利潤啊！你以為它們光靠賺一點商品差價、進場費？顯然當「二房東」來得更快吧？但這都是在割開發商的肉，接開發商的血啊！不過對於大牛總這樣的「志存高遠」的開發商而言，損失一點租金真的是小錢。讓主力店賺！等它們把店做活了，人氣帶旺了，那購物中心的估值隨便漲一倍吧？估值的單位可是用億元來計算的，好不好？

　　至於這見不得光的潛規則，其實也就是那麼大回事兒。這主要是針對主力店拓展人員而言的，因為他們才擁有商家選址和開店的實權。概括起來不外乎就是「索拿卡要，吃喝嫖賭」這八個字。這些拓展人員非常清楚他們的主力店對開發商而言的意義，只要商家和開發商簽訂一紙「意向性協議」，開發商就可以拿這個大做文章，用主力店的進駐來造勢，忽悠投資者或購房者下單。所以這一紙協議，自然就是價值萬金了。甚至還會有拓展人員索要項目股權，這就不僅僅是店大欺客的問題了，而是狐假虎威啊！

　　永生之城的主力店之爭，經過多輪討論和篩選，最後鎖定在了一家國際大牌的大型超市身上。公司上下都希望能談成這家大型超市作為主力店，這勢必會大大的利好項目的招商和銷售。這一段時間聞道和公司負責招商的同事們幾乎天天陪著這家大型超市的拓展人員「駐扎」在西京天堂會所，讓這哥兩個各種花樣的都玩遍了，前後花費了估計有幾十萬元了，大牛總眼睛都不眨一下。最後，聞道他們終於拿到了對方一張意向性進駐的協議書，談好租金30元每平方米每月，整租兩萬平方米。

簽訂了這個意向性協議以後，公司自然是馬上召開了新聞發布會，向西京媒體迫不及待的公布這一重大喜訊。銷售部的王豔甚至給聞道測算了一下，這個消息發布以後，項目住宅的銷售均價可以漲 500 元到 1000 元不等，商業漲得可能更多。

誰知道風雲突變，到了正式簽合同的時候，這家超市的中國區老總說 30 元每平方米每月的租金貴了，15 元每平方米每月馬上簽，否則就算了！這一下，公司所有的人都傻眼了！而對方的那兩個拓展經理站在一邊，聲都沒吭一下。公司連夜緊急磋商，小牛總說：「要不我們可以先按 15 元和他們簽，否則話都放出去了再毀約可能引起購房者退房。等他們進來了再時不時地斷水斷電讓他們沒法順利經營。到時候他們巨額的裝修等前期費用都投入進去了，還不是只能乖乖地就範？」但大牛總實在咽不下這口氣，說：「讓他們滾蛋！」這下前期花的幾十萬元「勾兌」費用可算是打了水漂了，還不算那些廣告費。聞道和招商的幾個人都不敢說話了。好在還有一家國內的大型超市備選。雙方很快談好了條件，這才算把主力店的招商問題搞定了！

第四十六章

售樓女神

　　時至歲末，又到了年終總結的時候。哪個樓盤會成為西京樓市的銷冠，而誰又會成為聞道他們公司今年的銷售一姐呢？一方面，西京的各家媒體正在緊鑼密鼓的核算這一年西京各家房企的「成績單」，其數據來源五花八門：有房管局發布的，有第三方數據公司的，也有媒體自己統計的。聞道提前組織召開了西京市主要媒體參加的媒體答謝會。其實就他們盤的規模和今年的推盤進度來說，不出意外應該是可以拿到銷售冠軍的，也就是業內俗稱的「銷冠」。但是怕就是怕這個「意外」，所以必須做好提前的準備工作。爭這個「銷冠」有什麼意義呢？其實主要也就是一個噱頭而已，宣傳的時候可以對購房者傳遞兩個意思：其一，是我們賣得多，在整個西京都是賣得最好的，您放心買就是了；其二，就是我們的項目熱銷，您不快點買可就沒房了。

　　至於這另一個方面嘛，實際意義可就大多了。如果哪一個售樓小姐拿到了公司內部的「銷冠」，這無異給自己貼上了一個燙金的標籤，以後跳槽時可增色不少，也有很多獵頭專門就喜歡到處挖「銷冠」售樓小姐的。穿著高檔的職業套裝，化著精致的妝容，簽著大額合同，拿著高額提成，相信這是很多人對售樓小姐們的印象。的確，一套房子的總價不低，特別對高端物業來說，一套上千萬元甚至上億元的都有，這提成可以羨煞了很多其他行業的銷售人員吧？特別是在行情火爆的時候，售樓小姐們就端坐在售樓部裡守株待兔，客人來了說幾句話簡單介紹一下項

目就可以成交，有的甚至項目都不用介紹直接下單。這錢真的掙得有這麼舒服嗎？其實售樓小姐們背後的辛酸別人又怎麼會知道呢？

聞道對公司的十個售樓小姐都很熟悉。她們每一個人的背後都有自己的故事。就拿前面提到過的肖紫雯來說吧，她是公司出了名的專攻大客戶的王牌售樓小姐。這個女孩的外形無可挑剔，而且她的行事風格非常「放得開」，是不是和每個大客戶都發生過關係這還真不知道，但她和小牛總有過一腿那在公司可是公開的秘密。據說她剛入行的時候接觸的很多大客戶都是小牛總介紹給她的。聞道第一次見到肖紫雯的時候就覺得這姑娘不僅身材前凸後翹，而且臉也長得非常精致，有點洋娃娃的感覺。後來一次公司聚餐肖紫雯喝多了，她才和聞道袒露了自己的一些秘密。

原來肖紫雯曾經長相和身材都很普通。至於有多普通，聞道也不知道，這是聽她說的，聞道也沒有看過照片。聞道猜肖紫雯以前應該也不會太差，只不過可能不是那種在人群中一眼就能讓人驚豔而已。肖紫雯告訴聞道，她從臉到身材動過 30 幾刀。肖紫雯喝了一口酒平靜地說出了這句話。聞道聽後覺得頭腦嗡的一聲就懵了。30 幾刀！這是要多大的毅力才能忍受這種發生在自己身上的痛苦啊！而這還是她自己的主動選擇。肖紫雯出生在一個普通家庭，以前交了一個準備結婚的男朋友，但她很快發現她男朋友喜歡看黃片。看到自己的男朋友對那些成人片中的 AV 女星們如痴如醉，肖紫雯的心裡很不是滋味。後來她發現她的男朋友時常在外面「亂來」，還被她抓了一次現行。分手的時候肖紫雯含著眼淚問她的男朋友，你們男人是不是就是喜歡外表靚麗、身材魔鬼的，她男朋友居然還補充了一句，說還有狂野的。也罷！聞道聽了也覺得唏噓不已。

後來，肖紫雯拿著她當時僅有的 10 萬元存款去做美容手術。為了得到小蠻腰，她先是做了腰部吸脂手術。可是手術後臀部出現嚴重凹陷，看來這脂肪還真是抽一發而動全身啊！沒辦法，肖紫雯又只有繼續豐臀。這一次，她用了進口的填充物，分三次注射了 1000 毫升填充物，合計花費了人民幣 9 萬多元，實現了她「前凸後翹」的性感目標中的「後翹」。但好景不長，一年後她的大腿出現了大面積果凍似的腫塊，而且身體狀況也變差，經常生病，再後來腰也變粗了。肖紫雯對聞道說：「那時我腰

第四十六章 售樓女神

部有腫塊後，穿裙子甚至都無法拉到正常的位置。」

　　肖紫雯去醫院看病，醫生說由於填充物的注射劑量大導致她體內產生的毒性也隨之增大，如不及時取出，不僅會發生移位、滲漏，嚴重的還會有致癌風險。於是肖紫雯只得將臀部的這種填充物取出，又換了一種更好的填充物，才算把臀部的這個問題解決了。至於豐胸，那自然是不用說的，但據肖紫雯說這其實是最簡單又最容易體現效果的一個部位了。「前凸後翹」的目標解決了，肖紫雯又動起了隆鼻的主意，下巴也得做得更尖一點才好看。肖紫雯坦誠說，她不僅鼻子、眼睛已經動過好幾次，還有什麼拉皮、豐臉頰、激光嫩膚之類的也都做過。聞道聽得目瞪口呆。以前他聽說過有種人叫做「整形控」，也就是整形成癮。這其實是一種心理疾病。聞道可以想像在自己身上動這麼多刀，那會是怎樣一種痛苦。一想到這些，聞道就覺得起了一身的雞皮疙瘩。女為悅己者容。為了美，女人也真是夠拼的！

　　「其實我覺得你已經很完美了，真的！」聞道對肖紫雯說。他其實在心裡有一點同情肖紫雯。但是他有什麼資格去同情別人呢？每個人都有自己的選擇，合適不合適只有自己才最清楚。「下一步我還要去給下面做一個收緊的小手術。」肖紫雯湊到聞道耳邊輕聲說，「你們男人不是就喜歡這個嗎？」肖紫雯氣喘如蘭。聞道不知道該怎麼接這句話，便借故離開了。臨走之前，肖紫雯對聞道說：「聞哥，你不要和小牛總對著干。你是好人，但他是做事沒有底線的人。」聞道有點愣住了，他其實在公司和小牛總也沒有什麼公開的矛盾，只是不是一路人而已。在公司裡，不是一路人，不成為死黨，往往也就意味著你會遭到上級的排擠。靠你的能力？可不要把自己的不可替代性看得這麼高。「你根本不知道小牛總和大牛總的關係好到什麼程度。」肖紫雯吐了一口菸，淡淡地說道，「那時我和小牛總還算是在『熱戀』。呵呵，狗屁熱戀！我不過就是他玩弄的工具而已。但他有一次帶著我去參加大牛總的飯局，我們都喝高了，回來的時候那兩個混蛋……」

　　肖紫雯沒有說更多的細節。但是聞道大概也能想到。哎……肖紫雯看著聞道，眼睛裡閃過一絲淚光，說道：「你說他們兩個都可以在一起玩了，這關係肯定不是普通的同事、朋友甚至親戚的關係。你鬥不過他

的。」聞道輕輕拍了拍肖紫雯的肩頭，說：「謝謝你給我說這些。我其實也就是一個打工的而已，干活拿錢，我擺得正自己的位置。」肖紫雯握住聞道的手，說道：「你倒還想得開。我知道你喜歡依依，但你心情不好的時候就來找我吧。」「嗯。我一直把你當朋友的。」聞道不得不抽手離開。不知怎麼的，他怕面對肖紫雯的眼睛，也許是他無法面對那一份期待吧？不過，唉，看來上次因為依依那事，他確實已經得罪小牛總了。反正只要房子還賣得出去，暫時小牛總也不會為難他吧。要是以後實在干不下去了，走人就是了。此處不留爺，自有留爺處！肖紫薇對聞道說：「聞哥，你人很好。但你知道這個世界上過得好的壞人很多，過得慘的好人也不少。你想做好人還是壞人？」聞道說：「我只想做我自己。」肖紫薇說的這個話的確很值得回味。聞道發了條短信問陸教授是怎麼看這個問題的。陸珞竹回道：「Whatever we are，be a good one。」

公司內部的統計數據終於出來了。肖紫雯排在第二，今年的銷售額兩億元！聞道吃驚的不是她居然賣了價值兩億元的房子，而是她居然沒有當第一名！上次聞道他們折騰了兩天接待的輻州炒房團沒能在年前下單，否則肖紫雯估計能上 3 億元甚至更高了。那個輻州炒房團的張總說要再考慮一下，還約肖紫雯去輻州考察。這還考察個屁啊？擺明了就是設的鴻門宴。上次那幾個人，加上張總在輻州當地的狐朋狗友們，肖紫雯去了還回得來不？「別去，那幫人沒安好心！」聞道曾這樣勸肖紫雯。肖紫雯淡淡地說：「現在房子好賣，我當然沒有必要這樣折騰。但如果哪天房子不好賣了，該去還得去。」

「第一名是誰呢？」聞道問王豔。「姚彩露。」王豔回答。姚彩露？在公司的十個售樓小姐裡面，姚彩露應該算是外貌最普通的一個吧？如果她們十個站一排，你的眼光多半就留在了肖紫雯這樣的大美女身上，而不太容易注意到姚彩露。她身段不算苗條，在一群至少 165 厘米以上的美女中她的個子不算高，臉也不太容易被人記住，穿衣也一向包裹得比較嚴實。在這金碧輝煌的售樓部的銷售大廳裡，她一點也不出眾。這裡天生是肖紫雯這樣的美女的舞臺。然而，她卻是銷售冠軍，這一年賣出了 2.8 億元的天文數字。她有什麼秘訣嗎？

這天太陽好，西京的冬天潮濕而陰冷，所以一出太陽大伙兒就像過

第四十六章　售樓女神

節一樣紛紛來到戶外。當然，出太陽必然 PM2.5 指標也會飆升，下雨天空氣質量會好很多。所以在陽光和空氣質量之間只能二選一吧？趁午飯後休息的空當，聞道約姚彩露到售樓部的戶外聊聊天，瞭解一下她的銷售經驗。「我哪有什麼經驗好談啊？聞哥你不要洗涮我嘛……」姚彩露有點害羞地說。聞道相信她這樣說是真心的，而不是假話。「你這一年可賣了 2.8 億元哦，比一些小項目整個樓盤一年的銷售數字還大。一兩次可以說運氣好，但你每次都賣掉了，這可能不是只憑運氣吧？」聞道認真地說，「你可以嘗試著總結一下，看你平時的做法中有沒有什麼可以歸納的？這也可以幫助我們整個售樓部提高銷售業績嘛。」聽到聞道這樣說，姚彩露開始低下頭認真的思考。

「如果說要總結的話，第一點應該是我不挑客戶吧。」姚彩露說道。她說她從不看人下菜，不論客戶是什麼樣的穿著打扮、開什麼樣的車，她都按照標準化的流程去接待客戶，耐心地給客戶介紹項目的區域特性、產品特徵和戶型要點等。由於現在房子好賣，所以售樓小姐們都有點見人下菜，有開 20 萬元以下的車的客戶不接待，穿著土氣的人不耐心理會等不專業的態度。聞道曾在內部培訓時反覆強調過要對每一個來到售樓部的客人都一視同仁，認真接待。為此他還專門安排了按順序輪流接待到訪客戶的制度。但在實際執行的時候，總有售樓小姐們去上洗手間，萬一正好有客戶來訪，總不能讓來訪客戶干等，所以這種輪空的售樓小姐往往就由下一個順位的售樓小姐去接待。誰讓你自己錯失接待客戶的機會呢？於是，這也給了售樓小姐們「鑽空子」的機會。遇到自己不想接待的客戶，輪著該接待的售樓小姐有時就會借故去上洗手間，主動把機會讓給別人。對這個聞道也只能睜一只眼閉一只眼，她們自己放棄機會，怪誰呢？反正只要不影響到訪客戶的接待就行。

但是姚彩露從不這樣。不僅她不挑客戶，而且別人覺得浪費時間不想接待的，她也「來者不拒」，因此她擁有了比其他售樓小姐們更多的接待客戶的機會。姚彩露覺得反正閒著也是閒著，所以就算客戶不買，她耐心的接待一下也沒什麼的。「第二點我覺得就是要待人真誠吧。」姚彩露說道，「我覺得一個人的親和力很重要，但是也不要太刻意，自然就好。」姚彩露說客戶對她們做銷售的人來說都是有防備心的，總覺得你在

騙她們的錢。所以售樓小姐能否快速建立與客戶的信任關係往往決定了她銷售的成敗。「我自己有個體會就是，在和客戶談的時候，盡可能地為客戶傳遞信息即可，而不要給客戶催其下單的感覺，這很容易讓人反感。將心比心嘛，如果是我自己去看房，我也會覺得我自己會做決定，不需要別人來指手畫腳。」姚彩露說。好一個將心比心！聞道對姚彩露的這個觀點非常欣賞和讚同。如果換成你自己都不買，你憑什麼讓別人買呢？

「第三點我覺得就是要做足功課吧，體現自己的專業性。」姚彩露接著說道，「現在客戶都會上網，信息這麼發達的，基本上很多客戶來到售樓部都是最後一步了。所以如果自己對項目和產品的業務信息不熟悉，客戶一問三不知的話，不僅會讓客戶覺得這個項目的團隊很不專業，影響項目和公司的形象，而且也會讓客戶覺得你對他們不尊重。」聞道覺得姚彩露簡直說得太好了！這是一個資訊爆炸的時代，互聯網的普及讓人們獲取信息的成本大大降低了。特別是現在移動互聯網興起，人們只需要拿起手機，一個樓盤的基本信息和技術指標等都會一覽無余。有的廣告公司甚至還推出了 3D 看房技術，在手機上就可以看到樓盤樣板房的 360 度全景。這自然就對房地產的從業人員提出了更高的要求。在這個人人都可以當專家的時代，這樣做顯然越來越難了吧！

姚彩露有一個經典案例。一個穿著土氣的中年大叔來看了幾次商鋪，問得很仔細，把接待的售樓小姐問得都有點煩了。然後他還到處找地方給手機充電，說他記性不好，買了 20 多條充電線。當天他沒有說買也沒有說不買。後來這事還被售樓小姐們當做笑話來談，說一個正常的人哪會買 20 多條手機充電線啊。隔了好一陣兒，這個大叔又來了。保安說他開的是一輛很舊的國產車。原來接待他的那個售樓小姐就不想接待他了，把這次接待的機會讓給了姚彩露。姚彩露耐心地給這個客戶又把項目從頭到尾講了一遍，因為他的確問得很細。這個客戶甚至要求去工地實地看一下。工地一般是沒有對看房客戶開放的，這可不是樣板間。但是姚彩露還是借了安全帽，耐心地陪著客人去還是框架狀態的商業街看了一下。當天這個客人又空手而走，沒說買也沒說不買。其他售樓小姐都笑著說，這下姚彩露也瞎忙活了半天。姚彩露笑一笑覺得也無所謂。誰知道第二天這個客人趕來直接訂了一套獨棟商業，這可價值 3000 萬元啊！

眾人都傻了眼。簽合同的時候姚彩露小心翼翼地問這個大叔為什麼要買20多條手機充電線，他回答說房子太多，不多買點線經常忘拿啊……原來這個客人是做小商品批發的，想轉型做高檔餐飲，所以正在到處物色獨棟式商業。售樓小姐們都感嘆姚彩露的幸運。但這還沒完，這個大叔之後又介紹了他的兩個朋友來一人買了一棟獨棟式商鋪。這一單姚彩露就完成了近億元的銷售額。於是姚彩露成了公司售樓部當之無愧的售樓女神，就連肖紫雯也很佩服她。

俗話說，機會總是留給有準備的人的。聞道對此深信不疑。

第四十七章

麻袋裝的年終獎

　　春節是中國最重要的節日。對中國人而言，這個春節自然有著非常特別的含義。有錢沒錢，回家過年。每年這 40 天週期的春運，號稱人類歷史上規模最大的週期性遷徙活動。一年一度，如同候鳥一般，30 多億「人次」在一個月多一點的時間裡在中國的大地上飛奔，成為「車輪上的中國」。有錢的坐飛機，沒錢的坐火車或長途汽車。還有很多在沿海打工的農民工兄弟買不到火車票，不惜組團騎摩托車長途跋涉數百公里，就為了回一趟家。對於職場而言，這也是一個收穫的節日。年會和年終獎自然是大家最期盼的環節了。年會對於體現公司實力和增強團隊的凝聚力都有著非常重要的作用。雖然年會可能只是一種形式，但年會前後發的年終獎那可是實實在在的福利啊。很多人平時的工資就只能應付日常開銷，年終獎可是拿來買車買房的。今年樓市火爆，大家普遍對房地產行業的年終獎非常樂觀。每個人都在算自己能拿多少錢，有的則已經在計劃是出國旅遊還是馬上買房買車了。

　　聞道的公司這幾天開了很多會，都是各種總結，銷售數字天天都在核算和匯總。今年公司的總銷售額很可能突破 10 億元。雖然不能和那些上市房企動不動衝 100 億元的城市級業績相比，但是永生之城畢竟只是一個項目啊，單盤能有這個業績已經相當不錯了。公司的 10 個售樓小姐人均一億元的業績已經震驚西京樓市了，但這其中僅肖紫雯和姚彩露兩人就貢獻了近 5 億，售樓小姐之間的個體差異還是大。如果套用統計學的

— 231 —

術語來說，就是均值高但方差大。公司反覆開會的結果是達成了除了提成以外，還要給一定獎勵的決定。但這個獎勵會向一線員工傾斜，也就是說公司包括售樓小姐們在內的普通員工會拿到更多的獎勵，而管理層包括中層會少很多。對於聞道他們營銷口來說，主要就是這個項目提成的問題。售樓小姐們對普通住宅物業的提成是千分之四，這在整個西京來說都是很高的比例了。但是別墅物業和商業物業的提成比例只有千分之二，理由當然是單價和總價都高，所以提成比例得降下來。這雖然有點沒道理，但是畢竟西京當地的市場行情也就是這樣的，所以售樓小姐們也沒辦法。不過不管怎麼說，姚彩露的銷售提成是會有將近100萬元左右的，而肖紫雯的提成也會有六七十萬元的水平。對於其他的售樓小姐，銷售提成金額不一，但基本都在二十萬元之上。這還只是她們的銷售提成而已，公司還會給出巨額的獎金來獎勵銷售額靠前的售樓小姐們。

去年新聞裡曾報導深圳一家企業買了10輛奔馳車來獎勵優秀員工作為年終獎。這次大牛總也讓公司管理層好好想想，籌劃一下拿什麼作為年終獎才更能調動員工的積極性。今年公司喜創佳績，大牛總是下了決心要重獎員工的，聞道也看得出他的誠意。但是聞道他們都覺得送車這個事情噱頭的成分太大了。豪華品牌的車，不同型號不同配置的車型價格差異很大，從十幾萬元到幾百萬元都有，在懂車的同行面前會鬧笑話。大家也在新聞上看到有老板拿出幾百萬元買了一堆金條當做年終獎分發給員工的。這個噱頭的成分也比較大，因為黃金的價格波動大，而且交易還麻煩，最主要的是不好分割，總不能發半根或者三分之一根金條給單個員工，這怎麼分？至於發購物卡，雖然可以給公司抵一點稅，但是金額大了也麻煩。聞道私下給陸教授發了一條短信，問他覺得發車、發金條還是發點其他什麼好。陸教授回道：「肯定發錢最好嘛！可以最大化消費者的效用。」聞道也覺得有理，於是把這個意見提了出來。最後大家討論的結果是發錢！的確，貨幣更靈活方便，想買什麼就買什麼，按照經濟學的理論來說就是可以獲得更高的「效用」，從而增進消費者的福利。

這時，小牛總也提了一句，說：「對的，發錢！」聞道心想這人是看不得自己提的建議受到大家歡迎還是怎麼的？小牛總又說：「但是不打

卡，發實物現金！到時我們在年會上現場發現金，讓媒體宣傳報導一下，我們項目又可以火一把！」「對，就這樣定了！」大牛總拍手稱讚，隨後他又補充了一句，說道：「正好我們這裡要給施工方結款，也發現金，讓工人們到現場來領錢！」小牛總得意地笑了一笑。這次他成功搶鏡。聞道心想，感情這小牛總和大牛總是穿連襠褲的？這小牛總也太懂大牛總的心思了！最近他們項目上的施工方都在不停地向公司催帳，財務部壓力很大，因為大牛總一直拖著不簽字付款。這下大牛總終於找到了一個機會可以把這筆本來就該正常支付的款項好好利用一把了。高手！實在是高手！聞道突然想起肖紫雯給他說過的話，只能在心裡嘆了一口氣。既然他們兩個人的關係都好到可以共用一個女人，那小牛總這麼懂大牛總的心思也不難理解了。

　　聞道自己也大概核算了一下自己的銷售提成。按理說稅前是應該有將近三百萬元的。但是首先，這錢公司會扣一部分，當做預留的客戶維繫費用，實際上就是不讓你隨便跳槽，你跳槽了就沒了；其實，還要上稅，很多稅。估計最後能拿到手的就只有一百多萬元吧，唉……至於獎金，由於這次大牛總的意思是向基層員工傾斜，所以普通售樓小姐每人至少都有十萬元左右的獎金，銷售額的前三名分別有五十、三十、二十萬元的獎金。毫無疑問，姚彩露和肖紫雯都成富婆了。當然，她們的銷售提成也有相當一部分拿不到手，會被公司扣作「客戶關係維繫費」。從下訂單到交房還有一個漫長的過程，理論上說得讓成交客戶穩妥的交房以後，這筆錢才能拿得到，前提是你還在公司待著的話。

　　萬事俱備，只等年會了！一般來說，公司的年會喜歡選在高級酒店或者什麼度假村之類的。但是永生之城的售樓部本身就是非常的高大上，所以沒有必要浪費這個冤枉錢。於是年會就定在項目的售樓部舉行，這本身就可以是一個營銷活動。年會由公司的行政部和人事部領銜操辦，公司的各部門都在積極配合。畢竟公司基本上都還是以年輕人為主，搞年會本來就是好玩兒的事情，更何況這次還要在年會現場發現金，這可真的是太刺激了！

　　在一個周五的下午，公司的年會開始了。本次年會分成兩個部分組成，一個環節是公開的，一個環節是不公開的。公開的環節其實就是披

第四十七章　麻袋裝的年終獎

露一些公司的項目進展、銷售數字之類的，重點是給幾個施工方的近千名工人發放拖欠的工資。經過財務部核算以後，這筆待支付的款項高達一億元！一億元的現金是什麼概念？堆放在一起能有多大的體積？聞道相信可能大多數人連一百萬元的現金有多大體積都沒有見過吧？其實聞道自己也沒見過。他平時隨身最多帶幾千元現金，如果有大宗購物的支付需要都是刷卡，現在誰還在用大額現金交易？由於這次他要領一百多萬元的現金，所以他提前到銀行去做了一個預演。前幾天，聞道在銀行預約了取款三十萬元，然後背著一個普通的雙肩背包就去了。聞道本以為三十萬元現金也不會有多少嘛，最多半個背包就能裝完。沒想到銀行的工作人員把一疊一疊的錢從防彈玻璃下面遞出來的時候，還是有好大一堆呢！呵，不管你銀行帳戶上的存款數字再多，那也只是數字啊！只有當這些錢實打實的堆放在你面前的時候，你才能實實在在的感受的金錢的魅力。這三十萬元現金，聞道居然裝了整整一個標準的雙肩背包！聞道本來想的是一百多萬元又不是很多，年會時背著一個雙肩包去裝就可以了。看來自己提前來演練一下是正確的。

　　掌握了這些錢堆起來大概的尺寸，聞道又把這三十萬元現鈔存進了自己的銀行帳戶。這讓銀行的工作人員很是詫異。不過估計她心裡也很高興，因為這三十萬元存款就算在她的頭上去了。這個工作人員隨後用自己的手機給聞道撥了一個電話，聞道剛看到手機她就掛了，說是核對一下存款人的電話號碼。銀行還有這個業務流程嗎？聞道有點驚奇，不過也沒太在意。可能是這個工作人員以後想給他推銷理財產品之類的吧？要不然，難道她還想私下聯繫自己嗎？哈哈。從銀行出來，聞道緊急購買了兩個編織袋，5元一個。年會這天他就提著兩個空的編織袋來裝錢了。

　　雖然公司沒有大力對外宣傳，但是「億元現金」這個消息還是不脛而走。要是遇上打劫的可怎麼辦？這天上午，銀行的工作人員就在三輛武裝押運車的護送下，把一億元現金送到了售樓部。售樓部早就安排保安人員布置了一個專門的區域用於放置現金。六個拿著散彈槍的押運人員在一邊警戒。銀行的工作人員辛苦的整理了半天，終於把一億元的現金堆好了！如果這是一個十來平方米的房間，那基本上可以堆滿了。這

真是壯觀啊！公司的同事們都來圍觀並拍照留念，連大牛總都來了。他的資產雖然不止幾億元，但估計一億元的現金他也沒見過吧？中午的時候，公司就已經在售樓部室外的大門口豎起了大幅的廣告牌，上面寫著「絕不拖欠農民工兄弟工資，億元現金現場發放，讓農民工兄弟們安心過年！」這廣告詞還能不能再低調一點啊？不過，還甭說，不拖欠農民工的工資還真的非常緊扣主旋律啊，這可給公司的社會形象加分不少。

　　緊張的中午飯一過，最艱鉅的時刻就來了！幾家施工公司把近千名農民工兄弟叫來了！他們浩浩蕩蕩的在售樓部門口排起了隊。西京主要的媒體都來了，不僅是房產媒體，連社會新聞媒體也來了，這可是要上頭條的節奏啊！為了安全起見，公司把派出所的民警也請來維持秩序。大牛總站在售樓部門口，拿著擴音器高聲說，公司一定堅決回應國家號召，絕不拖欠農民工兄弟的工資，讓農民工兄弟們拿了錢高高興興地回家過年！下面排隊的農民工有人小聲說：「媽B老子在這裡務工快一年了，十幾萬元的工錢當中還有九萬元沒拿到。」大牛總當然沒聽見這個，他接著高興地說：「今天，我們將會在現場發放在我們項目的工地上工作的上千位農民工的工資，有整整一億元！農民工兄弟們辛苦工作了一年，也為我們項目做出了重大的貢獻。雖然行業中拖欠農民工工資的行為屢有發生，但我們公司絕對不會這樣，這也是踐行我們公司對社會的莊嚴承諾！」下面響起了雷鳴般的掌聲，聞道一聽就知道這肯定是行政部的同事為他提前寫好的發言稿。不過，相比其他聞道在新聞裡看到的春節前農民工上演跳樓秀討薪這些事情來說，不管大牛總的做法是出於什麼真實目的，他讓農民工在春節前拿到工資的行為還是應該點個讚的。

　　隨後，排隊的農民工們按照所在的建築和施工公司，依次進入售樓部領錢。只見他們有的拿著麻袋，有的甚至用扁擔抬著籮筐，皺著眉頭進去，興高採烈地出來。銀行的員工為了農民工兄弟們著想，現場開設了存款業務，反正裝錢的鐵箱和武裝押運車還停在旁邊呢。銀行員工都有存款指標的壓力，要是現場的這一億元都由他們來的幾個員工「得」了，那還不高興啊，今年他們的年終獎也會拿不少。但是很多農民工兄弟領錢以後還是用麻袋裝著現金走了，這讓在場的幾個銀行的工作人員很是失望。看來農民工兄弟們的金融意識亟待加強啊！這樣揣著這麼多

第四十七章　麻袋裝的年終獎

錢坐火車多不安全啊！忙活了幾個小時，一億元的現金終於發放完畢了。這時另外一輛武裝押運車又到了，新來的銀行工作人員和已經在那的幾個人一起，又堆砌起一大堆現金來。這是公司今晚要發給自己員工的！雖然沒有剛才那堆錢那麼多，但是也有很大一堆。今晚還是要發幾千萬元吧。這可太刺激了！

第四十八章

房地產公司的年會

　　隨後就是公司的年會了！按照國際慣例每個部門都要出節目。這次年會的主題就是「無節操cosplay」。大家紛紛發揮自己的想像力，各種電影和游戲角色都冒出來了。「一秒鐘變格格」這些都弱爆了。聞道專門在網上租賃了蝙蝠俠和貓女的套裝。蝙蝠俠裝他自己穿，貓女裝給了依依。他倆搭配走了一個秀，帥翻了全場。有男同事扮演了街頭霸王裡的春麗，那畫面太美，讓人不敢直視。大牛總穿了唐僧的袈裟裝，而小牛總扮演的孫悟空。好吧，這馬屁拍得那叫一個低調！肖紫雯帶領著售樓小姐們走秀，扮演了各種經典的熒幕女性角色，有現代的也有古代的，有中國的也有外國的。但是肖紫雯穿的是一件深V透視裝，聞道看了一下沒想起這是哪部電影裡的角色。不過這些都還不算什麼。尺度最大的是保安隊的男人們。前幾天保安隊長張漢鋒向聞道請教怎麼出這個節目，聞道在他的耳邊耳語了幾句，他還真的照做了。只見在人們傳來的尖叫聲中，張漢鋒帶領著一幫保安隊的男人們，身穿女士內衣，走起了維多利亞的秘密秀！不知道真正的維密模特們看到這個畫面會怎麼想呢？這還不算完，走完秀以後，他們又歡快地跳起了小天鵝，把臺下的眾人看得目瞪口呆又捧腹不止。看來這次年會的最佳節目大獎非保安隊莫屬了！售樓小姐杜詩梅坐在臺下神情有點暗淡。聞道問她怎麼了？她說她和她那個開超跑的男朋友分手了。杜詩梅說那個人後來對她很冷淡，一直不理她。「哎，是他不懂珍惜你。」聞道不禁嘆了一口氣。

聞道承認這天晚上他的肚子都笑痛了。他確實很久都沒有這麼開心過了。他和依依分別扮演的蝙蝠俠和貓女，被認為是情侶裝，很多人都說他倆很配。蝙蝠俠是聞道最喜歡的電影角色，孤單狹義，又很悲壯。當然，蝙蝠俠首先就是一個「高富帥」好不好？但歡快中有一點讓聞道不安的是，他和依依一起走秀時，大牛總一直盯著依依看。之後他們坐在下面了，大牛總的眼光也時不時地向依依這邊瞟。年會自然是少不了抽獎環節。行政部和人事部準備了很多獎品，什麼最新的 iPhone 手機、數碼相機等。特等獎是一個愛馬仕的錢包，這可價值不菲啊！更奇妙的是，這個豔羨全場的大獎，居然被依依抽到了！本來聞道還在替依依高興，但後來張漢鋒悄悄地在聞道耳邊說，這是大牛總吩咐的抽獎結果。聞道一下就震驚了，隨後他很後悔今天讓依依穿了貓女的服裝。他想起了上次活動請的西京夜場鋼管舞皇後瑤瑤。今天依依的打扮和她上次有點像。難道大牛總就好這口的？

　　最激動人心的時刻終於到了，這也是這個晚上整個年會的高潮！大牛總和小牛總站在臺上，小牛總念名字，公司員工依次上臺，和大牛總握手以後前往旁邊的現金堆放處，由財務總監現場發錢！每個人的臉上都寫滿了興奮。聞道不得不佩服小牛總出的這個發現金而不是打卡的點子太棒了。打在卡上的錢再多那也只是數字，哪有一大堆現金的視覺衝擊力大呢？不身臨現場，真的無法感受到這種強烈的感染力。錢，真的是一個魔鬼。有錢能使鬼推磨，錢其實比魔鬼更厲害！不過仔細想一想，錢其實只是一個工具罷了，但它能打開你的慾望之門，也只有它才能填滿你心中慾望的溝壑。聞道相信，這次年會之後，很多員工會產生死心塌地的在這家公司干的想法吧？他自己就是其中之一。送依依回去的路上，聞道從編織袋裡拿出 5 萬元給了依依。依依有點吃驚，說聞哥你這是做什麼呢？這次依依只拿了 7 萬元的年終獎，因為她來了還不到一年的時間，自然要少一些。聞道說這是部門給的獎勵。依依還是收下了。把依依安全地送到她家樓下，聞道自己也快速回了家。從地下車庫提了兩個編織袋的現金回到家裡，聞道拉好窗簾，把錢全部鋪在客廳的地上。讓它們在咱家待一晚上吧，明天就要拿去存銀行了，感覺這一百多萬元又不是自己的了。如果把這一年的工作當做一部戲，那毫無疑問今天就

是這一部戲的高潮。

雖然還沒有放春節大假，但是依依向公司提前請了幾天假。她想先去看男朋友，再回老家看父母。她的男朋友在美院畫油畫，專攻人體藝術。開始的時候依依還很擔心，覺得人體藝術是不是就是畫漂亮的裸模啊。他男朋友說依依這樣理解太狹隘了。他們的確主要畫的都是裸體模特，但除了美女以外，還有各種各樣的人，比如男人、小孩、老人等，而且也有不少時候模特是穿了衣服的。有一次依依去找她男朋友的時候，她男朋友專門把他帶到畫室參觀。他們的畫室其實就是一個簡陋的教室，有刷著白色石灰的牆面和簡單的水泥地。七八個年輕人擠在這間畫室裡或坐或站的在畫板前作著畫，主要是男的，也有一兩個女的。但是不論男女都有一點不修邊幅的感覺，是不是搞藝術的都這樣啊？畫室很亂，地上到處都攤著五顏六色的顏料和畫筆。在畫室的正中，是一個老年的男性裸體模特。那視覺衝擊力可太強了，依依簡直不敢看。人們往往看慣了年輕的美女和帥哥，似乎這才是美的標準，而忽略了人人都難以避免的老年狀態。但是這個老人頭髮花白而稀少，皮膚不僅鬆弛地搭在一起，上面還有很多黑斑。這個畫面難以用美或醜來形容。真實，這是依依最直觀的感覺。

她男朋友的同學們看到依依來，都停下手中的筆羨慕地說：「哇，你小子的女朋友好漂亮，你還和我們搶模特！」特別是那幾個男生，一邊說一邊還向依依的男朋友使眼色。她的男朋友慌忙把他們推開，說：「你們不要亂說話！」那個老人看到依依來了也趕忙用手遮住下體。奇怪的是為什麼當著兩個作畫的女生他無所謂，但看到依依來了就這樣呢？可能是看到陌生的美女讓他感到緊張吧？依依也很不好意思，便說不打擾他們作畫就離開了。經過這次經歷，依依不再擔心她男朋友畫模特的問題了，眼見為實嘛。所以依依以後也再也沒提這件事。

依依的男朋友除了在室內畫模特以外，還經常需要扛著畫板和顏料、畫筆等工具到處寫生。他經常坐公交，或者叫個出租車去。有時如果走得遠一些的話，的確有些不方便。她男朋友給她說過，等工作了第一件事情就是先買輛車，最好是輛SUV，可以帶著她開到山裡鄉間一邊欣賞風景一邊寫生。多麼浪漫的意境！當然，依依也很清楚，他一直想體驗

第四十八章 房地產公司的年會

— 239 —

一下和她在車裡的感覺。男人是不是都有這種幻想啊？這次依依拿了12萬元的年終獎，這可是拿到手的哦，不是稅前。其實對一個剛上班的小姑娘來說這已經很不錯了。於是依依想買輛車給她男朋友開。其實她自己現在也挺需要車的，但是她覺得她的男朋友更需要一些，這對他的畫畫事業更有幫助。也許，其實依依的心裡有一些愧疚吧，因為她經常心裡想的人不是他。

　　於是依依開始研究12萬元能夠買什麼車。她當然第一個想到的就是找聞道諮詢。聞道說：「12萬元的預算，還要求SUV的話，只能在國產品牌裡面選了。」聞道解釋說，國內現在有一股「SUV熱」，所以同配置的SUV其實要比轎車貴一些。「其實現在國產品牌做得也不錯，特別是在SUV這個細分市場。」聞道說。「為什麼要在SUV這個領域呢？」依依不解地問。聞道又說：「因為在轎車領域國產品牌競爭不過合資車和進口車，而國人目前又喜歡SUV，所以專攻性價比路線的SUV更容易獲得成功吧。」「好吧，明白了。」依依這下懂起了。聞道說每年的車展和春節前後都是買車的不錯時機，優惠大。

　　請好假以後，依依把12萬元存在卡上，加上自己的一些存款，即使買個15萬元的車也沒有問題了。依依坐上前往她男朋友城市的動車，忘掉一切煩惱吧，要過節了，讓自己開心點。見到他能讓自己開心嗎？依依其實還真不知道，或許這是一種習慣或者依賴吧？一般依依去看她的男朋友她都會提前給她男朋友說。但是這次因為想要買車的這個打算，依依想給他一個驚喜。畢竟，這些錢可是她目前的全部積蓄啊！在動車上打了一個盹兒，依依便來到了一個她來過幾次，但是依然覺得陌生的城市。依依打了個車來到她男朋友的學校附近。她男朋友在外和同學合租住，說是便於創作。敲了半天門沒人開，燈也是黑的。一定在畫室，一時間依依竟然有些心疼她男朋友了。學畫辛苦，在你出名之前，你只能不停地畫，期待某一個早晨醒來，突然你的畫就很值錢了。然後你就只需要不停地在家裡畫就是了，拍賣行會幫你拍出天價。這和在家裡開印鈔機印錢有什麼區別呢？以前據說畫家只有去世以後，其作品才會值錢，因為稀缺性，絕版。好在現在當代畫家的作品也開始逐漸變得值錢了。但問題是，學畫的人這麼多，能被大家記住名字的人又有幾個呢？

在這個寒冷的夜晚，依依拖著拉桿行李箱，在黑夜中走得手腳冰涼。依依今天其實已經很累了，但想到她男朋友今晚一定又想「激情」一下，算了，還是從了他吧，畢竟有好長一段時間沒見了。走到他們的畫室樓下，依依一看樓上的燈還亮著，心裡稍微欣慰了一點。看來這小子還挺努力的，沒有去打游戲或者去酒吧和他那幫狐朋狗友鬼混。依依收起拉桿箱，輕手輕腳地走上樓。她已經很久沒有這種想要給誰一個驚喜的興致了，工作太忙，也有很多煩心的事情。到了畫室門口，依依聽到裡面有一些嘩啦嘩啦的響動。畫畫這麼用力？依依知道他們畫室的門鎖壞了很久了，也沒人修，便沒敲門突然推開了門，說了一句「Hello！」

　　眼前的場景讓依依驚呆了，也許會讓她終生難忘。她的男朋友正光著身子，和一個同樣光著身子的靚麗女模特，在⋯⋯這對狗男女居然還知道開著電熱取暖器取暖。怎麼不燒死他們兩個？拉桿箱從依依手中滑落，「啪」的一聲掉在了地上。那兩個人終於從激情中恢復過來，吃驚地看著依依。「依依⋯⋯你怎麼來了⋯⋯」依依的男朋友有點結巴的說道。「是啊，我怎麼來了？」依依也不知道該怎麼接這句話。「她是誰？你女朋友？你不是說你單身嗎？」那個還光著身子躺在桌子上的女模特說道。「前女友。」依依提起地上的拉桿箱，平靜地說道，「你們繼續。」

　　依依也不知道自己是怎麼走下樓的。自己本想給他一個驚喜，沒想到卻給了自己一個「驚喜」。人生還真是處處充滿諷刺啊。更可氣的是，她的男朋友，不，前男朋友居然沒有像她想像中一樣哭喊著追下來求饒。依依就這樣漫無目的地在街上走著，還有小流氓過來搭訕。這時正好有一輛出租車經過，依依馬上上了車。司機問：「美女，去哪兒啊？」「機場。」依依看著窗外，眼淚不自覺地就流了下來。晚上的機場，已經沒有任何國內航班了。依依在機場的休息區孤單的坐著，看著落地的旅客越來越少，打掃機場的大媽越來越多。最後，大媽也沒有了，機場休息區的燈光也暗淡了下來。

　　不知為何，依依很想此時陸珞竹能夠在她的身邊，把他寬闊的肩膀借給她好讓她痛快的大哭一場。她拿出手機，找到陸珞竹的電話，想撥，但是最終還是沒有撥。她知道要是她給陸珞竹打了電話而他聽到她在哭，是一定會趕過來的。這麼晚了，沒有動車，他只能自己急匆匆的開車過

來，而那樣太不安全了。依依男朋友給她撥了幾十個電話過來，她都沒有接。他甚至還給她發短信解釋說這是為了和模特更好更深入的溝通，便於瞭解對方的身體而作出經典的作品。還真是「深入」啊！最後依依直接把他的電話拖入了黑名單，沒有必要再聯繫了。

　　好不容易堅持到了第二天早上七點，依依買了回家的第一班航班向著父母「飛」去。

第四十九章

英國買房

　　春節假期一晃就過完了。這幾天可能是西京街頭最清靜的幾天，在市區開車那可是通暢無比。這裡面的原因，既有在西京工作但是老家在外地的人回了老家，也有西京本地的人到外地去玩去了。其實從大年二十九的一大早開始，西京出城的各大高速公路就已經變成了停車場。人們爭先恐後的趕回老家，奮鬥一年，很多人只有春節這個時候才有機會回家見見父母。有錢沒錢，回家過年！有人編了段子調侃道：春節了，各路名媛、貴婦、「高富帥」、CEO們都現出「原形」了，不管平時裝得多國際多上流多大氣，這個時候都要——回縣城，回鎮上，回村裡！名字也從KK、CC、CoCo、Kelly、Jenny、Mandy、Jessica，變成了翠花、金花、二狗、狗剩子、二胖、鐵蛋、二黑、三娃、大妹子！雖然大街上的人少了，但網上的熱鬧程度可真是有增無減啊。如果你仔細留意春節大假這幾天的社交網絡，那可真就是一個曬逼格的大秀場啊！

　　春節本來就是一個海吃海喝的節日，當然首先就是曬吃。什麼曬一大桌子雞鴨魚肉的這種簡直太普通了。不少人在高級酒店或飯店包席團年吃飯，這算正常的逼格。由於春節畢竟是一個最最典型的中國節日，所以吃中餐是理所當然的。但偏偏就有人春節團年要吃西餐的。低調一點的吃印度菜，高調一點的來個法式大餐。中國人團年一般喜歡在一個大包間，上大圓桌，就圖個團團圓圓。但偏有人整個西式長餐桌，讓人想起了「最後的晚餐」那種感覺，這逼格也是很高了。還有人來個中西

混搭的自助餐包場，這得是多大一家子人啊？拍美食大家都會拍。曾經有外國友人調侃，說中國人吃飯前流行用手機檢驗飯菜有沒有毒。但真正厲害的人，拍美食是非常有講究的。真正的高端人士從來都不讓你看出他在什麼地方。拍美食的時候，一定要只拍一份食物。智能手機中有一些軟件專門提供了「美食」特效，拍的時候只需打開該功能，靠近食物按下拍照鍵，誘人的美食照出來會讓你口水都流出來。千萬不要拍一大桌子菜那種，特別忌諱的是吃得差不多了再來拍一桌的剩菜，那會讓人覺得你是幾十年才下一頓館子吧？

除了吃飯，自然還有娛樂。但是拍牌桌的時候也是很講究的。牌桌本身從來都不是重點。你可以不經意間透露一下打牌的環境，比如什麼天際會所，溫泉泳池，或是牌桌邊放的籌碼或者美元現鈔之類的。當然，更多的人則喜歡秀一下自己的錢包或者手包，等等。不過打牌打麻將唱歌什麼的都普通了，放鞭炮更應景一些。但是很多大城市的市區禁止燃放菸花爆竹，所以很多人又開著車跑到郊外去放。有人堆著滿車的鞭炮來到郊區，一陣噼裡啪啦的鞭炮聲，幾萬元甚至十幾萬元就沒了。這是圖什麼呢？熱鬧過後，滿地狼藉。除了辛苦了掃地的環衛工人，也大大的加重了空氣污染，放出來的鞭炮可都是PM2.5啊！於是有人在網上放出了一張圖，說是環衛大爺讓你們少放點炮他老人家好早點回家團年。有人調侃說少在外放炮，多在家「放炮」，這就低碳環保了。但是馬上就有另外的人在網上放出圖片，是一個孤苦伶仃的老人在街邊賣鞭炮的照片。配字說你們少放鞭炮，賣鞭炮的大爺就沒法回家團年。哎……這個問題，還真是矛盾啊？

什麼吃吃喝喝的打牌放炮的，和曬旅遊照片的逼格相比起來，那真是毫無新意了。大年三十其實還好，大家都在吃團年飯。從大年初一開始，各種逼格就開始冒出來了。聞道留意了一下，大年初一除了那些「留守」在西京本地的曬各種串門和麻將牌局的以外，不少人都在曬機場和機票登機牌的照片。一副超脫的感覺。感情都是在機場過的大年初一麼？如果說大年初一曬機場和登機牌只是秀逼格的入門級的話，那隨後的照片就非常關鍵了。如果你想秀幾張人擠人的景區照，那勸你還是不要秀了。比如什麼在一萬多顆人頭中努力掙扎著來一張登長城的自拍照

這種，那必然是逗人笑的。這種大假的出遊照，一個非常非常關鍵的要素，就是你的逼格和你照片中的人數成反比。如果你發一些人都看不到的海島圖，然後配幾行字，說什麼潛浮好涼快啊，我和熱帶魚的親密接觸啊，那必然是會引來一片瘋狂點讚的。如果你還能來一張遊艇上穿著比基尼一手端紅酒杯一手拿釣魚竿的，那效果自然就更好。不過，當下周邊的海島其實在大假必然是會被國人攻占的，所以目前也不是很能顯示逼格了。因此，如果你想提升逼格，那必然需要去更遠的地方，比如在非洲大草原看獅子啊，在南極喂喂企鵝啊，在澳大利亞去抱抱考拉之類的。打高爾夫、騎馬之類的照片就算了，近年來發的人太多了。

如果你去了巴黎這些國際旅遊的熱點城市，注意一定不要去那些人多的著名景點拍照，因為大家都會這樣做，你怎麼顯示自己的格調呢？一定要找一個香榭麗舍大街上的小咖啡館，拍一杯咖啡，最好帶一張寫法語的小票，然後配上一段「心靈雞湯」，說去哪不重要，重要的是誰陪在你身邊。當然，還有一點，國人在大假外出旅遊，那必然是和掃貨結合在一起到。需要注意的一點是，除了展示一大堆的戰利品以外，最好在商店自拍一張，或者帶著刷卡的購物單一起拍，不然別人會以為你在網上買的。不過總體來說，曬一大堆買的包包和化妝品之類的目前都太多了。如果能秀一張幾萬元一支的鋼筆之類的，效果會好很多。

當然，也有一些人曬加班的。這個效果就和行業有很大關係了。大家都知道春節加班那可是三倍的工資啊。如果你是機長，拍一張飛機駕駛艙的照片，然後隨便配一句抱怨，肯定會引來很多羨慕。如果你曬一張華爾街的圖，然後配一行字「你們過年，我來敲鐘」，那效果自然是無敵的。曬照片，自拍肯定是免不了的。不過說到自拍，那「顏值」真的太重要了。「顏值」高，那你隨便在家裡蓬頭垢面的穿個睡袍自拍一張，也會有一堆的人點讚。當然，如果能發一張海灘上的照片，那點讚的人會多很多。如果「顏值」低，那還是多「P」一下再發出來吧。其實，只要人漂亮身材好，在哪裡、穿什麼、怎麼拍，都無所謂。

不過對於很多單身的男女適齡青年來說，過年可是一個難熬的關口。一回家七大姑八大姨一通囉唆，讓你覺得恨不得找個地縫鑽進去。單身咋了？單身就該被虐待嗎？還有沒有一點同情心。於是這又導致了一個

第四十九章　英國買房

產業鏈的出現：「租」男女朋友回家過年！不過這還真得提前說好「規則」啊。聞道曾不止一次在網上見過這樣的新聞，說租的男（女）朋友回家，酒精刺激加同處一室，於是干柴烈火地發生了關係。事後有女方不認帳了讓加錢，更有甚者沒有採取好措施導致女方懷孕了，這可說不清楚啊！

聞道大年三十在家陪父母，大年初一的一早就去了機場，飛去了英國。他的前妻想在英國買房，讓他這個業內「專家」去參謀一下。其實聞道對英國的樓市也不熟悉，但一方面是出於承諾，另一方面也當是去散個心吧。隨後，聞道發了一張坐在倫敦眼上拍的俯瞰泰晤士河的照片，並配了一行字「來自泰晤士河的思念，有一種淡淡的憂傷；泰晤士河的水，是心的眼淚」。這引來了一片點讚，很多人都說既顯「高大上」又很「低奢內」。也許有人會覺得聞道在故作呻吟。但是聞道心中的苦，別人又怎麼會知道呢？聞道看到陸教授發了一張在自己的花園裡一邊曬太陽喝咖啡一邊推導數學公式的照片，便問他怎麼沒出去玩？陸珞竹說在趕一篇論文的修改稿，國外期刊的編輯又不過春節。看來學術界也不好過啊！奇怪的是依依自從放假以後就再沒更新她的社交網絡的主頁了，過年也沒有。

在發達國家買房，這在以前感覺是非常遙遠的事情。但是目前隨著人民幣的升值特別是國內資產價格的快速上漲，這對普通人來說似乎也不再遙不可及了。現在，居住在北京、上海的人，隨便把自己的一套普通電梯公寓賣了，就可以在國外買一套大房子，甚至是別墅。在國外生活過的人都知道，發達國家，特別是發達國家大城市的樓市有兩個基本的特點：一是房租很貴，買房比租房劃算；二是基本都是存量市場，新房很少，一般只有買二手房。英國的有錢人一般會在城市最好的地段購買豪華住房，然後再買個郊區別墅用來週末小住；中產階級家庭一般購買小獨棟別墅或高級公寓，帶有前後小花園、車庫，且具備獨立的大客廳和餐廳這種房型最受歡迎；窮一點的人有政府提供的福利房，其中經濟條件稍微好一點的也可以買聯排別墅或者那種有高屋頂、帶閣樓的大房子。

聞道的前妻本來在倫敦的金融區上班，是租的房子，那租金太貴了。

由於工作調動她去了曼徹斯特，可能會長期待下去，所以準備在那裡買房。於是這次來英國聞道只在倫敦待了一天，就趕到了曼徹斯特，一個非常艱鉅的任務就是看房。從倫敦到曼徹斯特當然可以坐飛機，不過這太浪費了。聞道決定坐火車，這樣還可以欣賞一下沿途的風光。坐快車差不多兩個半小時就可以到，白天半小時一班，還挺方便的。在國外看房，有一點和國內很大的不同，就是必須選好社區。社區在國外來說可太重要了，這不僅代表了交通、教育、清潔等基本的基礎設施配套水平，還有一個很重要的因素就是治安水平。如果住在不好的區，雖然房價會便宜一些，但可能你會住得心神不寧，不但有被入室盜竊的風險，也有可能出門就挨一顆槍子兒。

於是聞道先在網上做了一些功課，鎖定了大概的區域。這個步驟不難，只需要結合他前妻的工作地點，常去的一些商場、超市、公園等活動場所，畫一個三角形定位就能鎖定大致的區域。據說美國的 FBI 在辦案時會使用這種三角形定位法來鎖定嫌犯的位置。然後聞道又親自去做實地考察。聞道在手機上面記錄了他有意向察看的街道的情況，這裡面學問可大了。先要看街道是否乾淨，從這裡面可以看出社區的衛生情況和居民素質。然後還要看街道上多數是些什麼人在活動，這可以觀察出這個社區大致的人員構成，推斷是否安全。接著還要看各家的花園是否整潔、是否經常修理，從這裡面可看出居民素質和相處的融洽程度，等等。還有一個特別重要的要素，就是看空置的住房多不多。國外大多數居民社區不像國內城市裡每個樓盤都有圍牆和大門，有物管的門衛守門。國外的社區大多是開放式的。出了你家的房門就是街道，缺乏國內小區圍牆的這層保護。如果一個社區有大量的住房空置，那這個社區的房可千萬不能買。一旦一個社區的空置住房被流浪漢進駐，那各種治安隱患就會像潮水一樣蔓延開來。如果一個社區的街上晃蕩的流浪漢很多，或者醉鬼經常出沒，那也要慎重考慮是否在這個社區購房。看到街上到處遊蕩的流浪漢，你就會懷念國內的「城管」了。

英國當然也有房屋仲介。鎖定大概的社區後，聞道找了一家房屋交易仲介，試著看了幾套房。國外的住房基本都是「精裝房」，沒有國內的清水房或者毛坯房這個概念。通過實地瞭解，除了察看房子外觀和內部

第四十九章　英國買房

的陳舊這些基本特徵之外，聞道重點看了廚房和花園。英國人對廚房的要求很高，甚至可以說是整個室內要求最高的部分。聞道心想這英式下午茶看來不是浪得虛名啊。在廚房中，廚房的佈局是最重要的，其實這個佈局就是國內戶型的意思。因為對廚房的裝修和設備等不滿意可以再裝修再換新的，但是對佈局不滿意這個工程可就大了，國外的人工費那可貴得嚇人。此外，廚房裡的組合櫃也是需要重點考慮的因素，這其實就是國內所謂的櫥櫃。從實用的角度考慮，櫃子的花紋不一定要漂亮的，但櫃子的面積卻一定要大。

　　室外部分最重要的因素當然就是花園，花園越大越好，這和國內完全一樣。花園越大則這套房的升值潛力就越大。和高興了就喜歡隨處「激情」的法國人不同，英國人喜歡養花和養寵物，因此擁有大大的花園的住房就非常受買家的青睞。當然，除了養花和養寵物之外，在英國購買擁有花園的住房還有一個潛在的好處，這可會羨慕死中國人。如果你的花園足夠大的話，你可以去向當地的房管部門提出申請，擴建幾間小房子。這不僅你自己享受了非常實用，也會對以後房子的升值起到直接的推動作用。在國內的城市裡，哪怕你買個幾千萬元上億元的獨棟別墅，你在你的花園裡修房子試試？只要有人舉報你，立馬就有挖掘機開來給你拆了。

　　除了自己的考察和仲介的建議以外，聞道甚至還找了幾個街上的鄰居和便利店的老板隨意聊天瞭解了一下這個社區的情況。平時在好萊塢大片和美劇裡聽慣了美式發音，聽著英式發音的英語還挺享受的。最終，聞道鎖定了一套曼徹斯特近郊不錯位置的一套房源：兩層樓的獨棟別墅，有一個地下室，有一個小閣樓，淺棕色的外磚牆，白色的門窗，深棕色的坡屋頂，壁爐菸囪，五個臥室，大花園。這簡直滿足一個中產家庭的所有想像啊！當然，車庫裡一定要配一輛捷豹和一輛路虎，在英國嘛，當然要入鄉隨俗。

　　聞道感覺有點兒恍惚。也許，這才應該是自己應該好好過的生活吧？至於糖糖，聞道除了嘆氣還能說什麼呢？那就像是一個夢，而只要是夢，就終究會有醒來的那個時刻。不想了也就不痛苦了，不在乎了也就無所謂了，不愛了也就不會再受傷害了。但是，這可能嗎？

現在萬事俱備，就只差一樣東西了——錢！這套房源加上交易的仲介費和稅費等，要將近 40 萬英鎊，折合成人民幣要將近 400 萬元了。為什麼英鎊比歐元和美元都貴這麼多呢？這讓聞道很生氣。不過，聞道的同學剛剛花 300 多萬元人民幣在北京買了一套小戶型。好吧，這樣一想聞道瞬間就開心了。聞道的前妻讓聞道給首付，她來按揭，房子寫兩個人的名字。國外金融體系發達，不是夫妻關係的兩個人也是可以一同買房的。聞道不禁想起了他們之間的那個協議。他這不還沒和別人談戀愛嗎？聞道算了一下，加上今年年終剛發的錢，他一共只有不到兩百萬元的存款。他的前妻讓他把西京的房子賣了，又可以湊一百多萬元，這就差不多了。這聞道可不干。他知道他的前妻就是想變著花樣讓他在西京待不下去。最後協商的結果是國內的房子不賣，但是聞道把家裡所有的錢，也就是這差不多兩百萬元，拿來給首付，然後他的前妻向當地的銀行做按揭抵押貸款。這事兒就這樣成了！聞道覺得自己稀裡糊涂地就成了中國龐大的海外置業大軍中的一員。這也算是自己的一筆海外投資吧，反正自己現在還沒有開始炒股。

第四十九章　英國買房

第五十章

重逢

　　陸珞竹在春節期間給依依發了祝福短信，但她沒回，後來打了下電話也關機。假期要結束的時候依依給他回了一個信息，說她手機壞了。陸珞竹問依依好久回來，依依說過完年就回。陸珞竹說他去機場接她，依依說好。其實依依心裡有很多很多的話想對陸珞竹說，但似乎又說不出口。

　　取了行李走到機場的到達大廳，依依看到陸珞竹已經在等她了。「久等了吧？」依依問陸珞竹。她的語氣少了些以前那種尊重，更多了一些親切和依戀吧。「沒有，我也剛到不久。」陸珞竹微笑著說，然後接過依依的行李箱。依依知道陸珞竹這麼行事精確和守時的人，一定是提前來了的。坐到車上，陸珞竹從車上拿出一個小盒子，遞給依依說：「你手機壞了工作不方便，我就給你買了一個新的，就當做是過年的小禮物吧。」依依一看，這不是剛上市的 iPhone 6 plus 嗎？依依看到陸珞竹自己用的還是3000元左右的手機，而給自己買7000元的，覺得很過意不去。陸珞竹似乎看出了她的心思，笑著說：「據說你們小姑娘都喜歡用這個手機。我對手機不講究，但我對電腦要求很苛刻的。」

　　陸珞竹也許猜到了依依這段時間經歷了一些不快，輕聲說：「沒事的，人總會成熟起來的。」「什麼叫成熟？」依依問。陸珞竹回答說：「Maturity is achieved when a person postpones immediate pleasures for long-term values。」依依聽罷若有所思。然後，陸珞竹又補充了一句：「Fill up life with love, compassion, tolerance, peace and happiness。」這次終於把依依逗樂了，她的臉上露出了久違的微笑。依依說：「你這麼會安慰人，喜歡你的人得排起隊吧？」陸珞竹回答道：「其他人喜不喜歡其實我無所謂，我在乎的人喜歡就行。」

開了一會兒，依依突然看到陸珞竹在流鼻血，便擔心地問他怎麼了。陸珞竹靠邊停車，找了紙巾擦拭了鼻子，說前幾天也流過幾次，是不是過年吃得太好上火了。陸珞竹安慰依依說，流個鼻血又不是什麼大不了的事，讓她別擔心。到了市區，在一個大路口等紅燈的時候，陸珞竹看到依依正看著窗外，便問她在看什麼呢？依依說隨便看看罷了。陸珞竹順著依依的眼光看過去，只見那是一家蒂凡尼的專賣店。陸珞竹知道，這是蒂凡尼在西京的旗艦店。蒂凡尼是美國的品牌，美國的品牌一般還是賣得沒有歐洲的那些品牌貴，畢竟歐洲的歷史更悠久一些吧，但蒂凡尼確實賣得比較貴。「喜歡？」陸珞竹問依依。依依回答說：「去看過一次，好貴。」陸珞竹笑了笑，沒說什麼。到了依依家樓下，依依想讓陸珞竹上去坐坐，但看到陸珞竹一臉倦容，便問他是不是昨晚沒睡好。陸珞竹說也不是，但就是頭有點痛，可能是假期綜合症吧。依依其實之前看過陸珞竹更新的社交網絡，知道他春節的假期也在寫論文。於是依依便讓他早點回去休息。依依本想告訴他自己已經是單身了，讓一切該發生的事就自然地發生。但也不急這一時吧，還是讓他先好好休息。

過了幾天，陸珞竹流鼻血和頭痛的症狀不僅沒有減輕，還有加重的跡象。他覺得還是去醫院看看吧。陸珞竹很少去醫院，也不知道這該看什麼科室合適，便去了急診。急診醫生讓他做了個腦部的CT檢查。大醫院永遠都是人山人海，就像菜市場一樣。雖然陸珞竹可以找關係卡下位，但他覺得沒有必要麻煩別人，等就等嘛，反正把手機拿出來看股票就行了。拿結果的時候，醫生語重心長地問了些情況，然後說從檢查結果來看懷疑陸珞竹腦部有腫瘤，讓他再復查一次。這可簡直是晴天霹靂啊！過了幾天又照了一次，結果一樣。陸珞竹問醫生有多嚴重。醫生說從拍片結果和陸珞竹表現出來的症狀來看，問題已經很嚴重了，必須馬上做開顱手術，把病竈切除。陸珞竹問如果不切呢？醫生說有兩種可能，一是他頭痛和流鼻血的症狀會越來越嚴重，可能會經常昏厥，最終導致死

第五十章 重逢

亡。陸珞竹問他那還有多長時間。醫生說根據他的經驗來看，最快可能就半年，長也不會超過五年。陸珞竹問那第二種可能呢？醫生說如果用藥物壓制和化療，你也有可能活得更長，但有很大可能會記憶力受損直至痴呆。

這還真是諷刺啊！對於一個高級知識分子來說，變成弱智或者痴呆，那真的比死了還痛苦吧？這是西京最好的醫院了，在全國也排在前列，陸珞竹相信醫生說的話，大家都是教授。他覺得已經沒有必要再多跑幾家醫院復查了，那樣純屬瞎折騰。但是陸珞竹還是諮詢了他在美國的同學，委託他們聯繫了醫生遠程會診了一下。國外的醫生也建議立即手術。陸珞竹問手術有什麼風險。醫生說立即做這個手術，他有30%的概率通過後續的恢復治療可以完全康復；有30%的概率做了手術也沒用，一樣會復發；還有40%的概率他可能下不了手術臺。這個風險概率和國內醫生給他估計的差不多。

陸珞竹笑著說，他買了很多保險，他的保險公司這下要賠慘。他的同學都無語了。陸珞竹最終決定還是去美國做這個手術。他並不是信不過國內醫生的醫術，而是不想萬一他下不了手術臺或者痴呆了，他的父母難以接受這個現實，都是老人了。如果他死在了國外，保險公司會負責把他的遺體運送回國。陸珞竹專門看了一下他的保單，有這個條款。這樣至少有時間讓他們消化噩耗吧。

這天，陸珞竹約聞道吃了頓飯，給他說了實情。聞道震驚得嘴巴都合不攏。陸珞竹說了除了他在國外幫他聯繫醫院的同學，他沒有對任何熟悉的人說這件事，包括他的父母，也包括依依。如果他走了，他不想是在他在乎的人的眼淚中離開的。「那你為什麼要對我說呢？」雖然知道這是陸珞竹對他的信任，但是聞道還是忍不住問了一句。「因為我想讓你幫我轉交一件東西給依依，不，是先保存在你那裡一下。」陸珞竹說著從包裡拿出一個小盒子，聞道打開一看，這是一個蒂凡尼的2.5克拉鑽戒！聞道曾邀請過珠寶商來售樓部做展覽活動，知道這類鑽戒在美國都會賣約5萬美元，在國內可能得近50萬元人民幣了吧。陸珞竹平靜地說：「我是肯定會回來的。如果我是躺著回來的，就麻煩你幫我把這個轉交給依依，她會用得著的。如果我是自己站著回來的，你就還給我。」「別別，

— 252 —

您老人家還是以後自己親手交給她吧。」聞道連忙說。陸珞竹笑而不語。過了一會兒，陸珞竹若有所思地說道：「每個人都會死，但不是每個人都真正活過。」

陸珞竹走了。他去美國做手術，對外說是去做半年的訪問學者。他對他的父母以及依依都是這樣說的。他走之前也沒有和依依再見一面，他給聞道說他不會撒謊，怕說漏嘴，所以還是不見依依為好。他在他的社交網絡發了一張機場候機的照片，說去美國做半年訪問學者，走得急，朋友們再見。人們紛紛留言說，和陸教授比起來，他們前一陣子曬春節大假七天的出遊照片簡直毫無創意了。於是，陸珞竹就這樣消失了。

一晃幾個月過去了。

也不知道陸珞竹的手術做得怎麼樣。聞道聯繫不上他，也不知道怎麼聯繫他。依依這段時間變得很消沉。依依給聞道說她和他男朋友分了，但還沒來得及給陸珞竹說，他就走了。她總覺得陸珞竹是不想理她而走了。聞道想給她解釋真正的原因，但又覺得這樣也不能緩解陸珞竹的病情，反而還多一個人擔心，又何必說呢？依依問聞道，她是先買車還是先買房好。聞道想了想說，車一旦買到就開始貶值，理論上說每年貶值10%，而房產目前基本上每年增值20%左右都是沒問題的，這一來一往就是30%的差距，先買車那可虧大了。而且買房還可以用貸款獲取本金以外的增值，這就是槓桿，所以還是先買房吧。依依說：「你怎麼說得這麼像他的口氣呢？」說罷依依把頭扭向了一邊。聞道意識到自己剛才說的話的確很像陸珞竹的語氣和說話方式。他看到依依的眼眶裡包著眼淚在打轉，便輕輕拍了拍依依的肩膀說：「他走得這麼匆忙一定是有急事啦，辦完就會回來的。」看著依依還沒有好轉的跡象，聞道說：「要不你先把房子買了吧？公司內部員工購買有一個點的優惠。現在房價漲得快，自己早點買套房你也安心。」「那買什麼好呢？」依依問。「要不就買我們項目那個小戶型產品吧，總價低，以後即使你不想住了也可以租出去，小戶型好租。」聞道說。其實聞道心裡想的是反正以後你都到陸珞竹家住大別墅去了。他真心希望這會真的發生：陸珞竹能平安地回來，然後他自己親手把那個蒂凡尼的鑽戒戴在依依的手上。於是依依購買了一套小戶型產品，成了公司自己的業主。

第五十章　重逢

日子就這樣一天天地過著。拖得越久，聞道越擔心陸珞竹的病情和安危。他甚至經常都在想，要不要還是先給依依說了算了，好讓她提前有個心理準備。聞道依然還是每天隨時都在刷新糖糖的社交網絡主頁。雖然不知道這樣做有何意義，可能就是想看看她還好不好吧。她發的每一條新狀態，更新的每一條簽名，甚至換的每一個頭像，聞道都能立即知道，但是他再也不留言了。他覺得自己這樣是不是算是一種病態的關愛啊？她這陣似乎經常到處「飛」，一會兒在這個城市，一會兒在那個城市，看來事業發展得還不錯。在每一個城市，她似乎都有很多「朋友」，做什麼事情都有很多的幫忙。她過得比聞道自己瀟灑多了吧，走哪都有很多朋友陪。像她這樣的大美女，總是有大把的男人圍著，也很正常。也不知道她有沒有想過自己？呵呵，算了，這就是一種奢望吧！

　　一天，一個做汽車的朋友說晚上有個新車發布的酒會，讓聞道來參加。這天聞道在公司一直忙到晚上，晚飯也是盒飯湊合的。天下著大雨，聞道真不想去赴約了，但是想到都答應別人了，不去也不好，還是去捧個場吧。這種場合，無非就是喝喝酒聊聊天，老朋友聚聚會，再順便認識點新朋友，發幾張名片。當然，這種聚會的商務氣氛一般都比較濃，大家也不光是閒聊，能順便談點業務那就更好。聞道有些想把汽車的展覽和樓盤的營銷結合起來，進一步增加售樓部的人氣嘛。來看車的人順便看看房，到時再喊幾個車模來擺擺造型，必然可以引得一群人來拍照。

　　聞道把車開到聚會的會所門口，找了半天還沒有找到車位，看來今天來的人不少啊。雨依然下得很大。這個季節不應該有這麼大的雨啊？看來，這又是一個冷雨夜。聞道討厭冷雨夜，因為這樣的夜晚，總是會讓他對一個人的思念泛濫。終於聞道找了一個地方把車停好，他今天遲到了，而聞道答應別人見面一貫很守時的。突然一聲炸雷，把地面停的很多車的警報器都打響了。聞道進了會所，和主辦方的朋友寒暄了一下，又和其他認識的老朋友打了個招呼。主辦方的朋友把聞道拉到一邊，說：「我來給你介紹一個大美女認識，她可是我們西京社交圈的名媛啊！」聞道心想這誰啊？走近一看，聞道立刻傻眼了，心跳估計瞬間就加速到了140以上。這不是糖糖嗎？

　　只見糖糖安靜地坐在那裡，似乎若有所思。她靜靜地注視著沙發對

面電視的屏幕,和周圍嘈雜的環境顯得有些格格不入。看到聞道,糖糖也很吃驚,或者說有一點尷尬。聞道故作鎮靜地坐到糖糖身邊,還給她發了一張名片。等招呼的朋友走開了,聞道輕聲地問:「你還好嗎?」「還好,你呢?」糖糖說。「我就那樣吧。」聞道想苦笑一下,但是表現出來的卻是傻笑。一個你朝思暮想的人突然出現在了你的面前,你能不傻笑嗎?

　　曾經的點點滴滴,就像快速播放的電影一樣,在聞道的頭腦中飛快地閃過。萬米高空的邂逅,機場通宵接機,送她回家,一起吃飯,給她買項鏈,還有那無數次輾轉反側的思念和煎熬。又一聲炸雷把聞道從回憶中驚醒,外面又傳來一陣汽車警報器的聲音。「今天雨真大……」聞道覺得自己有點沒話找話。「嗯……」糖糖似乎也有點不知道該說些什麼。聞道突然想起一句不知道在哪裡看過的話:世間所有的相遇,都是久別的重逢,一旦錯過,又是一生一世。

第五十章　重逢

第一季/完

後記

　　作為三部曲的第一部,《第一季‧行情》主要講述了在中國房地產價格快速上漲時期發生的一些社會現象和故事。這個名字「行情」其實已經暗示了,在這一波房價飛漲的波瀾壯闊的行情中,把握住了行情和沒有把握住行情的人完全是冰火兩重天的境遇。所謂的「行情」,其實就是一個社會財富再分配的過程。從這個意義上說,本書的第一季實際上寫的是在中國房價飛漲時期的社會眾生相。

　　天下沒有不散的筵席,也沒有永遠單邊上漲的市場。隨著房價的持續飛漲,嚴厲的政策調控已是山雨欲來。一旦房地產市場遭遇政策調控陷入下行,又會是怎樣一種情況?聞道、糖糖、依依、陸珞竹,這四個主人公的命運又會怎樣發展?其實就整個三部曲而言,《第一季‧行情》只是一個鋪墊,很多故事的線索才剛剛展開。更精彩的內容,更勁爆的情節,敬請期待本書的第二季!

@ 學者劉璐

2015 年 8 月於成都

國家圖書館出版品預行編目(CIP)資料

樓市與愛情：第一季.行情 / 劉璐著. -- 第一版.
-- 臺北市：財經錢線文化出版：崧博發行，2018.12
　　面　；　公分
ISBN 978-957-680-313-0(平裝)

857.7　107019772

書　　名：樓市與愛情：第一季・行情
作　　者：劉璐 著
發 行 人：黃振庭
出 版 者：財經錢線文化事業有限公司
發 行 者：崧博出版事業有限公司
E-mail：sonbookservice@gmail.com
粉絲頁　　　　　　　網　址：
地　　址：台北市中正區延平南路六十一號五樓一室
8F.-815, No.61, Sec. 1, Chongqing S. Rd., Zhongzheng
Dist., Taipei City 100, Taiwan (R.O.C.)
電　　話：(02)2370-3310　傳　真：(02) 2370-3210
總 經 銷：紅螞蟻圖書有限公司
地　　址：台北市內湖區舊宗路二段 121 巷 19 號
電　　話：02-2795-3656　傳真：02-2795-4100　網址：
印　　刷：京峯彩色印刷有限公司（京峰數位）

　　本書版權為西南財經大學出版社所有授權崧博出版事業有限公司獨家發行電子書及繁體書繁體版。若有其他相關權利及授權需求請與本公司聯繫。
定價：500元
發行日期：2018 年 12 月第一版
◎ 本書以POD印製發行